Une jeune fille de bonne famille

Une jeune fille de bonne famille

AUDREY PERRI

City
Poche

Photo de couverture : Shutterstock/Studio City

ISBN : 978-2-8246-1882-1
Code Hachette : 59 0968 0

Collection dirigée par Christian English & Frédéric Thibaud.
Catalogue et manuscrits : city-editions.com

Dépôt légal : Mai 2021

1

Septembre 1865

Le gros chat roux, tapi dans l'herbe, avançait ventre à terre en direction de sa proie. Lentement, mais sûrement, ce petit prédateur domestiqué se rapprochait de l'objet de son attention et tout son corps semblait vibrer d'une excitation qu'il peinait à contenir.

De là où elle se tenait, Eva ne voyait pas vers quoi cet animal se dirigeait. Un moineau insouciant ? Une souris égarée ? À moins que, trop bien nourri, il ne se soit tout simplement mis en tête de chasser les ombres mouvantes que les branches de l'orme dessinaient sur la pelouse, à l'arrière de la maison ?

Amusée par un spectacle familier, la jeune femme se retira pourtant de la fenêtre et revint se poster devant le petit secrétaire qui se trouvait dans un angle de la pièce.

Décorée dans les tons de rose et de blanc crème, cette chambre était un havre de paix à ses yeux, un cocon agréable et rassurant dans lequel elle aimait à passer de longues heures dans un silence religieux et apaisant qui convenait fort bien à son caractère anxieux. De nature solitaire depuis sa plus tendre enfance, Eva s'était encore davantage repliée sur elle-même au cours des mois précédents et savourait d'autant plus les petits moments de calme qu'elle arrivait à arracher aux obligations pleines de tristesse de son quotidien.

Devant elle, sur le plateau du secrétaire, se trouvait une lettre à peine entamée qu'elle peinait à terminer. Comme souvent, Eva avait décidé de profiter du calme du milieu de journée pour écrire à Constance, son amie d'enfance, sa confidente de toujours, mais il ne lui avait pas fallu attendre longtemps pour comprendre que le plaisir d'écrire ne serait cette fois pas au rendez-vous. Cependant, même si en cette morne journée, nulle anecdote amusante ou grande nouvelle n'étaient susceptibles de venir nourrir son inspiration, la jeune femme n'avait pu se résoudre à délaisser la plume. D'autres auraient abandonné mais à ses yeux, ne pas écrire était encore pire que de rédiger une missive à la platitude déconcertante. Car en écrivant, elle faisait bien plus que de bavarder : elle se démenait pour conserver ce lien si fort qui les unissait mais qui se délitait toujours un peu plus depuis que son amie avait quitté son voisinage.

Plus que jamais dans ces instants d'incertitude, Eva croyait au pouvoir des mots. Constance semblait détachée ? Insensible ? Ce n'était que passager. Une gentille lettre, quelques histoires bien choisies, un peu de bonne humeur et quelques reproches savamment dosés devraient lui permettre de la ramener à elle. L'amitié était le sentiment le plus noble au monde et Constance, cette sœur de cœur qui lui manquait tant, méritait bien qu'elle insiste un peu lourdement.

Des griffes glacées vinrent subitement enserrer le cœur de la jeune femme, réduisant son sursaut d'optimisme à néant. Et si le silence de Constance était encore une fois la seule réponse qu'elle recevrait jamais ? Quel espoir lui resterait-il ? Sur quelles armes pourrait-elle compter, elle qui n'avait rien ?

Si nulle pensée cynique n'aurait pu faire renier son bel entrain à Eva, la réalité de la situation ne la décontenançait pas moins et semblait lui avoir malgré tout coupé toute velléité de conteuse. Dès lors, faire les cent pas dans la pièce, aller observer la vie de derrière sa fenêtre, réarranger les fleurs qui se trouvaient dans le vase posé sur la cheminée, tout lui avait semblé plus intéressant et plus urgent que de terminer sa fameuse lettre. Ce jour-là, et malgré un goût certain pour les échanges épistolaires, l'inspiration se refusait donc tout simplement à elle et malgré quelques efforts éreintants pour donner un peu de relief à ses mots, seules quelques phrases creuses se disputaient le grand rectangle blanc de la feuille.

De guerre lasse, Eva releva la tête et se laissa encore une fois mollement aspirer par les teintes bleutées du tableau qui lui faisait face sur le mur opposé.

On y voyait une scène estivale, lumineuse. Un bord de mer idyllique, justement réalisé et offert par son amie, peint d'après un autre tableau car pour créer une telle œuvre, Constance n'aurait pu s'inspirer de ses propres souvenirs, n'ayant, tout comme Eva, jamais vraiment quitté son Somerset natal. Du moins, avant de s'exiler pour de bon dans la capitale…

Ce départ avait été si rapide ! Et si étonnant ! Bien que rendu flou par la peine qu'il avait générée en elle, l'événement n'était pas si lointain et Eva ne pouvait s'en souvenir sans avoir la gorge serrée.

À l'époque, alors âgée de presque vingt-neuf ans, l'unique enfant de la famille Pitt ne caressait plus guère le rêve de trouver un mari et, la vie à la campagne ayant apparemment commencé à lui peser, avait finalement fait le choix d'exploiter sa solide éducation et, surtout, les réserves de son infinie patience pour aller éduquer deux petites filles riches de Londres.

La nouvelle avait été un choc, sinon un traumatisme pour Eva qui avait tout d'abord déguisé sa jalousie sous un costume d'inquiétude. N'était-il pas un peu risqué de partir ainsi et d'intégrer une maison dont elle ne connaissait rien, sinon ce qu'on avait bien voulu lui dire ? N'était-il pas injuste d'abandonner ainsi sa mère pour qui les journées s'écouleraient désormais dans une triste solitude ? Constance n'avait-elle pas pensé aux gens du village et de ce qu'ils en diraient ? Sûr qu'ils concluraient des choses étranges de ce départ précipité et les commères s'en donneraient à cœur joie sur son compte !

Tout, des voisins à la famille, en passant par ceux qui comptaient sur elle au quotidien, avait été prétexte à des avertissements et à des mises en garde qui n'avaient en réalité qu'une seule et même raison d'être : garder son amie près d'elle. En vain. Aurait-elle possédé le plus grand pouvoir de persuasion au monde, rien n'y aurait fait tant Constance était sûre d'elle et de son choix. Son amie était donc partie en aussi peu de temps qu'il lui en avait fallu pour rassembler ses affaires et Eva n'avait plus eu qu'à accepter la situation et à en prendre son parti.

Après le temps des larmes, et même d'une certaine rancœur, philosophe malgré elle, elle y avait finalement vu une bonne occasion de vivre de nouvelles aventures à travers les yeux de son amie. Depuis, si elle n'en espérait pas moins la voir revenir rapidement, au moins avait-elle eu la décence de ne pas mentionner ce désir à voix haute.

Désireuse de suivre toutes les étapes de cette nouvelle existence et d'y participer d'aussi près qu'il lui était possible, elle s'était finalement lancée dans une correspondance passionnée et rigoureuse.

Convaincue que Constance se languissait terriblement du petit monde qu'elle avait laissé derrière elle, elle s'ingéniait à raconter le moindre détail de son quotidien, émue à l'idée du réconfort certain que ces petites anecdotes procureraient à l'exilée.

Si elle était restée dans leur petite ville, Constance n'aurait certainement accordé aucune importance particulière au nouveau chapeau de Mme Williams, ne se serait guère intéressée au mariage de la fille de Mme Oliver et aurait sûrement haussé les épaules en apprenant que le fils des Brown avait encore échoué à ses examens de médecine.

Cependant, elle sembla tout d'abord réceptive, et au cours des premières semaines, une réponse rapide parvenait à Eva après chacun de ses envois. Pressant ces lettres contre son cœur, elle s'élançait alors jusqu'à sa chambre et, se jetant sur son lit avec la grâce d'un petit chiot impatient, se plongeait dans des récits qui la ravissaient. Dans un premier temps, Constance avait bel et bien paru satisfaite de son sort et lui racontait ses nouvelles tâches avec une certaine bonne humeur, insistant tout particulièrement sur le faste de la vie londonienne, sur le luxe des réceptions organisées par ses employeurs et sur la satisfaction immense qu'elle éprouvait à gagner son propre argent.

Pouvant à peine imaginer une telle existence, Eva se laissait alors parfois sombrer dans de noires pensées, imaginant son amie poursuivre sa vie lointaine et elle, abandonnée, délaissée, terminer la sienne dans le plus triste des désœuvrements.

Après quelques mois, Eva ne reçut plus qu'une seule missive en réponse à trois des siennes – ses questions restant à jamais sans réponses – puis son amie ne prit finalement la peine de lui répondre qu'en de très rares occasions, ce dont elle ne lui tint pas rigueur. En réalité, c'était le ton froid et distant de son amie qui l'inquiétait bien plus que ne le faisait ce rythme décevant.

À partir de cette époque-là, chaque lettre, si rare fût-elle, apportait son lot de désillusions et Eva s'était rendue à la triste évidence : celle qui lui écrivait ne semblait avoir de Constance que le nom et l'adresse. Il lui semblait correspondre avec une étrangère.

Était-elle devenue si inintéressante ? Constance s'était-elle fait des amies plus drôles, plus belles, plus intelligentes à la ville ? Son silence signifiait-il qu'elle lui cachait sciemment des choses ? Avait-elle des soucis ? Des problèmes qu'elle n'osait confier ?

Être gouvernante n'était pas un long fleuve tranquille et on avait vu bien des jeunes femmes sérieuses et expérimentées perdre complètement pied face à des maîtresses de maison sans pitié.

Quant aux élèves, eh bien…

Ils étaient connus pour être si nonchalants et si mal élevés que s'en faire écouter tenait bien souvent du miracle. Et Constance était si inexpérimentée, si habituée aux petites filles sages de province… S'était-elle aussi bien adaptée qu'elle semblait vouloir lui faire croire ? Peut-être bien que non…

Même avec la meilleure volonté du monde, Eva ne pouvait oublier les longues conversations entre sa mère et Mme Lee, ancienne gouvernante finalement mariée à un pasteur des environs, et dont les vieilles anecdotes, toutes plus tristes et humiliantes les unes que les autres, ne laissaient guère présager le meilleur pour Constance. Certes, l'amie de sa mère avait exercé plusieurs décennies plus tôt mais les choses avaient-elles vraiment changé depuis ?

Ni membres de la famille, ni domestiques, les gouvernantes évoluaient toujours dans une sphère restreinte qui n'appartenait qu'à elles et Constance supportait peut-être mal de vivre toutes ces soirées de solitude, ces interminables repas en solitaire, ce décalage par rapport au reste de la maisonnée et cette impression terrible d'être réduite à moins que rien, autant de moments difficiles que Mme Lee avait dépeints avec un réalisme poignant.

À l'idée que son amie puisse être en souffrance, Eva se sentit soudainement très mal et fut prise d'une angoisse terrible. Abandonnant pour de bon son bureau, la jeune femme prit à peine le temps de glisser sa feuille dans son sous-main au cuir élimé. Elle aurait bien le temps de terminer sa lettre plus tard. Pour l'instant, elle devait aller prendre l'air, sous peine de suffoquer pour de bon, afin de mettre de l'ordre dans ses idées.

2

L'après-midi était bien entamée quand elle l'arriva enfin au sommet de la petite colline que Constance et elle avaient l'habitude de gravir lors de leurs moments de loisirs. Perturbée par ses pensées, Eva avait marché plus lentement qu'à l'accoutumée et mis un temps considérable à choisir son itinéraire. Une promenade en centre-ville aurait sans doute été plus sage et plus rassurante pour sa mère qui peinait à comprendre son besoin de rester à l'écart de la ville mais la jeune femme avait finalement pris un chemin contraire.

Arrivée à l'orée de la forêt, qu'elle aimait pourtant plus que tout, elle avait bifurqué sur la gauche et avait emprunté ce petit chemin qu'elle connaissait bien mais qu'elle avait évité depuis le départ de son amie d'enfance. Revenir finalement en des lieux si imprégnés de souvenirs la consolait un peu et, à la fois, lui brisait le cœur.

N'était-ce pas également là qu'enfant, elle avait l'habitude de venir se promener aux côtés de son père ?

Depuis la mort de celui qui avait été si important pour elle, Eva n'avait plus pu regarder la nature environnante avec l'œil innocent et serein qui avait longtemps été le sien. Le doux gazouillement des oiseaux, le vent dans les feuilles, la beauté des prairies environnantes et le calme mystérieux de la forêt n'avaient plus aucun intérêt depuis qu'il n'était plus là pour guider son regard, pour éveiller son esprit et ses oreilles. Oui, depuis la mort de celui qui avait été au centre de leur existence, il lui semblait que ni sa mère, ni elle ne parviendraient jamais à se remettre du manque qui hurlait en elles.

Tout avait été si rapide, si brutal…

Jamais Eva n'aurait cru que son père, si fort, si courageux, si intelligent, aurait pu mourir d'une maladie qu'il avait passé sa vie à soigner chez les autres. À ses yeux, comme à ceux de sa mère, il était insubmersible, là pour toujours, véritable repère au milieu des jours, mais le silence qui avait envahi la maison depuis le matin de sa mort lui prouvait désormais le contraire.

Même si elle devait vivre des siècles, Eva se souviendrait toute sa vie de ce triste matin où elle avait trouvé sa mère en pleurs devant le corps inanimé de celui qui avait partagé sa vie pendant plus de temps qu'elle ne pouvait se le rappeler.

Sa tante, Kitty, qui était venue les assister dans ces derniers moments, était également là, assise dans un recoin de la pièce, et priait en silence, recroquevillée sur ses propres émotions bien que certainement déjà prête à prendre la suite des démarches en main alors qu'Eva n'était qu'effarement et abattement.

À présent assise sur une souche d'arbre peut-être un peu trop humide, mais non moins accueillante, la jeune femme se revit en ce début de février, s'avançant vers le corps de son père, les bras ballants, les jambes en coton et l'esprit embrumé. Incapable d'offrir une parole de réconfort à sa mère, elle s'était finalement agenouillée à côté de celle-ci et, telle une enfant, avait enfoui son visage dans ses jupes.

Tout, autour, s'était brouillé.

Il n'y avait alors plus eu que le sang, qui battait à ses tempes comme un chien fou enfermé de force dans une pièce, et ses doigts glacés qui se pressaient contre ses paupières fermées, comme pour retenir les larmes qui menaçaient d'en sortir à grands flots. Il lui avait semblé perdre la notion du temps puis un long frisson s'était chargé de la ramener à la réalité. Ce ne fut qu'à ce moment précis, terrible et toujours aussi intense dans son esprit, qu'elle avait réalisé que tout était bel et bien fini. Que leur empressement à le soigner avait été vain, que leur espoir n'avait plus lieu d'être et que Thomas Phoenix, son père, médecin impliqué et infatigable depuis plusieurs décennies, avait finalement succombé à son mal. Cette fois, elles étaient seules, exsangues et inconsolables, et la vie, telle qu'elle avait été jusqu'alors, était bel et bien terminée.

Les jours suivant sa mort, Eva n'avait guère eu le temps de se laisser aller à sa peine ou même de penser à l'avenir. Les membres de la famille, Constance, leurs vagues connaissances, les voisins s'étaient tous succédé dans le petit salon et étaient tous venus présenter leurs condoléances. Forcée de les recevoir et d'entretenir tant bien que mal les conversations qu'ils tentaient d'avoir avec elle, elle avait fait bonne figure en toutes circonstances tout en s'effaçant bien volontiers derrière la personnalité affirmée de sa tante.

Si être happée par ce tourbillon incessant de visites avait été éreintant à bien des égards, l'agitation générale avait néanmoins également eu le mérite de la tenir occupée. En vérité, quoi de mieux que l'activité pour oublier son chagrin, ne serait-ce que l'espace d'un après-midi en bonne compagnie ?

Seuls la nuit et son inévitable cortège de cauchemars auraient pu la ramener à sa triste réalité si, du moins, elle avait été capable d'éviter les regards pleins de pitié que lui lançaient ses proches durant le jour. Tentant de cacher sa révolte sous une vulnérabilité que nul ne pouvait ignorer, Eva n'avait pas été dupe de leurs paroles polies et encourageantes, vouées à l'endormir de leur douceur.

Chaque œillade attristée lui rappelait sa triste situation et il était bien inutile de chercher à mettre des mots sur ces échanges muets : tous autant qu'ils étaient se demandaient ce qu'allaient devenir ces deux femmes maintenant qu'elles se retrouvaient sans revenus. Car si les Phoenix avaient toujours vécu assez confortablement, leur train de vie n'avait rien de luxueux et avec la mort soudaine de Thomas, leur avenir financier ne s'annonçait pas aisé. À sa place, certaines se seraient inquiétées dès les premiers jours et se seraient rongé les sangs. Bien qu'elle ait parfaitement consciente de la complexité de leur situation, Eva avait fait le choix de se distancier de ce triste constat. Tant qu'elle feignait de ne pas y penser, tant qu'elle ne se posait pas de questions, tant qu'elle prenait les journées une à une, elle pouvait croire que tout cela n'existait pas et que la question de l'avenir ne la concernait pas vraiment.

Bien égoïstement, elle avait donc fermé les yeux, se laissant choyer par Constance, se reposant sur sa mère et sa tante pour toutes les questions d'ordre pratique. Après tout, chacun réagissait comme il pouvait, et savoir comment payer le boulanger ou une nouvelle paire de gants était finalement bien accessoire face à la souffrance qu'elle ressentait chaque jour plus durement. Oui, rien n'était comparable à la douleur immense qu'elle portait en elle, si bien que toutes les contrariétés s'en trouvaient absorbées. Comment aurait-elle pu faire autrement ? Elle ne voulait pas penser à des choses aussi prosaïques alors que son complice de toujours n'était plus là pour égayer ses journées de ses anecdotes et taquineries.

Puis Constance était partie et le champ de son horizon s'était réduit pour de bon.

Sursautant en entendant des voix arriver jusqu'à elle, Eva rassembla ses jupes, se releva prestement et entreprit de disparaître avant que les promeneurs n'arrivent à son niveau. Rien, ni personne n'aurait pu la faire sortir de sa solitude et à l'idée même de devoir échanger quelques mots avec des inconnus – pire encore : avec des personnes qui les connaissaient, elle et sa famille –, elle se sentait prise d'une grande panique.

Ce retrait, cette toute nouvelle incapacité à tisser des liens avec autrui ou, tout simplement, à échanger des platitudes avec leurs voisins, était aussi nouveau pour elle qu'inquiétant pour ses proches. La veille encore, sa tante ne s'était pas fait prier pour lui faire remarquer l'incongruité d'un comportement qu'elle jugeait comme hostile.

— Être en deuil est une chose, ma chère, mais se couper du monde en est une autre ! Depuis le départ de Constance, rien ne va plus ! Depuis début mars, je vous vois errer de-ci, de-là, telle une âme en peine et je ne peux que déplorer votre attitude. Rendez-vous utile ! C'est ce qu'aurait voulu votre père ! Cela vous serait profitable au lieu de vous laisser aller à cette langueur dans laquelle vous allez finir par vous noyer !

La jeune femme avait difficilement retenu un sursaut de révolte. Se rendre utile ? Oui mais comment ? Où ? Et surtout : pourquoi ?

Afin de clore la conversation, Eva s'était contentée de hocher mollement la tête, feignant l'humilité et la compréhension qu'elle était pourtant bien loin de ressentir tant les mots de sa tante résonnaient comme une condamnation à ses oreilles.

Ne pouvait-elle pas la laisser un peu en paix ? Pourquoi ne rentrait-elle pas enfin chez elle au lieu de tout régenter et de donner son avis sur des questions qui ne la concernaient pas directement ? Sûr que sa tante trouverait encore à redire en la voyant rentrer à la maison d'une énième promenade en solitaire.

À l'idée de se faire réprimander comme une enfant qu'elle n'était plus, Eva accéléra un peu le pas. Si elle rentrait assez tôt, elle aurait peut-être le temps de se faufiler par la porte de derrière sans croiser Kitty.

Descendant lentement la pente douce qui la ramènerait inexorablement chez elle, Eva se sentit traversée par des sentiments contradictoires et mille idées à la fois. Elle était sortie pour réfléchir sur Constance et sa drôle d'attitude mais n'avait finalement fait que ressasser des idées tristes et vu passer tout un cortège d'images non moins déprimantes dans son esprit. Après tout, sa tante avait sans doute raison. Elle finirait peut-être par sombrer dans sa tristesse, faute d'avoir eu la force de caractère nécessaire pour s'en extirper. Leur deuil était encore terriblement récent mais elle devrait dorénavant essayer de prendre exemple sur sa mère qui faisait preuve d'un courage véritable, bien qu'encore vacillant.

Un peu ragaillardie à cette idée, Eva arriva finalement devant la maison familiale, si modeste et, à la fois, si pleine de ces détails charmants qui la rendaient unique à ses yeux. Elle n'avait connu qu'elle, ses parents s'y étant installés quelques mois avant sa naissance, si bien que ces murs, qui ne leur appartenaient pourtant pas, semblaient faire un peu partie d'elle. Et partie de son père, aussi…

Le ciel au-dessus de la maison, le vent qui faisait battre les volets, les tuiles du toit, les fissures dans les murs, les arbustes plantés dans le jardin, le lierre qui grimpait sur la façade : tout, jusqu'au moindre détail insignifiant, tout était prétexte à se le rappeler et elle étouffa une fois encore sous les souvenirs pesants.

Partir serait un véritable crève-cœur mais aussi une chance de commencer une nouvelle vie aux côtés de sa mère.

Inspirant profondément, elle poussa finalement la porte de la barrière, traversa leur jardinet, contourna la maison pour rejoindre la porte qui se trouvait à l'arrière, tapa des pieds sur le pas de la porte pour débarrasser ses semelles de la terre qui s'y était accumulée et pénétra dans la cuisine.

Ayant en tête de réintégrer immédiatement sa chambre, Eva ne put retenir une petite grimace de dépit en entendant des pas se rapprocher vivement dans le couloir. Décidément, sa tante était aux aguets et avait visiblement attendu son retour avec une impatience qui n'avait certainement rien d'innocent.

À sa grande surprise, ce ne fut pas Kitty mais bel et bien sa mère, Mme Emily Phoenix, qui apparut subitement dans la pièce.

Comment souvent depuis le drame, Eva mit quelques secondes à la reconnaître tant la nouvelle apparence de sa mère, désormais veuve fragile et perdue, correspondait peu à celle à laquelle elle était habituée. Il y avait quelque chose de brisé en elle, quelque chose qui ne reviendrait peut-être jamais et qui lui donnait l'air d'être une femme incomplète et en attente. Mais en attente de quoi ? Sans doute ne le savait-elle pas elle-même.

Alors qu'Eva s'apprêtait à prétendre une migraine pour se retirer d'autant plus facilement dans le calme de sa chambre, sa mère l'arrêta d'un petit geste de la main, lui faisant comprendre par là qu'elle souhaitait prendre la parole en premier :

— Je vous attendais, Eva ! Où étiez-vous passée ?

— Eh bien, j'étais en promenade. Vous étiez pourtant au courant. J'ai pris la peine de…

— Oui, oui ! C'est bien vrai ! Mais… J'attendais votre retour avec impatience.

— Et pourquoi cela ?

Eva, qui s'était laissé distraire par Caramel, le petit carlin de sa tante, releva les yeux sur sa mère. Tout, de son air inquiet à la teinte très rouge de ses joues, en passant par l'éclat étrange de ses yeux, oui, tout portait à croire que si nouvelles il y avait, elles étaient forcément étonnantes. Voire mauvaises ?

Le sursaut d'angoisse qui traversa Eva fut vite suivi par une vague de soulagement. Elle n'avait rien à craindre de particulier. Le pire était déjà arrivé, il n'y avait rien qui puisse être pire que cela.

— De quoi s'agit-il ? ne demanda-t-elle pas moins d'un ton brusque et où l'agacement perçait déjà. Vous avez un air si… Cela ne peut pas être si dramatique, n'est-ce pas ? Allons ! Dites-moi vite ce dont il est question, ne me faites pas languir plus longtemps ! Êtes-vous malade ? Souhaitez-vous que je vienne vous faire la lecture ? Est-ce que tante Kitty a besoin d'aide pour…

— Non, la coupa Emily, visiblement décidée à aller droit au but. Je ne suis pas malade et votre tante Kitty n'a pas besoin de votre aide.

Faisant un pas en avant, elle posa une main frêle sur l'épaule de sa fille avant de déclarer d'un trait :

— Il faut que vous soyez forte, Eva. J'ai reçu à l'instant un message de Mme Pitt. Constance… Constance a eu un terrible accident et elle… Eh bien, Constance nous a quittés il y a quelques jours. Je suis vraiment, vraiment désolée…

me faites pas languir plus longtemps. Êtes-vous malade ? Souhaitez-vous que le vicaire vous fasse la lecture ? Est-ce que tante Kitty a besoin d'aide pour…

— Non, la coupa Emily, visiblement décidée à aller droit au but. Je ne suis pas malade et votre tante Kitty n'a pas besoin de votre aide.

Faisant un pas en avant, elle posa une main frêle sur l'épaule de sa nièce avant de déclarer d'un trait :

— Il faut que vous soyez forte, Eva. J'ai reçu à l'instant un message de Mrs Pim. Constance… Constance a eu un terrible accident et elle… Eh bien, Constance nous a quittés il y a quelques jours. Je suis vraiment profondément désolée.

3

C'était la tombée du jour et Eva se fatiguait les yeux sur un livre dont elle voyait à peine les lignes mais cela était finalement sans importance car son esprit vagabondait bien loin de l'histoire dans laquelle elle feignait d'être plongée depuis déjà plusieurs heures.

Assise sur le canapé du salon, placé à proximité d'une fenêtre donnant sur la rue, elle se laissait bercer par les bruits extérieurs.

Dehors, la vie suivait décidément son cours et les habitants vaquaient à leurs occupations, indifférents aux épreuves par lesquelles la jeune femme passait. Indifférents à la peine qui grondait en elle.

D'ordinaire, l'activité de cette petite ville lui plaisait et la distrayait mais à présent, elle se sentait irritée, comme agressée par ces bruits qu'elle jugeait vulgaires et presque indécents. Comment pouvaient-ils tous être si heureux, si vivants alors qu'elle peinait à se sortir du cauchemar dans lequel on l'avait plongée ? Mais l'eût-elle voulu, désormais elle n'avait plus vraiment la force de se rebeller contre la cruauté du destin.

Eva avait tellement pleuré au cours des heures précédentes, elle s'était tellement lamentée, elle avait éprouvé tant de colère et d'amertume qu'à présent, elle se sentait tout simplement vidée, comme absente de son propre corps.

Elle n'avait pas lutté, se laissant tout simplement envahir par la nouvelle. Après avoir peu à peu contaminé son esprit, la tristesse s'était comme répandue en elle et si son visage ravagé trahissait sa peine, son désarroi et son incompréhension, le pire était encore cette douleur diffuse qui semblait tordre son corps tout entier. Présent du matin au soir, le chagrin fusait de nouveau le long de son dos, dans ses bras, dans ses mains, dans ses jambes et jusqu'au bout de ses orteils.

Elle était mal. Terriblement mal.

Elle avait mal, tout simplement, mais cette douleur, malheureusement si familière, avait encore gagné en intensité quand elle avait pris connaissance des circonstances d'un décès qui lui paraissait aussi brutal qu'inattendu.

Car son amie de toujours, celle avec qui elle avait grandi, celle avec qui elle avait rêvé et ri, cette jeune femme pleine de vie avait connu une mort violente à laquelle elle n'était pas destinée.

Eva ferma les yeux, envahie par la détresse. Comment avait-on dit, déjà ? Un coup du sort ? Une triste malchance ? Un terrible accident ?

Qu'importent les termes, l'ordre des mots pour le raconter ou le ton de celui qui prenait en charge le récit. Constance n'était plus. Constance était doublement partie. Et pire que tout : de là où elle était désormais, il n'y avait nul espoir de retour.

D'après ce que Mme Pitt avait appris, et de ce qu'elle leur avait raconté par écrit à son tour, le soir de sa mort, comme tous les autres soirs, Constance était montée dans sa chambre au second étage alors que ses employeurs passaient la soirée en bonne compagnie.

On avait expliqué à Mme Pitt qu'une fois les enfants couchés, Constance se consacrait généralement à quelques travaux d'aiguille avant d'aller elle-même au lit. On avait précisé que la jeune femme, très réservée, n'avait pas l'habitude de se mêler aux domestiques et que ces derniers n'avaient donc pas jugé son absence prolongée suspecte. Ce n'est donc qu'au moment du départ des invités, très tard dans la soirée, que le majordome avait fait une triste découverte : Constance, qui semblait avoir chuté de la fenêtre de sa chambre, se trouvait quelques mètres plus bas, sans vie.

Mme Pitt leur avait bien entendu assuré qu'une enquête avait immédiatement été réalisée sur place, dès que le drame avait été constaté, mais que, selon les autorités de police, tout laissait à penser qu'il s'agissait d'une simple chute. On avait bien précisé qu'au moment présumé du drame, tous les domestiques vaquaient à leurs occupations, à l'exception d'un valet qui avait obtenu un congé exceptionnel pour la soirée. Quant aux Gardner et à leurs invités, ils n'avaient évidemment pas quitté le grand salon.

La possibilité qu'il y ait eu meurtre avait été immédiatement écartée, évitant à la mère de la victime de soulever cette douloureuse éventualité. Ce n'était tout simplement pas pensable. Qui aurait pu en vouloir à cette gouvernante insignifiante ? Pour quelle raison aurait-on voulu se débarrasser d'elle ?

Quant à la possibilité qu'elle ait pu elle-même mettre fin à ses jours, ils eurent la décence de ne pas l'évoquer mais tous y pensèrent comme y pensa Eva, bien malgré elle. Et si son amie avait bien les problèmes qu'elle suspectait ? Et si son silence n'était bel et bien pas dû à de l'indifférence mais bien à la souffrance ?

Les débats s'arrêtèrent aussi vite qu'ils avaient commencé et chacun se persuada que Constance avait été assez maladroite pour faire une chute mortelle. Après tout, les accidents domestiques n'étaient pas rares et, de nuit, la jeune femme ne s'était sans doute pas rendu compte du danger.

Ainsi, la version officielle mentionnait seulement un accident. On avait rapidement conclu que Constance avait dû glisser en secouant un linge ou bien qu'elle avait cherché à attraper quelque chose dans l'obscurité. À moins qu'elle ne se soit penchée pour voir quelqu'un et qu'elle ait malencontreusement été avalée par le vide. Vu du Somerset, aucune supposition ne semblait moins plausible qu'une autre et Mme Pitt comme Eva ignoraient de toute manière tout de la configuration du bâtiment et de cette fameuse fenêtre. Il leur avait fallu accepter les explications qu'on avait bien voulu leur donner sans espérer obtenir plus de détails.

Toute à sa douleur, et dans une volonté un peu perverse de se faire le plus de mal possible, Eva ne s'en était pas moins repassé et repassé encore la scène en tête et s'était forcée à imaginer la chute de son amie. Avait-elle souffert ? Était-elle morte sur le coup ? Avait-elle eu peur ? Quelqu'un avait-il été témoin de son malheureux accident ?

Si le chagrin d'avoir perdu une amie mettrait évidemment du temps à s'estomper, les tourments d'Eva avaient pourtant très vite changé de nature. Une semaine à peine après l'annonce de ce nouveau décès, sa tante et sa mère l'avaient convoquée dans le salon en plein après-midi.

Ce jour-là, Mary, leur bonne à tout faire, était donc venue la chercher dans sa chambre, éternel refuge dans lequel elle s'était encore une fois cloîtrée et Eva s'était lentement dirigée en direction du modeste salon où l'attendaient les deux sœurs.

D'emblée, leur air grave et soucieux avait fait peur à la jeune femme qui, sans un mot, s'était installée sur un fauteuil en face d'elles. C'était finalement sa tante qui avait pris la parole en premier.

— Ma chère Eva, vous allez certainement beaucoup nous en vouloir et vous auriez raison d'éprouver de tels sentiments si la situation actuelle n'était pas si compliquée.

— Je ne vous en veux en rien, ma tante…

— Certes. Mais attendez avant de vous prononcer…

Elle se racla la gorge et, avant de reprendre, affirma un peu plus son emprise sur Caramel, qu'elle avait installé d'office sur ses genoux. Eva, qui n'aimait que peu les chiens, se sentit presque peinée pour l'animal dont la mine boudeuse aurait pu la faire rire en d'autres circonstances.

— Vous n'êtes pas sans savoir que suite au décès de votre père, votre mère et vous-même ne pouvez pas rester dans cette maison qui est réservée à la famille du médecin en fonction. Vous ne devez ces quelques mois de répit qu'à la grande générosité du nouveau titulaire qui a eu l'amabilité de vous la laisser sept mois supplémentaires. Ces sept mois étant presque terminés, il est plus que jamais temps de prendre les décisions qui s'imposent.

— J'en suis consciente.

— Ah oui ? Bon. Tant mieux.

L'esprit embrumé, Eva présumait, et à raison, que la suite de la conversation allait être tout sauf agréable pour elle, mais sans lui laisser le temps de réfléchir plus longuement, ou même de répondre, la tante Kitty reprit à nouveau :

— Votre oncle et moi-même en avons discuté par lettres et nous sommes prêts à accueillir votre mère chez nous. Nous nous tiendrons compagnie et elle sera d'un grand réconfort pour moi, qui suis si seule. De son côté, votre mère bénéficiera de notre protection. Nous prendrons grand soin d'elle.

Eva chercha le regard de sa mère qui restait délibérément braqué sur ses genoux. Elle ne s'en offusqua pas et ce fut d'un ton très calme qu'elle répondit :

— Très bien, ma tante. Je vous avoue que je ne m'attendais pas à cela mais si vous dites vrai, j'imagine que nous n'avons pas le choix.

— Oh non, ma chère ! Pas le choix ! Mais c'est une belle opportunité pour votre mère que la perspective de finir ses jours en famille.

— Puis-je néanmoins savoir ce que vous avez prévu de faire de moi ? Vous avez uniquement fait référence à ma mère et cela m'inquiète. Je ne peux pas croire que vous ayez décidé de nous séparer. Rassurez-moi ! Je suis moi aussi du voyage ? Mère et moi avions prévu de…

— Malheureusement non, Eva, la coupa Kitty. Nous savons pertinemment que le moment est mal choisi au vu des deuils qui vous accablent depuis le début de l'année mais il nous semblait cruel de vous cacher la vérité plus longtemps. Nous avons déjà bien trop attendu pour avoir cette conversation avec vous…

Kitty jeta un coup d'œil en coin à sa sœur qui, une nouvelle fois, ne daigna pas relever les yeux.

— Nous avions déjà discuté d'une telle possibilité avec votre mère sans oser vous en parler, cependant. Néanmoins, il y a quelques jours, une opportunité inespérée s'est présentée à nous et si l'enchaînement des circonstances reste malheureux et délicat, nous devons la saisir sans tarder…

Kitty laissa sa voix se perdre dans le silence déjà lourd de la pièce. Une fois n'était pas coutume, elle semblait gênée. Dépitée, même. Emily, toujours assise à son côté, n'en avait pas conscience ou n'était pas prête à lui venir en aide si bien que la maîtresse de Caramel reprit bon gré, mal gré.

— Eva, je vais être directe et j'espère que mes paroles ne vous offenseront pas. Mais… à votre âge, il serait fort étonnant que le mariage soit encore une option envisageable pour vous. Mais cela vous est égal, n'est-ce pas ?

À ces mots, Eva se raidit légèrement sur son siège. Piquée au vif, elle ne pouvait que reconnaître la véracité des propos de sa tante. Au vu de son âge plus qu'avancé, elle ne pouvait désormais plus prétendre qu'au statut de vieille fille déjà partagé par bon nombre de jeunes femmes qui n'avaient pas eu le loisir de choisir entre des prétendants.

Le fait de ne pas s'être mariée dans sa prime jeunesse faisait bien évidemment partie des particularités qui l'avaient beaucoup rapprochée de Constance à un âge où, au contraire, les amies d'enfance s'éloignent toujours un peu. N'ayant ni l'une, ni l'autre de foyer à s'occuper, elles n'avaient jamais manqué de temps à consacrer à leur vieille amitié.

— À votre avis, lui avait un jour demandé Constance, alors qu'elles flemmardaient sous un arbre et que le temps, autour, semblait s'être arrêté pour de bon, pourquoi sommes-nous les dernières de notre âge à ne pas avoir trouvé de mari ?

Eva avait feint de réfléchir un instant, cherchant une réponse spirituelle.

— Nous sommes bien trop intelligentes pour ça ! avait pourtant été la seule réplique qui lui était venue à l'esprit.

Constance avait semblé trouver l'idée amusante.

— Trop intelligentes pour aimer ?

— Non ! Trop intelligentes pour trouver des qualités aux hommes qui nous ont été présentés ! Comment aurais-je pu tomber sous le charme de cet Oliver ? Et vous ? Quels attraits auriez-vous pu trouver à ce Charles si ennuyant ?

— Il était gentil…

— Être gentil ne suffit pas.

— Que vous faut-il, alors, chère Eva, pour vous faire succomber ? Un air courageux ? Des médailles ?

Les joues de Constance s'étaient creusées de petites fossettes, comme chaque fois qu'elles partaient dans des discussions qu'elles trouvaient toutes deux aussi vaines que drôles.

— Des livres et des chats !

— Comment ?

— Je voudrais qu'il ait des livres et des chats. Et qu'il soit excellent en géographie.

Constance avait éclaté de rire puis secoué la tête, attendrie :

— Voilà les doléances les plus adorables qu'il m'ait été donné d'entendre ! Mais soit ! Passons sur les livres et les chats… Qu'est-ce que cette histoire de géographie ?

— Eh bien…

Eva avait soupiré, étrangement plus émue qu'elle n'aurait cru le penser.

— Je ne connais rien à rien. Je n'ai presque pas dépassé les frontières de notre comté et j'aimerais… J'aimerais qu'on me parle d'ailleurs, tout simplement…

— C'est un voyageur qu'il vous faut, Eva ! Pas un géographe ! Très bien, nous ferons en sorte de vous trouver cela. Sans doute se présentera-t-il au cabinet de votre père pour une maladie – bénigne, je vous rassure – contractée dans un pays lointain. Mais ne vous inquiétez pas, avait-elle ajouté tout en lui tapotant le bras du plat de la main, un jour, vous partirez d'ici.

— Non, je ne…

— Vous verrez ! J'en suis certaine !

Suite à cette conversation, mille et une folles idées l'avaient accompagnée mais bien évidemment, Eva n'était pas partie et son prétendant féru de géographie n'était jamais venu se faire soigner chez son père.

Bien qu'elle feigne bien souvent le contraire, elle n'en éprouvait pas moins quelques regrets. À mesure que les années passaient, elle craignait la solitude et l'amertume qui allaient de pair avec sa condition d'éternelle célibataire, un sentiment encore renforcé par les événements récents. Sûr que si elle avait été mariée, elle aurait profité du soutien moral et financier de l'homme avec qui elle partageait ses jours et si ce confort n'aurait évidemment pas rendu ces drames moins difficiles à supporter, au moins aurait-elle eu l'assurance d'un avenir serein.

Bien sûr, sa tante ignorait tout de cette vulnérabilité cachée et ce n'était pas aujourd'hui que sa nièce allait consentir à lui ouvrir un cœur plus que jamais renfermé sur lui-même.

— Vous avez raison, ma tante, mentit-elle alors avec aplomb. La question du mariage ne m'a jamais traversé l'esprit et d'ailleurs, j'étais bien trop occupée avec mes travaux de couture et mon travail avec les élèves de l'école. Vous n'êtes pas sans savoir que j'ai remplacé la professeure l'espace de quelques mois, n'est-ce pas ? Enseigner est une tâche ardue qui monopolise toute l'attention de ceux qui, comme moi, ont le bonheur de s'y adonner.

À sa grande surprise, sa tante hocha la tête avec empressement :

— Justement, Eva. C'est justement là que je voulais en venir ! Avec votre mère, nous avons pensé qu'un poste de gouvernante serait vraiment idéal pour vous.

Son aplomb fut immédiatement réduit en miettes et elle ne put décemment pas cacher sa surprise :

— Vous voulez que je sois gouvernante ? Est-ce une plaisanterie ? Mais où cela ? Ne devions-nous pas rester en famille ?

— Oncle Harold et moi-même aurions aimé vous avoir à nos côtés mais notre maison est petite et nos finances ne nous permettent pas de prendre en charge une seconde personne…

— N'ayez crainte, jamais je n'aurais voulu être un poids pour vous, ma très chère tante. Vous avez déjà tant fait pour nous…

Indifférente au ton acide de sa nièce, Kitty continua :

— Vous semblez refuser cette idée mais je n'y vois, pour ma part, que des avantages. Obtenir un poste de gouvernante vous permettrait de voir un peu de pays, de changer d'air tout en vous apportant une certaine indépendance financière. Une jeune femme de votre âge ne pourrait que s'en réjouir. Bien sûr, nous serions ravis de vous accueillir le temps de vos congés, le Kent a l'avantage d'être relativement proche de Londres, ce qui faciliterait vos voyages…

— Londres ?

Eva jeta un regard amer aux deux femmes qui se tenaient devant elle. Visiblement, l'affaire était bien plus avancée qu'elle ne l'aurait pensé.

Sa mère, prostrée, n'avait toujours pas dit un mot et la jeune femme devinait très bien la raison de ce silence. Si elle était d'accord avec sa sœur, Mme Phoenix était sans doute trop affligée pour prendre part à la conversation et restait assise, totalement immobile, le regard fixé sur ses mains sagement croisées sur ses genoux.

Eva savait l'amour que sa mère lui portait et devinait que derrière ce silence se cachait une grande honte. Elle savait qu'elle aurait préféré garder sa fille auprès d'elle et imaginait très bien la détresse de celle qui avait partagé son quotidien pendant vingt-huit longues années. Non, Eva n'avait pas besoin des regards de sa mère, encore moins de ses mots, pour saisir tout cela et elle comprenait même la gêne de sa tante. Malgré tout, elle n'était pas prête à épargner celles qui l'abandonnaient à son triste sort et n'entendait pas leur faciliter la tâche en s'en remettant trop facilement à leur décision.

Et puis quoi ? Un poste de gouvernante à Londres ? Était-ce là tout ce qu'elle pouvait attendre de l'avenir ?

Complètement déboussolée, elle prit l'air le plus insolent qu'elle pouvait adopter et, la colère montant en elle, trouva assez rapidement le ton impertinent qui convenait :

— L'affaire étant visiblement entendue entre vous deux, j'imagine que vous avez également pris soin de me trouver une place ? Où devrais-je courir demain, à la première heure, pour respecter vos petites manigances ? Où avez-vous rangé mon billet de train ? Vite, que j'aille faire mes bagages sans attendre une minute de plus !

Tante Kitty et sa sœur échangèrent un regard furtif et, contre toute attente, cette fois, ce fut Mme Phoenix en personne qui répondit :

— Il y a quelques jours, je suis allée visiter la mère de Constance, comme vous le savez. Elle est toujours aussi affligée.

— Cela se comprend. Nous le sommes tous.

— Elle m'a dit que les Gardner, la famille chez qui Constance travaillait, étaient à la recherche d'une personne compétente pour reprendre très rapidement le poste vacant. À leurs yeux, c'est une urgence car leurs deux petites filles ne peuvent être laissées seules plus longtemps. Mme Pitt s'est permis de soumettre votre nom…

— Comment a-t-elle osé ?

— Elle pensait bien faire ! Elle connaît notre situation…

— Et quand bien même ? Cela ne la regarde absolument pas !

— Constance avait également parlé de vous à Mme Gardner, continua Mme Phoenix du même ton calme. Elle a considérablement vanté vos qualités d'enseignante, si bien que cette femme, dont j'ignore tout, souhaite vous offrir cette place.

— Mais je n'ai jamais été gouvernante ! Cela n'a aucun sens. Il y a certainement bien des jeunes Londoniennes qui seraient mieux qualifiées que moi pour ce travail.

— Mais vous avez déjà enseigné. Et à une classe entière ! Les deux petites filles qui vous seront confiées sont bien plus sages que les garnements auxquels vous avez été confrontée. Croyez-nous, l'affaire est à votre avantage et les Gardner se sont montrés arrangeants malgré votre manque de références. Ils vous attendent en début de semaine prochaine.

— Dans trois jours à peine !

— En effet !

Eva prit alors conscience que tout s'était joué sans elle et qu'elle n'avait évidemment pas la moindre possibilité de fuir l'avenir auquel on la destinait visiblement.

— Mère, comment avez-vous osé me trahir de la sorte ! explosa-t-elle finalement, incapable de se contenir plus longtemps. Pendant tout ce temps, j'étais ici, à vos côtés, essayant de retrouver une vie un tant soit peu normale tandis que vous complotiez déjà pour m'envoyer au loin ! En remplacement de Constance, qui plus est ? Vous êtes-vous demandé ce que je voulais ? Et si je ne souhaitais pas être gouvernante ? Et si je ne voulais pas aller à Londres ? Et puis, ne pouvez-vous pas comprendre qu'aller travailler dans la maison même où mon amie a trouvé la mort m'est tout simplement impossible ? Rien qu'à cette idée, je…

Elle hoqueta.

— Calmez-vous, Eva…

— Me calmer ?

Kitty revint à l'assaut.

— Ma chère, vous n'avez pourtant guère le choix ! Ce que vous prenez apparemment pour un affront de notre part n'est en réalité qu'une immense chance ! Vous êtes injuste avec nous. Les recherches que nous avions faites avec votre mère n'avaient rien donné car nous n'étions absolument pas prêtes à vous voir partir dans la première famille venue. Ce poste qui nous tombe du ciel est bien la seule opportunité qui s'offre à vous ! Et quelle opportunité ! À moins que vous n'ayez une autre solution ? Un prétendant prêt à vous épouser dans la semaine ? Rappelez-vous que vous n'avez pas de famille, Eva, et personne chez qui aller !

— Eh bien, je pensais avoir une tante, et aussi une mère. Mais il faut croire que je me suis trompée… De plus, c'est vous qui êtes injuste, tante Kitty, et cruelle de surcroît ! Vous m'annoncez que ma vie va changer du tout au tout et vous vous étonnez que je sois surprise et paniquée à cette idée ! Vous n'avez de sympathie que pour ce chien laid et obèse que je serai ravie de ne plus croiser à tout moment !

Quelques cris et quelques portes claquées plus tard, l'affaire était entendue ou, du moins, le destin d'Eva était scellé : elle partirait. Elle partirait, non pas par curiosité ou envie, elle partirait tout simplement parce qu'elle ne pouvait pas rester.

La veille de son départ, Eva s'était donc retirée une dernière fois dans sa chambre, devenue impersonnelle et triste car étant désormais dépouillée de ses effets. Les tiroirs de son bureau et ses casiers avaient été vidés et seuls restaient, dans l'armoire, ses vêtements de voyage, déjà prêts pour le lendemain.

Cette pièce, autrefois si accueillante et douillette, n'était finalement plus qu'un petit espace entre quatre murs et n'avait plus rien de rassurant. Contrairement à ce qu'elle avait imaginé, Eva n'éprouvait aucun réconfort à l'idée d'y passer cette dernière nuit et n'avait qu'une envie, la fuir au plus vite.

Quelle que soit l'issue de ce premier poste, quelles que soient ses capacités à tenir ce rôle de gouvernante dans une famille inconnue, elle ne rejoindrait plus ce lit où elle avait passé tant de nuits et fait tant de beaux rêves. Lors de ses prochains congés, elle ne reviendrait pas dans la maison où ses parents, alors jeunes mariés, s'étaient installés dans la bonne humeur qui leur était coutumière mais séjournerait dans le Kent, dans une demeure où elle n'avait aucun souvenir réconfortant. En quittant cette maison, elle ferait ses adieux définitifs à sa vie et, en quelque sorte, à un père dont l'ombre bienveillante planait encore sur toutes les pièces.

Au matin, équipée de son petit sac de voyage, Eva monta alors en voiture sans un regard en arrière. Elle ne voulait pas croiser les yeux de sa mère. Elle ne voulait pas qu'elle puisse y lire sa rancune et, surtout, la peur immense qui l'étreignait soudain, malgré toutes les pensées positives dont elle avait essayé de se nourrir au cours des jours précédents. Elle fuyait délibérément le contact et pourtant, elle aurait terriblement eu besoin d'un peu de soutien, d'un geste, d'un sourire encourageant pour se sentir plus forte. Son éternel « sale caractère », selon les mots de son père, lui jouait encore une fois des tours et l'obligeait à feindre la fierté alors qu'elle n'était que peine et angoisse.

Consciente de ses sentiments tout en étant résolue à se débrouiller seule dans cette nouvelle aventure, elle s'assit doucement dans son coin puis, après un vague sourire à ses compagnons de voyage, laissa son regard se perdre derrière la vitre et se concentra sur le vide qu'elle ressentait.

Dans la voiture qui l'emmenait au loin, Eva pensa longuement à son amie. Il n'y avait pas si longtemps de cela, Constance avait elle aussi quitté la vie qu'elle connaissait depuis toujours et prit cette même voiture. Mais tout était alors différent car elle était partie vers un destin qu'elle s'était choisi. Elle n'avait pas été contrainte comme elle l'était à présent.

Aurait-elle été si pressée de partir si elle avait su à l'avance comment finirait son histoire ? Son destin avait été si cruel…

Les yeux toujours braqués sur l'horizon, Eva se fit alors une promesse : son voyage à Londres ne serait pas vain. Elle allait obéir à sa mère, s'installer chez les Gardner et assurer sa subsistance comme elle pourrait mais elle en profiterait également pour mettre les choses au clair quant aux derniers instants de son amie. Car plus que jamais en ces instants, elle ne croyait pas à une chute accidentelle. On ne tombait pas d'une fenêtre comme on tombe d'une chaise. Il y avait forcément plus à apprendre, quelque chose à découvrir derrière des mots consolants mais vides de sens. C'était son devoir, le rôle qu'elle s'attribuait, la tâche qui lui donnerait dorénavant envie d'avancer. Peu importait si elle avait tort ou raison de douter, elle saurait trouver les réponses à ses questions.

4

Après un cours voyage en voiture, Eva était arrivée à la gare et s'était sagement laissé conduire jusqu'à son compartiment. Une fois assise dans le train, elle n'avait plus bougé et, comme plongée en elle-même, avait gardé ses yeux baissés sur ses mains gantées, affectant un calme olympien qu'elle était pourtant loin de ressentir.

Autour d'elle, les passagers n'avaient ni visage, ni expression. À peine faisait-elle attention à leurs mouvements et aux allées et venues régulières des voyageurs dans le wagon. L'impression d'étrangeté prévalait sur le reste. Sur sa curiosité et même sur la petite étincelle d'excitation qu'elle sentait pourtant bien poindre au fond d'elle.

Craignant qu'on ne lui parle ou même qu'on ne lui pose une question, elle tenta de se faire oublier et de se fondre dans le décor.

Au fil des kilomètres, la tension qui raidissait sa nuque était devenue de plus en plus insupportable et elle eut la plus grande peine à résister à l'envie de se masser vigoureusement le cou. Contrairement à ce qu'avait assuré Kitty, le trajet allait être long. Pour être à l'aise et apprécier le voyage, il aurait fallu qu'elle puisse se détendre mais n'osant lever les yeux autour d'elle, elle s'imaginait entourée d'individus hostiles et inquisiteurs, ce qui l'empêchait de se calmer et de se mouvoir avec naturel.

Si Eva avait pris la peine de relever les yeux, elle aurait sans doute été soulagée car ceux et celles qui se déplaçaient autour d'elle n'avaient rien d'effrayant. Pire encore : tout à leurs occupations et pensées, ils semblaient à peine noter la présence de cette pâle jeune femme. Si, par le plus grand des hasards, ils avaient croisé son regard clair, ils n'y auraient vu qu'innocence et, peut-être, une lueur de tristesse qui la rendait encore plus jolie et touchante dans sa sévère robe noire.

Quelques conversations auraient pu lui faire passer agréablement le temps. Quelques sourires échangés auraient pu réchauffer son cœur glacé par les circonstances. Mais Eva ne releva pas une seconde la tête. Dès le moment où elle avait posé le premier pied dans le wagon, elle n'avait plus eu qu'une envie : que ce voyage se termine au plus vite et qu'elle arrive enfin à bon port.

L'arrivée ne serait pourtant pas synonyme de soulagement, loin s'en fallait. Une fois sur place, elle devrait encore se plier au rituel des présentations. Sans doute rencontrerait-elle la maîtresse de maison en premier lieu puis serait-elle introduite auprès des filles de cette dernière. Ensuite, elle devrait également se frayer un chemin au sein des domestiques. Si Constance n'avait pas menti dans ses lettres, ils devaient être nombreux, le train de vie des Gardner étant particulièrement luxueux.

Même avec le peu de recul que lui conférait la situation, Eva réalisait pleinement l'étendue de son ignorance. Malgré les quelques missives que lui avait envoyées son amie, elle disposait de bien peu d'informations concrètes sur cette famille, tant Constance s'était montrée avare en détails et en confidences. En conséquence, Eva ignorait finalement tout du rythme de ses journées, des occupations qui avaient pu être les siennes durant ses moments de temps libre et encore plus si elle s'était fait des amis ou des ennemis parmi le personnel déjà en place. Derrière ses bavardages résolument légers et creux, Constance n'avait finalement rien raconté de sérieux, rien de fondamental et, surtout, avait évité les sujets importants comme ses sentiments profonds et ses émotions.

Par la fenêtre, le paysage défilait avec une régularité qui invitait au relâchement et presque malgré elle, Eva se laissa finalement un peu contaminer par une émotion un peu plus positive que celles qui l'avaient habitée jusqu'alors. Aurait-elle voulu jouer la cynique qu'elle n'aurait pas su tenir son rôle bien longtemps : malgré un âge que sa tante avait qualifié d'avancé de façon bien cruelle, elle quittait le comté du Somerset pour la première fois, à l'exception, peut-être, de la lointaine époque où elle avait séjourné dans la famille d'une camarade, dans le Derbyshire. Alors, elle avait entrepris ce trajet avec cette fameuse amie et la mère de cette dernière, une compagnie agréable qui avait donné au voyage une dimension drôle et récréative, des sentiments qu'elle aurait eu de la peine à retrouver à présent qu'elle était seule.

Si Eva ne l'aurait avoué pour rien au monde, malgré ses angoisses, sa rancune et bien qu'ignorant tout à fait le genre de vie qui l'attendait à Londres, elle n'était à présent pas si mécontente de quitter les collines de son comté, ses paysages ruraux et son calme obsédant. Elle avait apprécié la beauté des paysages, la douceur de l'air et avait coulé des jours heureux dans la petite ville où elle était née. Elle avait aimé la maison de ses parents et la vie qu'elle y menait mais puisque ces dernières faisaient désormais partie du passé, mieux valait ne pas se lamenter. Il fallait qu'elle trouve la force d'aller de l'avant, coûte que coûte.

Bien plus tard, le cœur de la jeune femme se mit à battre la chamade quand elle comprit que le train ralentissait afin d'entrer en gare. D'instinct, elle releva enfin les yeux vers la femme qui était assise en face d'elle. Replète et avenante, cette dernière lui adressa un grand sourire avant de se lever et de rassembler ses affaires. Eva, qui n'avait que son grand sac de voyage à saisir, fut soudainement envahie par une certaine appréhension à l'idée de sortir du train et, comme pour se rassurer, emboîta résolument le pas de la voyageuse.

Descendue sur le quai à sa suite, elle n'osa la suivre plus longuement et se retrouva plongée dans une mer de vapeur et de fumée qui lui fit perdre tous ses repères. Comment allait-elle se diriger, au cœur de ce brouillard opaque ? À qui s'adresser et, surtout, de quel côté partir ?

Derrière elle, on s'impatientait déjà et elle dut vivement dégager le passage sous peine de se faire renverser par des passagers pressés de rejoindre leur lieu de rendez-vous. Contrairement à elle, la plupart des personnes présentes sur le quai semblaient savoir où aller.

Regrettant de ne pas s'être interrogée plus précisément sur les conditions exactes de son arrivée à Londres, la jeune femme ne savait que faire. Devait-elle rester sur le quai ou, au contraire, sortir de la gare ? Rester immobile lui semblait ridicule, si bien qu'elle prit le risque de se laisser porter par le flot humain. Rejoignant les rangs, elle se mit alors à marcher sans même savoir où elle allait, espérant que ces voyageurs se dirigeaient d'un même pas vers la sortie.

Eva ne s'était pas entièrement abandonnée à la puissance du mouvement collectif pour autant et tous ses sens restèrent en éveil. Ses yeux papillonnaient de droite à gauche, scrutant le moindre détail susceptible de l'aider dans sa progression. Ses oreilles, elles, étaient à l'affût du moindre bruit et dans sa crainte de trébucher, elle s'ingénia à garder une main sur le mur qu'elle longeait précipitamment.

Dans sa hâte de garder le rythme sans rien perdre du spectacle alentour, Eva faillit néanmoins butter contre la silhouette qui était brusquement apparue devant elle. L'homme était arrivé de nulle part et ne semblait visiblement pas prêt à s'écarter de son chemin, ce qui la plongea dans une peur inexplicable.

— Mademoiselle Phoenix ?

Elle sursauta d'autant plus vivement en entendant son nom et détailla rapidement la mise de celui qui lui faisait face. À qui pouvait-elle bien avoir affaire ? Un chapeau un peu élimé, une barbe clairsemée, certes ! Mais le costume était de bonne facture et propre…

— Monsieur Gardner ?

Eva s'était attendue à tout sauf au gros éclat de rire qui accueillit sa question. L'homme pointa un index épais contre son torse et demanda :

— Moi ? Vous m'avez pris pour le patron ? C'est la meilleure !

Peu habituée à provoquer le rire à ses dépens, Eva se renfrogna quelque peu mais choisit de garder le silence, de peur d'aggraver encore sa situation. Grand bien lui prit puisque face à son silence boudeur, l'homme se calma rapidement.

— Je ne suis pas M. Gardner, mademoiselle. Je suis Will, le cocher, et je suis chargé de vous conduire jusque chez les patrons. Il aurait fallu rester sur le quai comme on vous l'avait dit. J'aurais pu vous louper et alors, j'aurais jamais pu vous retrouver !

— On ne m'en avait rien dit…

— C'est du bon sens, pourtant ! Enfin, peu m'importe. Maintenant que je vous ai retrouvée, l'affaire est conclue. Donnez-moi votre sac.

Eva lui tendit ses effets, un peu confuse.

— Je n'ai que celui-ci avec moi, ma malle a été directement envoyée à Londres et…

— Oui, je sais, mademoiselle. Elle est déjà arrivée. Suivez-moi, maintenant. Je vous amène à la voiture. Tentez de ne pas me perdre de vue. Tout Londres s'est donné rendez-vous ici, ma parole ! Si elle voyait ça, ma pauvre mère dirait que c'est un enfer sur terre. Allez !

Tentant tant bien que mal de rester à son côté, Eva écouta le cocher pester tout au long du chemin tout en continuant à jeter de petits coups d'œil autour d'elle. Ayant toujours vécu en province, elle n'avait pas été habituée à l'effervescence d'une grande ville et, tout comme la mère de Will aurait pu le faire, s'étonnait même qu'autant de personnes puissent tenir dans un lieu si exigu. Était-il possible qu'un bâtiment explose à cause d'une concentration humaine trop importante dans ses entrailles ? Elle ouvrit la bouche afin de poser la question à Will puis se ravisa finalement très vite, inquiète de sa réaction. Aurait-elle osé qu'il n'aurait de toute manière pas entendu sa voix au-dessus du brouhaha qui était allé en s'amplifiant à mesure qu'ils se dirigeaient vers la sortie.

Une fois à l'extérieur de la gare, Will la mena rapidement jusqu'à la voiture des Gardner et Eva s'y engouffra sans hésiter. Un peu plus loin devant eux, des dizaines de voitures de louage étaient entassées et attendaient elles aussi leurs futurs occupants. Les autres voyageurs, eux, partaient à pied, disparaissant en masses informes dans les rues adjacentes. Certains emprunteraient les transports en commun, d'autres poursuivraient leur route à la seule force de leurs jambes.

Vulnérable comme elle l'était en cet instant, Eva fut soulagée d'être dans une voiture privée. Aussi réduit qu'il soit, l'espace de cette dernière représentait la dernière étape entre sa vie d'avant et l'existence qui l'attendait pour une durée indéterminée. Resterait-elle quelques mois ? Quelques années ? Toute une vie ? Il arrivait parfois qu'une gouvernante devînt la dame de compagnie d'une de ses anciennes élèves avant de s'occuper de l'instruction des enfants de cette dernière. Mais encore fallait-il mériter cette place…

Saurait-elle se faire aimer de ces futures élèves ? Et surtout, en avait-elle réellement envie ? Comment seraient-elles avec elle ? Insupportables ou adorables ? Sa gorge se serra à la perspective d'une vie passée au service d'inconnus qui n'auraient peut-être que du dédain pour sa personne.

Pendant ce temps, la voiture avait quitté la gare et s'avançait à présent au cœur de la ville. Malgré toutes les idées qui s'entrechoquaient dans son esprit, Eva n'était plus assez préoccupée par ses pensées pour rester indifférente au spectacle ambiant. Bien qu'elle soit encore un peu étourdie par sa traversée de la gare bondée, elle ne put résister à l'envie de coller son nez au carreau afin de ne pas perdre une miette de l'immense scène qui se déroulait sous ses yeux étonnés. En vain : elle ne sut bien vite plus où donner de la tête.

Ici, l'agitation semblait constante et la foule des véhicules et des piétons était apparemment infinie. Partout autour d'elle, les conducteurs se partageaient la route à grand renfort de cris, d'imprécations et de menaces, chacun d'entre eux semblant considérer que son attelage devait avoir la priorité sur tous les autres. Will, dont la voix ne lui parvenait qu'étouffée, n'était pas en reste et Eva fit le choix raisonnable de ne pas s'attarder sur les horreurs qui sortaient de la bouche du cocher.

Son regard se reporta alors plus particulièrement sur les piétons, qui étaient vêtus de couleurs sombres pour la plupart. Semblant quant à eux jouer leur vie à chaque seconde, ils tentaient de traverser au petit bonheur la chance. C'était une valse dont chacun connaissait parfaitement les pas. Mais une valse dangereuse. Un oubli, un moment d'inattention et la fausse note pouvait se révéler fatale…

Partout, de petits balayeurs nettoyaient la chaussée débordant d'immondices pour les passants les plus fortunés qui leur glissaient, au passage, quelques pièces au creux de la main. Les vendeurs ambulants complétaient le paysage et proposaient à qui en voulait leurs marchandises disparates. Rubans de dentelle, allumettes, tissus bon marché ou fruits et légumes : disposés sur des brouettes ou sur des étals de fortune, ces articles étaient exposés à tous les vents et Eva avait bien de la peine à s'imaginer faire ses emplettes dans un environnement aussi périlleux.

Fatiguée par toutes ces images, toutes ces couleurs, elle quitta les rues des yeux et, s'adossant calmement au dossier de son fauteuil, entreprit d'observer autour d'elle. Force était de constater que la voiture des Gardner était propre, spacieuse et extrêmement confortable. Si posséder son propre véhicule était un signe de richesse certain, il suffisait d'effleurer du doigt le tissu épais des fauteuils pour deviner que la famille était très aisée et qu'elle accordait de l'importance aux moindres détails, une caractéristique à laquelle la jeune femme n'était pas indifférente.

Eva n'avait aucune idée de ce qu'était le luxe mais avait toujours apprécié les belles étoffes et tout ce qu'elle appelait « les jolies choses ». De par ses origines, elle disposait de bien peu d'objets de valeur mais avait un petit trésor, une magnifique brosse à cheveux en nacre avec le miroir à main assorti. Le manche des deux éléments était décoré à l'aide de dorures exquises et sur leur dos, des boutons de rose avaient été peints avec la plus grande finesse. Tous les soirs, Eva aimait brosser ses longs cheveux jusqu'à les faire briller et avait apporté ce petit rituel dans ses valises. Quant au reste de ses bagages, il était essentiellement composé de vêtements d'une grande simplicité et de livres, la jeune femme n'ayant pas pu se résoudre à abandonner ses ouvrages préférés dans la demeure familiale. Tous lui avaient été offerts par sa mère…

Les pensées d'Eva n'eurent pas le temps de s'envoler longuement vers cette dernière – que faisait-elle à cette heure ? – que, déjà, le cocher ralentissait et arrêtait la voiture devant une grande résidence. Eva jeta de nouveau un coup d'œil par la vitre.

À n'en point douter, la demeure des Gardner était visiblement une maison de standing à la façade cossue et aux larges fenêtres. Le bâtiment principal était séparé des passants par une haute grille en fer forgé, et l'entrée de service, en contrebas de la rue, permettait certainement aux domestiques d'aller et venir selon les tâches qui leur étaient assignées sans jamais passer par la grande porte. Le perron de la maison, comme jeté au-dessus de la tranchée, servait quant à lui uniquement aux hôtes de marque.

Eva, qui jusque-là avait trouvé le temps si long, aurait finalement bien aimé que le voyage se prolongeât un peu car elle savait qu'une fois arrivée à ce point précis, il n'y avait plus aucune possibilité de faire machine arrière. Dès qu'elle poserait le pied sur la chaussée, il n'y aurait plus d'échappatoire possible : elle allait devoir entrer dans cette maison, lier connaissance avec ces inconnus et dire adieu à la vie retirée qui avait été la sienne jusqu'alors. Respirant profondément, elle lissa rapidement sa robe, toute froissée par son voyage, et s'efforça de calmer les battements frénétiques de son cœur. Puis, comme il fallait bien se lancer à un moment ou à un autre, elle décida tout simplement qu'elle était prête.

Comme s'il avait entendu ce signal silencieux, le cocher ouvrit la porte et l'aida à descendre de voiture.

Elle eut un instant de trouble au moment de poser le pied sur le perron. Ses pierres, claires et propres, étaient certainement lavées à grandes eaux tous les matins et même en mettant le nez sur le pavé, on n'aurait pu voir la moindre goutte de sang. Si Eva devait en croire les informations dont elle avait bénéficié, c'était pourtant bien là qu'était tombée Constance. Juste là, sous ses pieds, qu'elle avait terminé son existence… Eva en eut presque le tournis mais n'en entama pas moins l'ascension de l'escalier.

Une fois arrivée au sommet des marches, elle n'eut pas le temps de sonner à la porte. Droit comme un « i », un majordome lui ouvrait déjà en grand, s'effaçant pour la laisser pénétrer dans l'entrée. Ce geste, certainement machinal pour lui, donna à Eva l'impression d'être quelqu'un de la plus grande importance. Jamais elle n'avait été accueillie de la sorte et c'était un honneur qu'elle savourait à sa juste valeur.

Très vaste, le hall dans lequel elle pénétra était décoré dans les tons vert sombre et était mis en valeur par un parquet de bois clair. Tout au fond se dessinait un escalier aux proportions majestueuses. Sur un côté, quelques marches desservaient la cuisine, cette dernière étant située en sous-sol.

Eva n'eut pas l'occasion d'observer plus longuement les lieux, car une troisième personne visiblement chargée de s'occuper d'elle entra immédiatement en scène. Une jeune femme blonde d'une grande beauté fit en effet irruption devant elle en faisant allégrement froufrouter ses larges jupes. Elle avait le teint pâle des citadines qui ne voient pas souvent le soleil et l'air affairé de celles qui ne manquent ni de responsabilités, ni d'occupations. À moins qu'elle ne se soit donné tout simplement l'air très occupée pour l'impressionner.

— Mademoiselle Phoenix ? Je me présente : je suis Charlotte, la cameriste de Mme Gardner. Je vous souhaite la bienvenue parmi nous.

Rendue momentanément muette par l'émotion, Eva lui fit un signe de tête plein de raideur et d'appréhension dont la jeune femme ne sembla pas lui tenir rigueur. Elle continua son petit discours comme si de rien n'était, tout en détaillant discrètement la mise de la nouvelle arrivée.

— Madame m'a chargée de vous accueillir à votre arrivée et de vous montrer votre chambre. Ensuite, vous êtes invitée à la rejoindre dans le salon. J'espère que votre voyage n'a pas été trop éprouvant ! Prendre le train est si fatigant, et si sale ! Suivez-moi, nous n'avons pas beaucoup de temps !

Décidée à sortir de sa léthargie, Eva ne se laissa pas distancer par le pas rapide de la jeune femme de chambre et la suivit docilement dans les longs couloirs lambrissés.

Elles prirent l'escalier et laissèrent rapidement derrière elles le rez-de-chaussée où l'on trouvait une grande salle à manger, un petit salon ainsi que le bureau de M. Gardner. Au premier étage, Eva découvrirait bientôt tout un ensemble de pièces de réception dont une immense salle qui, elle l'apprendrait bientôt, était uniquement réservée aux plus grandes réunions familiales des Gardner. Au deuxième se trouvaient les chambres des enfants, celles de leurs parents mais également le boudoir de Madame, un espace privé dans lequel elle passait de longues heures chaque jour. Si les chambres des domestiques étaient toutes réunies au troisième, sous les toits, celle d'Eva était située au même étage que celles de ses employeurs.

Après avoir traversé ce qui parut être un long labyrinthe à la nouvelle gouvernante, Charlotte la laissa devant sa porte, lui proposant de prendre un peu de temps pour changer de tenue et peut-être, ajouta-t-elle en jetant un regard alarmé à la coiffure d'Eva, mettre un peu d'ordre dans ses cheveux. Soudain gênée par le regard connaisseur de la jeune femme, Eva rougit légèrement. Trop occupée à regarder autour d'elle, elle n'avait pas pensé une seule seconde à vérifier sa mise, si bien qu'elle ignorait totalement à quoi elle ressemblait. Si elle voulait éviter de se couvrir de ridicule, elle devrait trouver le temps pour ses cheveux. Quant à ses vêtements, elle n'osa avouer à Charlotte qu'elle ne possédait guère mieux que cette simple robe.

Après quelques peignes savamment plantés dans sa chevelure et un lissage en règle de ses vêtements, Eva fut conduite auprès de Harriet Gardner.

5

Les deux femmes qui l'attendaient dans le boudoir étaient habillées à la dernière mode, du moins de ce qu'Eva pouvait en juger, et rivalisaient d'élégance et de féminité.

Éblouie par la beauté de leurs toilettes mais également par le faste du salon dans lequel elle était reçue, Eva nota l'harmonie des couleurs et des étoffes ainsi que le bon goût de l'ensemble.

Visiblement, les Gardner ne manquaient pas d'argent et pouvaient se permettre de vivre dans le confort sans se sentir pour autant obligés de mettre en évidence une œuvre d'art coûteuse ou un meuble précieux nouvellement acquis afin que l'on remarque bien leur niveau d'aisance. Et ils aimaient la profusion. Partout, l'on pouvait voir des fauteuils, des canapés, des lustres de différentes tailles mais également une grande variété de vases, de miroirs et de bibelots. En femme pratique qu'elle était, Eva se demanda combien de bonnes étaient chargées d'épousseter et d'astiquer tout ce mobilier. Deux ? Peut-être même trois ?

Toute à son observation des lieux, elle fut quelque peu mortifiée en réalisant que les deux femmes n'étaient pas seules mais qu'un homme se tenait adossé à la cheminée, dans le fond de la petite pièce.

Grand et très svelte dans son habit noir, il était doté d'yeux clairs qui tiraient sur un vert indéterminé. Les paupières, légèrement tombantes, donnaient un air langoureux à son regard tandis que sa bouche, à la fois fine et bien dessinée, esquissait déjà un petit sourire amusé. Les légères rides qui se dessinaient au coin des yeux indiquaient quant à elles que l'homme était peut-être un peu plus vieux que ne le laissait penser son air apparemment juvénile.

Ayant noté que la jeune femme l'avait remarqué, il la gratifia d'un léger hochement de tête puis replongea nonchalamment dans le livre qu'il tenait à la main. Tout dans sa physionomie indiquait néanmoins qu'il restait aux aguets et qu'il ne manquerait pas une miette de la conversation qui allait suivre.

Ce fut néanmoins Harriet, et non lui, qui vint à la rencontre d'Eva dans un bruissement de soie et qui prit la parole la première :

— Mademoiselle Phoenix, vous voilà ! Nous vous attendions. Avez-vous fait bon voyage ?

Constance avait décrit la maîtresse de maison comme une grande femme brune à l'air énergique, Eva ne fut donc pas surprise par le dynamisme de cette entrée en matière. À première vue, le portrait que lui avait fait son amie lui semblait assez ressemblant, si on exceptait le fait qu'un petit embonpoint alourdissait légèrement la silhouette de son employeuse. Sans savoir pourquoi, Eva se l'était imaginée bien plus maigre et, peut-être, légèrement plus âgée. En réalité, Mme Gardner ne semblait pas avoir plus de trente-cinq ans, un âge qui n'était finalement pas si éloigné du sien. Néanmoins, les comparaisons s'arrêtaient là : leurs existences étaient diamétralement opposées et si l'une commandait, l'autre était aux ordres de la première.

— Très bien, Madame. Le voyage en train a été rapide. Je vous remercie d'avoir envoyé Will me chercher à la gare, il m'a été d'une grande aide. J'avoue avoir été un peu perdue lors de mon arrivée en ville. Je ne suis pas habituée à autant d'agitation et j'aurais très facilement pu me perdre.

— Mais c'est bien normal, voyons ! Nous n'allions pas vous laisser prendre un fiacre alors que la voiture était disponible. Mais je vous en prie, venez vous asseoir à nos côtés. Je vais demander que l'on vous apporte un rafraîchissement, les voyages en train laissent toujours la gorge si sèche !

La chose faite, elle revint s'asseoir et présenta la jeune femme brune qui était restée assise légèrement en retrait :

— Oh, je manque à tous mes devoirs. J'ai oublié de vous présenter Mlle Lewis. Amélia est une parente d'une ancienne camarade d'école de ma mère. Nous avons le plaisir de l'accueillir depuis quelques semaines et…

— Le plaisir est partagé, Harriet.

Amélia Lewis lança un regard admiratif à la maîtresse de maison mais toute chaleur semblait avoir déserté son visage au moment où elle croisa le regard d'Eva. Soudain très froide, elle lui murmura un vague « Enchantée », accompagné d'un rapide signe de tête puis sombra de nouveau dans un mutisme impénétrable. Dès lors, ses yeux, très noirs, passèrent du visage d'Eva à celui de l'homme qui était resté en arrière, semblant guetter la réaction de ce dernier sans jamais parvenir à croiser son regard.

L'examinant à nouveau tout en évitant de la fixer de manière trop ostentatoire, Eva se dit qu'elle était quant à elle sans doute plus jeune que ce que ses grands airs pouvaient laisser penser et qu'elle devait avoir à peine dix-neuf ans. Visiblement très sûre d'elle et se tenant très droite dans sa jolie robe, elle n'avait malheureusement pas la fraîcheur et la vitalité qu'on attendait d'une toute jeune femme, raison pour laquelle Eva l'avait tout d'abord jugée plus vieille. À bien y réfléchir, il y avait quelque chose de « passé », chez elle, comme si ses couleurs d'origine avaient légèrement déteint.

— Et voici mon frère aîné, Théo Carter, reprit Harriet, sans s'embarrasser de plus de politesses. Vous aurez l'occasion de le voir très régulièrement car il vient souvent nous rendre visite, notamment durant la période hivernale où les affaires le ramènent souvent à Londres. Notez néanmoins que ses visites n'ont aucune logique. Mon frère a pris l'habitude d'aller et venir selon sa fantaisie, un plaisir de célibataire exempt de toute responsabilité familiale, je présume ! Il peut passer de longues semaines à nos côtés mais nous pouvons aussi passer de longs mois sans nous voir. Vous vous y ferez vite.

À l'écoute de ces mots, Théo reposa son livre sur le manteau de cheminée et s'avança lentement en direction des trois femmes. D'allure raffinée, il était habillé avec le plus grand soin mais si la coupe de ses vêtements restait des plus strictes, sa manière de se tenir, son attitude ou alors l'essence même de son être lui donnaient un air qu'Eva aurait qualifié de légèrement ébouriffé.

— Mademoiselle Phoenix, je suis enchanté de faire votre connaissance, commença-t-il en s'inclinant légèrement dans sa direction. J'espère vivement que vous apprécierez la vie dans la maison de ma sœur et que ses petites chipies de filles n'auront pas raison de votre patience !

— Oh, Théo !

L'air faussement gênée, Harriet donna un petit coup d'éventail sur l'avant-bras de son frère puis reporta son attention sur Eva :

— Ne l'écoutez pas, mademoiselle Phoenix ! Mon frère a l'habitude d'exagérer ses propos et s'amuse à vous tourmenter à l'avance. Victoria et Ophélie sont d'adorables enfants, vous verrez. Vous les rencontrerez demain matin, je vous ferai appeler le moment venu.

Elle fit une légère pause, la tête penchée sur le côté, puis ouvrit son éventail d'un geste brusque en ajoutant :

— Eh bien voilà, je crois que nous nous sommes tout dit. Inutile de pousser plus loin les explications aujourd'hui. J'imagine que tout est clair ?

Un peu intimidée, Eva répondit par l'affirmative. Satisfaite par une réponse qui arrangeait bien ses affaires, Harriet Gardner conclut alors :

— Je suis fatiguée. Je vous laisse libre de votre fin de journée. Faites comme bon vous semble : reposez-vous ou descendez à l'office faire connaissance avec le personnel. Pour toutes les questions pratiques, remettez-vous-en à Mme Mitchell, l'intendante. J'ai la plus grande confiance en elle, qu'il en soit de même pour vous. Ne venez jamais, entendez-vous bien, ne venez jamais me parler de vos petites histoires, je vous prie. Je n'ai pas de temps pour cela. Vous trouverez son petit bureau personnel vers les cuisines. On vous l'indiquera sans problème. Sur ce, je ne vous retiens pas, mademoiselle Phoenix, et vous souhaite une excellente nuit.

Eva comprit qu'elle était congédiée et quitta la pièce comme un automate, la gorge sèche. Entre-temps, une domestique silencieuse était venue servir des rafraîchissements mais elle n'avait pas eu le temps de toucher à son verre. Cette première rencontre avait été si rapide !

Fatiguée, mais consciente de ses obligations, Eva savait qu'il aurait sans doute été plus convenable de descendre directement se présenter à la fameuse et si précieuse Mme Mitchell puis de prendre le temps de passer à la cuisine pour rencontrer le personnel qui était sans doute déjà en train de terminer les derniers préparatifs pour le repas du soir. Mais après une journée de voyage harassante, elle n'avait qu'une envie : rejoindre sa chambre, repasser en esprit le fil de sa journée et, surtout, dormir. Elle le savait : les journées qui allaient suivre allaient être ardues et les cours qu'elle devait dispenser dans cette maison n'auraient rien à voir avec les leçons qu'elle avait pu donner par le passé. On attendait d'elle qu'elle soit efficace, autoritaire et, surtout, capable de captiver ses élèves aussi bien en calcul mental qu'en poésie tout en assurant également leurs projets en piano et en aquarelle. Il allait falloir être à la hauteur.

Après avoir erré quelques minutes au second étage, elle finit par retrouver sa chambre et referma silencieusement la porte derrière elle. Contrairement à ses craintes, la pièce qu'on lui avait réservée n'était pas celle qu'avait occupée Constance. Charlotte l'en avait assurée, à son grand soulagement. Elle aurait été bien en peine d'expliquer pourquoi mais elle ne tenait absolument pas à poser la tête sur l'oreiller qui avait accueilli les rêves ou les cauchemars de son amie au cours des mois précédents.

Sa malle avait déjà été déposée dans un coin et, chose étrange pour Eva, qui n'avait pas l'habitude d'être servie, son contenu était déjà rangé dans l'armoire. Depuis sa plus tendre enfance, elle avait vu Mary, leur bonne à tout faire, s'affairer dans la maison aux côtés de sa mère mais ses parents ne l'avaient jamais habituée à prendre cette assistance pour acquise ou à en abuser. Plus qu'une servante, Mary était une vieille amie pour la famille, elle vivait dans sa propre maison et était traitée avec tous les égards qu'elle méritait. S'en séparer avait d'ailleurs été un déchirement particulièrement cruel auquel la jeune femme ne se sentait pas encore la force de penser…

On frappa à sa porte, ce qui la ramena immédiatement dans le présent : c'était de nouveau Charlotte.

— Mademoiselle Phoenix ? Je suis désolée de vous déranger. Je… Je pensais bien que vous étiez remontée. J'ai défait votre malle et…

— Oh, je vous en prie, Charlotte, appelez-moi Eva. Je ne suis pas habituée à ce qu'on me donne du « mademoiselle Phoenix » à longueur de journée. Si nous devons nous voir tous les jours, cela serait plus agréable pour nous deux, qu'en pensez-vous ?

Légèrement surprise, Charlotte acquiesça finalement d'un signe de tête puis ajouta :

— Mlle Pitt prenait ses repas dans la salle d'étude. Où dois-je vous faire servir ?

Le cœur d'Eva sursauta à l'évocation de son amie. Il était si étonnant de réaliser que cette inconnue avait elle aussi fréquenté Constance ! Imaginer son amie évoluer en ces murs lui semblait irréel et pourtant, elle devrait s'y faire, Constance avait bien travaillé ici. Elle y avait même passé les derniers mois de sa vie. Tous ces gens-là la connaissaient, eux aussi…

Se méprenant sur son silence, Charlotte s'excusa :

— Je suis navrée, je n'aurais pas dû évoquer Mlle Pitt devant vous. Je vous prie d'excuser ma…

— Non, ne vous inquiétez pas. C'est juste…

Les regards des deux femmes se croisèrent et se fixèrent l'un dans l'autre avec une intensité qui étonna la nouvelle arrivée. Soudain, elle eut l'impression que Charlotte lui hurlait silencieusement de pousser plus loin la conversation et de revenir sur le drame auquel elles pensaient toutes les deux.

— C'est juste qu'il est étrange, pour moi, d'entendre son nom dans un univers qui m'est aussi étranger. Un instant, j'avais oublié que Constance avait elle aussi travaillé ici et que vous la connaissiez bien…

— Oh, tempéra Charlotte, pas vraiment…

— Pas vraiment ? Pourtant…

— Non, je ne la connaissais pas vraiment. Disons qu'elle était plutôt solitaire.

Eva repensa à la Constance joyeuse et sociable qu'elle avait toujours connue, à sa facilité à tisser des liens avec autrui, à sa curiosité. Elle qui avait mis son silence épistolaire sur le compte d'une vie sociale trop active ne savait finalement plus quoi penser.

— Elle ne descendait même pas pour manger à nos côtés, compléta Charlotte. Mais vous savez, je suis moi-même très occupée. Je suis au service de Madame du matin au cœur de la nuit et Mlle Pitt passait sa journée avec les enfants. Le soir, elle s'enfermait dans sa chambre pour faire je ne sais quoi. Elle semblait toujours très pressée de s'y retrouver seule. Nous n'avions pas le temps de discuter.

Elle fit une pause puis reprit comme si elle était à la fois gênée d'en parler et incapable de se taire pour autant.

— Certains disaient…

— Oui ?

Charlotte baissa la voix, prenant des airs de conspiratrice, ce qui eut pour effet d'attiser l'intérêt de son interlocutrice.

— Je ne devrais peut-être pas vous le dire mais certains disaient qu'elle était trop fière pour se mêler aux domestiques et c'est vrai qu'elle ne semblait pas vraiment chercher notre compagnie, même quand elle avait du temps libre. Certains avaient du mal à le comprendre. Cela faisait jaser, voyez-vous ?

Eva sentit ses sourcils se froncer d'incompréhension.

— Que voulez-vous dire par là ? Constance s'était fait des ennemis ?

— Oh non, loin de là ! C'est juste qu'elle était nouvelle, vous voyez, et que tout le monde était curieux d'en savoir plus à son sujet. Nous trouvions tous son attitude étrange. Mais je ne pense pas qu'elle l'ait jamais su. Les gens parlaient dans son dos, jamais en sa présence.

— Oui, évidemment… Si les bavards étaient courageux, cela se saurait !

Le silence retomba finalement entre elles et Eva ne sut qu'ajouter pour retenir plus longtemps la cameriste. Un mot de trop et elle perdrait l'occasion d'en apprendre plus sur le sujet qui l'intéressait tant.

Elle ouvrait la bouche quand Charlotte reprit la parole :

— Je vais vous laisser, mademoiselle Phoe… Eva. J'ai beaucoup à faire avant que Madame ne remonte dans sa chambre tout à l'heure.

— Oui, je comprends. Mais puis-je vous demander une dernière chose ?

Charlotte ne répondit pas mais Eva comprit à sa physionomie qu'elle était prête à répondre à la question dont elle pressentait parfaitement la nature.

— Comment a-t-on pris la mort de Constance, ici ?

— Oh, mademoiselle ! Il ne faut pas parler de ça !

La voix de Charlotte, déjà basse, s'était faite murmure quand elle reprit :

— Madame ne veut pas. Elle dit que cela porte malheur, que…

— Que quoi, Charlotte ?

— Qu'il ne faut pas parler des morts, sous peine qu'ils reviennent nous hanter ! Je vis sous les toits, mademoiselle, et le soir, il y a des bruits étranges qui…

— Mais voyons, c'est ridicule !

— Ridicule ou non, c'est ainsi que je vois les choses. Si vous voulez couler des jours heureux ici, Eva, faites attention à ce que vous racontez et à qui vous le racontez et surtout, surtout, poussez le verrou de votre porte le soir. M'avez-vous comprise ?

Bouche bée, Eva ne put qu'acquiescer vaguement de la tête. La caméristе cherchait-elle à lui faire peur ou y avait-il une vraie menace ? D'un geste, Charlotte lui fit signe qu'elle n'irait pas plus loin et tournait déjà les talons en lui souhaitant un « Bonne nuit » retentissant auquel Eva répondit à peine.

De nouveau dans sa chambre, qu'elle avait évidemment pris la peine de fermer à double tour, Eva entreprit d'ôter sa robe tout en se posant mille questions sur les quelques mots qu'elles venaient d'échanger. Si Charlotte s'était jouée d'elle et avait choisi de se moquer en l'apeurant, elle avait parfaitement tenu son rôle car tout, de la lueur inquiète de son regard au tremblement de ses mains, indiquait que la jeune femme se sentait mal à l'aise. Mais n'étaient-ce finalement pas les paroles d'une domestique vivement touchée par la mort d'une des leurs ? Eva n'aurait su trancher sans en avoir vu un peu plus…

Allongée dans le noir, à l'affût du moindre bruit, elle peina à se détendre et, malgré son extrême fatigue, mit un long moment avant de s'endormir.

6

En remontant dans sa chambre, à la fin de cette première journée, Eva se dit que, contrairement à ce qu'elle avait craint, sa nouvelle vie se profilait finalement sous les meilleurs auspices. Rassérénée par la manière dont s'étaient déroulées les heures précédentes, elle se sentait en effet étrangement contente d'elle-même et plutôt sereine quant à son avenir sous ce toit.

Très tôt, le matin même, une petite servante était venue frapper à sa porte. Déjà prête, car levée depuis une bonne heure et hésitant à descendre, Eva avait donc accouru pour lui ouvrir.

— Mademoiselle Phoenix ? Êtes-vous prête à descendre ? Exceptionnellement, vous serez servie à la cuisine ce matin. Ensuite, Mme Mitchell voudrait vous voir. Si vous voulez bien vous donner la peine de me suivre…

Eva savait que, dès le lendemain, elle prendrait le premier repas de la journée avec les enfants, dans la salle de classe, mais en ce premier jour, Mme Gardner lui réservait apparemment des présentations plus tardives. Elle suivit donc la jeune fille jusqu'en cuisine, appréciant, au passage, le moelleux des tapis sous ses pas légers. Bien qu'intimidée par la solennité du moment, Eva se sentait presque joyeuse en ce matin, un peu comme si la nuit était venue laver à grandes eaux toutes ses angoisses.

Néanmoins, l'enthousiasme de la jeune femme diminua considérablement à mesure qu'elle descendait les étages et, arrivée au niveau de la cuisine, située en sous-sol, elle se sentait déjà beaucoup moins sûre d'elle et à nouveau envahie par quelques appréhensions de débutante.

Comment allait-on l'accueillir ? Y aurait-il beaucoup de monde ? Ou bien tous seraient-ils déjà au travail ? Eva ignorait tout du fonctionnement des grandes maisons bien que sa mère lui ait expliqué, il y avait fort longtemps, que les domestiques au service des familles riches pouvaient être très nombreux, chacun d'entre eux ayant un rôle bien défini.

À son grand soulagement, la cuisine était pratiquement vide à l'exception de Mme Roberts, la cuisinière, une femme aux joues rouges et aux bras musclés, et de ses trois jeunes aides, Kate, Julianne et Lucy, qui avaient toutes trois de la farine jusque dans les cheveux.

Si elle parvint à peine à retenir leurs prénoms, Eva aurait de toute manière bien eu du mal à les différencier les unes des autres tant elles se ressemblaient sous leurs bonnets blancs. Les circonstances firent qu'elle n'eut pas le temps de pousser plus loin les présentations : à peine installée à une longue table de bois, abîmée par des centaines de repas pris dans l'urgence, elle était déjà servie par la cuisinière.

D'un geste souple, fruit d'une longue expérience en la matière, cette dernière lui avait en effet glissé une assiette bien garnie sous le nez et Eva lui sut gré de lui fournir assez de nourriture pour remplir son estomac affamé. Le ventre vide, elle avait été réveillée par des grondements inquiétants et avait bien regretté sa timidité de la veille.

Réconfortée à l'avance par son repas, Eva fit donc honneur à son plat et commença par grignoter des toasts aussi savoureux que croustillants, y ajoutant une légère couche d'une marmelade d'oranges qui se révéla elle aussi délicieuse. La gorge un peu moins serrée, elle releva la tête de son assiette, un peu décontenancée par le silence qui régnait dans la pièce.

Autour d'elle, Mme Roberts et ses aides travaillaient en effet sans échanger un mot et semblaient avoir oublié sa présence. Leur étrange danse aurait pu paraître désordonnée à quiconque ne leur aurait accordé qu'un coup d'œil vague mais Eva découvrit rapidement qu'en réalité, aucun geste n'était laissé au hasard. Toutes semblaient vaquer à leurs occupations avec la plus grande efficacité, se frôlant entre deux chaises, récurant des casseroles, pétrissant, mélangeant afin de préparer ce qui devait être le prochain repas de la maisonnée. Il y avait quelque chose de rassurant dans cette agitation contrôlée, une ambiance particulière mais familière, en somme quelque chose dans l'air qui lui rappelait étrangement son propre foyer. Si, selon les dires de Charlotte, Constance fuyait la cuisine, Eva, elle, s'y serait bien attardée. Mais Mme Mitchell ne pouvait attendre davantage.

Remerciant la cuisinière, Eva échangea quelques mots polis avec cette dernière puis finit par se lever, un peu chagrinée par l'accueil plutôt froid qui lui avait été réservé. Mme Roberts s'était montrée agréable mais peu bavarde et les trois aides s'étaient contentées de l'observer de sous leurs cils, discrètement mais avec une curiosité sans bornes. Les choses auraient-elles été différentes si elle s'était plutôt présentée la veille au soir ? Peut-être l'avait-on attendue en vain. Quoi qu'il en soit, elle ne le saurait jamais.

Faisant fi de ces nouvelles inquiétudes, Eva se rendit jusqu'au bureau de l'intendante qui se trouvait à deux pas et, après avoir frappé deux coups légers à la porte, entra dans le petit bureau sous l'invective d'une voix forte et autoritaire.

— Bonjour, madame Mitchell, commença-t-elle sans même prendre la peine de respirer. Je…

Mais l'intendante la coupa immédiatement dans son élan.

— Mademoiselle Phoenix, je présume ?

— En effet. Je suis la nouvelle gouvernante. On m'a conseillé de venir vous voir dans les meilleurs délais, alors me voici.

Si Eva s'était attendue à un sourire ou, au moins, à un hochement de tête poli, elle fut rapidement déçue. D'un geste dédaigneux, où nulle sympathie ne transparaissait, son interlocutrice lui fit signe de s'asseoir face à elle, ce qu'elle fit sans délai.

— Dans ce cas, répondit enfin Mme Mitchell, puis-je connaître la raison pour laquelle vous ne vous êtes pas présentée au moment de votre arrivée, ainsi que toute personne compétente l'aurait fait ?

Estomaquée, Eva s'apprêtait à répondre qu'elle n'avait pas pleinement saisi l'urgence de la situation mais l'intendante ne lui en laissa pas le temps :

— Mademoiselle Phoenix, commença-t-elle avec un ton de maîtresse d'école, j'ignore d'où vous venez et à quoi vous avez été habituée jusque-là, mais sachez que vous appartenez désormais à une grande maison et qu'en conséquence, vous devez vous plier à certaines règles. Vous voir faire preuve d'une telle décontraction quant à vos obligations ne me donne guère envie de vous accueillir au sein du personnel mais je me dois de respecter la décision de Madame. J'ose espérer que vous saurez vous plier à ce qu'ici, nous considérons comme la plus élémentaire des politesses.

— Si vous me le permettez, je voudrais…

— Le respect des horaires, de la hiérarchie et la discrétion sont des qualités que vous vous devez de posséder, mademoiselle Phoenix. Sans quoi, je crains que votre séjour en ces lieux ne soit malheureusement écourté.

— Je suis parfaitement d'accord sur…

— J'ose espérer, la coupa une nouvelle fois Mme Mitchell, que vous saurez vous montrer à la hauteur de la tâche qui vous est confiée. J'ai cru comprendre que vous ne disposez d'aucune expérience en la matière ?

— J'ai enseigné dans une école.

— Une école ? Vraiment ? Cela n'a rien à voir avec ce que nous vous demanderons ici et ne compte évidemment pas. Mais, soit ! Au moins, nous savons à quoi nous attendre, cette fois, ajouta-t-elle d'un ton acerbe.

— Que voulez-vous dire ?

Mme Mitchell arqua un sourcil.

— Ne faites pas l'innocente, je vous prie. Vous savez pertinemment à quoi et à qui je fais référence…

Eva garda résolument le silence, circonspecte.

Au loin, elle entendit la cuisinière hurler de sortir une tourte du four puis un brouhaha sourd lui apprit qu'une flopée de personnes – ou un domestique particulièrement bruyant – déboulaient au sous-sol par les escaliers. Cette maison était une vraie fourmilière.

— Je préfère encore que vous n'ayez aucune référence plutôt que d'apprendre que celles-ci sont fausses.

— Voulez-vous dire que Constance avait menti ?

Au regard que lui lança l'intendante, Eva sut qu'elle avait glapi un peu trop fort et qu'une telle manifestation de surprise n'était pas jugée du meilleur goût par son interlocutrice. Qu'importe : elle était si étonnée qu'aucune remontrance n'aurait pu l'empêcher d'exprimer son émotion.

— À mon sens, l'honnêteté va de soi, continua Mme Mitchell, du bout des lèvres. Voilà pourquoi je n'ai pas daigné vérifier les références de la précédente, ajouta-t-elle.

— Dans ce cas, comment avez-vous découvert…

— Certaines *circonstances* m'ont poussée à cette extrémité. Je suis une personne droite, mademoiselle Phoenix, et j'entends qu'on agisse de même avec moi. Je ne tolère ni le mensonge, ni la dissimulation et encore moins les personnes qui ne prennent pas à cœur leur travail.

Son ton, autoritaire s'il en était, n'engageait pas à la conversation et Eva n'osa évidemment pas demander de quelles circonstances il était question. Face à une telle personnalité et à un air aussi méprisant, il n'était guère utile d'être très expérimenté pour comprendre que l'intendante n'était pas femme à se laisser aller aux confidences.

Plus tard, elle découvrirait que ce caractère intransigeant allait de pair avec un dévouement immense à Harriet Gardner. D'abord au service de la maison Carter, l'intendante avait en effet suivi sa jeune maîtresse après son mariage.

Chargée des dépenses quotidiennes et éternellement affublée d'un énorme trousseau de clés, Mme Mitchell avait l'œil sur tout et sur tous, une surveillance quotidienne à laquelle les jeunes servantes auraient bien aimé échapper de temps en temps. D'année en année, elle était devenue l'incarnation même de la discipline et de l'ordre et entendait bien tenir tout son petit monde sous sa coupe. Dès lors, le fait était devenu indéniable et connu par tous leurs voisins : chez les Gardner, c'était Mme Mitchell qui commandait. Certains s'amusaient à dire que même Mme Gardner se taisait quand l'intendante parlait !

Heureusement, Eva n'aurait que très rarement affaire à elle, il s'agissait là encore d'un avantage qu'elle devait à son statut privilégié. Elle s'en trouvait absolument ravie. Ayant malgré tout conscience de la nécessité d'entretenir des rapports cordiaux, elle prit sur elle pour répondre avec humilité :

— J'espère que je saurai être à la hauteur de ce que l'on attend de moi et je vous promets de ne plus jamais vous décevoir.

— Fi des promesses, mademoiselle ! Contentez-vous d'être là où vous devez être, au moment venu ! Mais revenons à nos affaires ! Il faut faire vite. Je n'ai certainement pas à adapter mon emploi du temps en fonction de votre bon vouloir et figurez-vous que ce matin, je n'ai que très peu de temps à vous consacrer. Écoutez-moi donc avec attention, je vous prie. Je ne répéterai pas deux fois ce que j'ai à vous dire.

Mme Mitchell s'absorba alors dans de longues digressions sur l'importance des règles et sur la légèreté condamnable des jeunes femmes d'aujourd'hui qui ne comprenaient pas à quel point leur respect était primordial au quotidien. Eva apprit qu'elle ne bénéficierait que d'un jour de congé par mois mais qu'elle aurait du temps libre en fonction des activités que Madame ferait avec ses filles, que l'éducation de ses élèves serait le seul point sur lequel elle devrait discuter avec Mme Gardner et qu'il lui était interdit de recevoir des visites dans sa chambre.

— De jour comme de nuit, mademoiselle Phoenix ! Et je ne parle pas seulement des personnes venues de l'extérieur. Que vous ne vous mettiez pas en tête de passer vos soirées en tête à tête avec un de nos valets ou je ne sais…

— Jamais, je ne ferais une chose pareille ! explosa alors Eva, piquée au vif par une insinuation qu'elle trouvait insultante.

Sitôt sa réplique lancée, la jeune femme rentra imperceptiblement la tête dans les épaules, certaine qu'un tel éclat de voix serait condamné. Étrangement, l'intendante sembla plutôt satisfaite par son ton outré.

— Là n'est pas la question. Je voulais juste m'assurer que tout était clair. Cette maison ne tolèrera plus aucun débordement.

— Tout est clair, madame Mitchell.

— Très bien ! Alors cet entretien se termine mieux qu'il n'a commencé. Sur ces bonnes résolutions, je vous invite à rejoindre Madame à l'étage. Elle vous attend avec mesdemoiselles Ophélie et Victoria.

Et Eva fut mise promptement dehors.

7

Un peu sonnée, la jeune gouvernante n'eut guère le temps de repenser aux mises en garde de l'intendante. Si son existence n'était qu'incertitudes, elle était au moins capable d'assurer une chose : elle ne serait jamais à l'origine de débordement d'aucune sorte !

Le temps de remonter prestement à l'étage supérieur, non sans avoir jeté un coup d'œil curieux à la cuisine, elle fut introduite dans le grand salon où elle savait que son employeuse l'attendait avec celles qui allaient être ses élèves. En effet, aux côtés de Mme Gardner se trouvaient bien deux charmantes petites filles que leur mère présenta en ces termes :

— Voici Ophélie, à ma gauche. Elle a huit ans depuis le début du mois. Et voilà Victoria, ma plus grande fille, qui vient d'avoir onze ans. J'ai également une troisième enfant, Alice, mais ma foi, elle est encore trop jeune. Vous n'aurez donc pas à vous charger de son éducation avant un temps certain. Cependant, il se peut que je vous la confie de temps en temps.

Avec un sourire quelque peu forcé, les deux enfants lui firent une petite révérence puis reprirent leur posture crispée.

— Je crains que vous ne trouviez pas mes deux aînées vraiment avancées, ni vraiment studieuses. Jusque-là, leur éducation avait été, comment dire… ? Quelque peu négligée. Les nurses ont fait ce qu'elles pouvaient, en leur temps, et puis je leur ai évidemment appris à lire mais pour le reste… Ce sera à vous de prendre la mesure de leur ignorance et de faire de votre mieux.

Sans mentionner Constance une seule fois, Mme Gardner se plongea ensuite dans une longue explication de ses attentes en matière d'éducation, revenant sur sa propre expérience d'élève et sur les bienfaits que ses connaissances avaient eus sur sa vie tout entière, discours impersonnel auquel Eva ne put qu'acquiescer sagement.

Consciente de l'importance de ce premier contact avec ses élèves, elle prit finalement à son tour la parole, s'efforçant d'adopter un ton assez enjoué et encourageant afin de les mettre en confiance. Cherchant à les séduire par une attitude calme et avenante, elle pencha son doux visage en direction des deux filles Gardner, leur parla de leurs futures leçons et tenta de créer un premier lien avec ces enfants bien que la présence maternelle, quelque peu envahissante, Mme Gardner ne pouvant s'empêcher de répondre aux questions à la place de ses filles, ne lui facilitât pas vraiment la tâche.

Si l'expérience d'Eva en matière d'enseignement était en réalité beaucoup moins conséquente qu'elle n'aurait voulu l'avouer, au moins avait-elle toujours veillé à développer ses qualités d'observation, particularité qui lui permit de comprendre assez rapidement les disparités évidentes qui existaient entre les deux sœurs.

Malgré son allure sage et ses grands yeux innocents, Ophélie serait certainement la plus difficile des deux. Plus jeune, moins responsable, elle papillonnait à présent dans la pièce sans lui accorder la moindre attention, visiblement peu enthousiaste à l'idée d'écouter cette dame en noir qui lui parlait de devoirs et d'apprentissage. Quant à Victoria, elle restait bel et bien raide comme un piquet au côté de sa mère. Le dos bien droit, les mains croisées sur le devant de sa jupe et l'air concentré, elle avait des airs de petit soldat au garde-à-vous mais Eva devinait une grande intelligence derrière ses grands yeux sombres. Afin de la rassurer, elle lui sourit alors avec gentillesse, certaine de voir en elle une future alliée. Mais Victoria ne lui rendit pas son sourire et Eva commença à douter de son pouvoir de séduction.

Son petit laïus terminé, Mme Gardner s'était murée dans un silence indifférent, semblant penser qu'elle avait accordé bien assez de temps à la gouvernante. Sans doute regrettait-elle de s'être levée aussi tôt, à moins qu'elle ne soit déjà en train d'imaginer les détails de son organisation de la matinée ? Eva n'avait aucune idée des occupations qu'une femme de son rang pouvait avoir mais imaginait qu'elle passerait la journée entre les boutiques et les salons de ses grandes amies londoniennes. À moins qu'elle ne consacre des heures entières à écrire de longues missives à des cousines exilées loin de la capitale pour raconter à quel point sa vie était extraordinaire ?

Loin d'imaginer ce qui se tramait dans la tête de la nouvelle gouvernante en titre, Harriet Gardner reprit finalement la parole d'une voix rendue terne par un ennui aussi soudain que profond :

— Il me reste à vous montrer la salle de classe et nous aurons terminé. Vous y prendrez tous vos repas avec les enfants, dont le goûter, ajouta-t-elle tout en lui faisant signe de la suivre. Bien évidemment, c'est également là que vous donnerez toutes leurs leçons aux filles.

Voyez cette pièce comme votre espace personnel. Elle est lumineuse, bien exposée, et vous y trouverez tout ce dont vous aurez besoin.

La petite troupe remonta au premier étage qui était également celui de la nurserie. La salle d'étude, très spacieuse, donnait sur un jardin qui paraissait charmant et en effet, Eva l'apprécia immédiatement. Ne lui laissant guère le temps de prendre ses marques, Mme Gardner s'éclipsa rapidement, lui abandonnant brusquement la surveillance de deux petites filles muettes comme des carpes. Même Ophélie, qui s'était montrée si active quelques minutes plus tôt, était désormais stoïque et semblait attendre la marche à suivre avec une mollesse qu'Eva trouva étrange chez une petite fille de son âge.

Bien vite, le doute ne fut plus permis : ses petites élèves n'avaient absolument rien à voir avec les enfants dont elle s'était occupée deux ans plus tôt. Et ce n'était pas seulement une question de robes ou de rubans dans les cheveux : ces deux fillettes venaient tout simplement d'un autre monde.

À l'époque, Eva avait été sollicitée par l'école de sa petite ville, son directeur ayant vu en elle une potentielle remplaçante pour l'institutrice en place, cette dernière se trouvant alors alitée suite à une longue maladie. D'abord intimidée puis de plus en plus à l'aise, Eva avait rapidement pris ses habitudes à la petite école et s'était surprise à se lever avec plus d'enthousiasme à mesure que les matins défilaient. Alors qu'elle pensait avoir eu jusque-là une vie agréable et heureuse, elle se rendit finalement compte qu'une chose avait manqué dans son existence : le plaisir d'être utile. Elle découvrit alors que pour être heureuse, elle avait besoin d'un vrai but, de quelque chose qui la poussait en avant et d'une occupation plus prenante que d'arroser les plantes du jardin, que de jouer ces éternelles mélodies au piano ou que de broder des taies d'oreiller qui la lassaient depuis bien longtemps déjà…

À la fin de l'année 1864, quelques semaines avant que le père d'Eva ne décède, l'institutrice était finalement revenue à l'école. Aussi brusquement qu'il avait été fait appel à elle, la jeune femme avait alors été invitée à reprendre le cours habituel de sa vie. Du jour au lendemain, elle avait perdu ses fonctions, son rôle, ses projets. Dès lors, son quotidien lui avait paru encore plus morne qu'à l'ordinaire. Elle aurait peut-être pu, si elle l'avait souhaité, quitter la ville et partir enseigner ailleurs. Partout dans le pays, on recherchait des institutrices comme elle, des jeunes femmes instruites et patientes mais elle ne s'était pas senti le courage de partir et de quitter ses parents. Malheureuse à l'idée de partir, malheureuse à l'idée de rester, elle avait fini par mettre ses envies de côté. Et puis son père était tombé malade et elle n'avait plus pensé à rien.

Eva se souvenait avoir eu affaire, quand elle s'était improvisée institutrice, à des classes d'enfants survoltés, bavards, pleins de vie. Ils arrivaient parfois à l'école sales et débraillés, braillards et souvent peu intéressés par le contenu de leçons qui, assurément, ne leur serviraient jamais dans le cadre des travaux à la ferme. En comparaison, le grand silence qui régnait dans cette salle de classe et le regard inquisiteur de ses deux nouvelles élèves étaient paradoxalement bien plus impressionnants pour elle. Il était plus simple de trouver sa place dans le brouhaha que dans le silence le plus total.

La première heure fut laborieuse, hésitante.

Après quelques questions, quelques tests, Eva se rendit compte que l'insouciante Ophélie savait à peine lire et que Victoria ne brillait pas par la vivacité de son esprit, du moins pour ce qui était des leçons, qui semblaient l'ennuyer au plus haut point. La jeune femme réussit quand même à leur faire apprendre quelques petites notions de grammaire au cours de la matinée puis les accompagna au jardin pour une rapide récréation avant le repas.

Peu désireuse de rester à son côté, Ophélie s'élança immédiatement derrière un chat apparemment habitué à ses assauts et Victoria courut du côté de l'écurie. Eva apprendrait un peu plus tard que la grande passion de la petite fille était les chevaux et qu'elle rêvait, de manière assez peu modeste, il fallait l'avouer, de devenir la plus grande cavalière de Londres.

En début d'après-midi, les leçons reprirent au grand dam d'Ophélie qui, pour une raison connue d'elle seule, avait visiblement espéré y échapper jusqu'au lendemain.

Refusant d'entrer en salle d'étude, elle piétina un long moment devant la porte et exprima sa fureur par de petits cris stridents qui eurent bientôt raison de la patience d'Eva. Présumant de ses forces, la gouvernante essaya, dans un premier temps, de porter la petite fille dans ses bras afin de lui faire passer le pas de la porte mais Ophélie gesticulait autant qu'elle pouvait afin de rendre l'opération encore plus difficile. Craignant de recevoir un coup de pied en plein visage ou, pire, de cogner la tête de l'enfant contre la porte, Eva, peu accoutumée à gérer les caprices enfantins, la reposa au sol et opta pour une autre méthode. À force de contorsions et de paroles à la fois encourageantes et menaçantes, elle parvint à lui faire entendre raison et même à retenir son attention, au moins pendant quelque temps. Puis elle la laissa vagabonder dans la pièce selon ses envies pendant que Victoria flemmardait devant une fenêtre où la lumière du jour déclinait déjà.

Fatigante à bien des égards, cette toute première journée lui permit d'avoir un aperçu plus net du niveau de ses élèves mais également de penser au programme des leçons qu'elle devait mettre en place pour les semaines et les mois à venir. Elle avait vainement cherché les notes de Constance avant de réaliser que rien – ni écrits, ni livres – ne trahissait le passage de son amie en ces lieux. Si elle avait ignoré avoir été précédée dans ses fonctions, elle aurait pu croire être la première gouvernante à mettre les pieds dans cette salle d'étude…

Sans repères, Eva avait néanmoins rapidement décidé de privilégier le calcul, la lecture et l'écriture, trois domaines qui, selon elle, ne méritaient aucune approximation. Bien sûr, il faudrait qu'elle allège les journées de ses petites protégées en leur proposant des activités plus ludiques et plus pratiques afin de ne pas trop les fatiguer. À ce titre, elle prévoyait notamment de donner son premier cours de dessin le lendemain matin, à la faveur du soleil matinal. Plus tard, peut-être, oserait-elle emmener les deux petites filles dans un parc afin de leur faire reproduire un massif de fleurs. Pour le moment, elle se contenterait du jardin pour les peintures d'après nature, mais encore fallait-il que Victoria et Ophélie révèlent quelque aptitude pour le maniement du pinceau. Le cas échéant, des cours en salle d'étude se révéleraient bien suffisants dans un premier temps.

La jeune femme et les deux petites filles prirent leur repas du soir très tôt et Eva mit ses talents de conteuse à la disposition de ses deux élèves. Installée dans un fauteuil confortable, juste à côté de la cheminée, elle fut heureuse de constater que ses histoires de lutins et de fées intéressaient vivement les deux enfants. Ces dernières manquaient peut-être de discipline et de sérieux mais elles n'étaient dénuées ni de fantaisie, ni d'imagination, ce qui était une qualité aux yeux de la jeune femme. Grâce à ses histoires, peut-être arriverait-elle, à la longue, à créer un lien affectif suffisant pour leur enseigner plus qu'une règle de grammaire par jour…

Elle était confiante.

Oui, malgré les imprévus et les erreurs de parcours, Eva était particulièrement satisfaite de sa première journée. Un seul bémol venait néanmoins l'entacher : Mme Gardner avait insisté pour qu'elle soit présente après le repas et qu'elle les rejoigne, elle et ses invités, dans le grand salon.

À 21 heures, les filles déjà couchées depuis un moment, Eva descendit donc une nouvelle fois le grand escalier, passa devant la salle à manger et la bibliothèque et referma les portes du salon derrière elle.

8

Chaque fois que les Gardner recevaient des invités, et ils recevaient beaucoup, le dîner commençait à 20 heures précises, aucun retard n'étant toléré pour le service. Bien que Mme Roberts et ses petites aides aient déjà préparé des dizaines et des dizaines de repas au cours des années précédentes, en de telles circonstances, elles se retrouvaient toujours dans le même état de tension. Il était important, voire vital, qu'elles donnent le meilleur d'elles-mêmes, quelles que soient les difficultés auxquelles elles devaient se confronter. Ainsi, les ingrédients devaient tous être de la première qualité et les plats aussi fins que consistants. À cela, l'on devait bien entendu ajouter des cuissons maîtrisées à la perfection, condition *sine qua non* pour proposer un menu répondant aux plus hautes attentes. Ce soir-là, Mme Roberts, qui avait déjà passé l'après-midi à réaliser divers bocaux pour les repas à venir, se chargeait en personne de la confection des sauces dont la variété devait égaler la saveur.

Tout au long de la soirée, et comme toujours, le travail en cuisine avait été rythmé par les clochettes fixées au mur, à l'entrée de la pièce. Ces dernières se manifestaient chaque fois que les plats étaient terminés en haut. Sur le qui-vive, les préposés au service prenaient alors leurs grands plateaux, montaient débarrasser la table puis redescendaient avec la vaisselle sale. Le plat suivant était alors monté et le ballet des assiettes continuait ainsi, jusqu'au dessert.

Dans cette grande valse d'odeurs et de saveurs, les filets de turbot étaient promptement remplacés par du lièvre, du bœuf ou encore un vol-au-vent de homard pour laisser enfin la place à une farandole de douceurs, de crèmes et de tartes qui rassasiaient les convives les plus gourmands. Enfin, pour éviter les interférences entre deux mondes qui se croisaient continuellement, mais sans se voir, les domestiques attendraient la toute fin du repas pour terminer de débarrasser les vestiges du festin. Comme par magie, une armée de petites mains légères et adroites feraient alors disparaître en un claquement de doigts l'argenterie, les restes, les bouteilles vides. La salle à manger s'endormirait paisiblement jusqu'au repas suivant et l'armée de mangeurs, considérablement alourdie par le repas, passerait au salon pendant qu'en bas, on préparerait déjà la journée du lendemain.

Tout cela, Eva l'ignorait évidemment. Arpentant ledit salon à grands pas, elle regrettait d'être descendue si tôt, les longues attentes la rendant souvent fébrile.

Après avoir fait plusieurs fois le tour de la pièce, elle s'était finalement décidée à s'asseoir dans un coin mais l'inactivité, qui l'avait fait précipitamment descendre au salon, lui pesait autant que dans sa chambre. Chaque seconde semblait durer une minute et l'aiguille se traînait autour du cadran de l'horloge. Bien que peu accoutumée à ce genre de soirées, Eva estima néanmoins, au vu de l'heure avancée, que les Gardner et leurs convives étaient sur le point de terminer leur repas. Bientôt, les hommes s'excuseraient puis s'éclipseraient fumer leurs cigares et boire leur porto en laissant les dames se rassembler au salon.

Mais serait-ce dans cinq petites minutes ? Ou plutôt dans une longue demi-heure ?

Dans le doute, Eva préférait qu'on la trouve sagement assise plutôt que furetant partout dans la pièce comme un animal pris au piège. Le premier sofa qui passa dans son champ de vision fit donc l'affaire et elle tenta, tant bien que mal, de s'y installer avec un naturel qu'elle peinerait sans doute à feindre au moment de leur arrivée. Force était de constater que ses jambes s'agitaient nerveusement, qu'elle n'était plus si sûre de sa coiffure, et à chaque bruit, son cœur battait à tout rompre.

Pourvu qu'ils ne traînent pas trop...

Pour s'occuper l'esprit, Eva se mit à penser à sa mère, à son père puis, sans qu'elle s'en rende compte, le fil de ses pensées la ramena finalement à Constance. Qu'aurait fait cette dernière dans de telles circonstances ? Sûre d'elle comme elle l'était, elle aurait forcément emmené quelque chose pour s'occuper les mains ou alors se serait assise d'office au piano pour pianoter un peu sur l'instrument avant l'arrivée de ces dames. Oui, elle aurait certainement pris plaisir à faire étalage, d'une manière plus ou moins subtile, de ses talents de musicienne car elle en était particulièrement fière. Ainsi, au moment où Mme Gardner et ses invitées seraient arrivées, elle aurait semblé tout à fait à son aise dans le décor et non en décalage comme Eva aurait toujours l'impression de l'être, qu'importaient l'endroit ou les circonstances.

Oui, Constance aurait su comment faire…

Constance jouait du piano, de la harpe, chantait divinement bien et quand l'envie lui en prenait, elle réalisait des aquarelles d'une beauté inouïe, autant de talents qui lui avaient permis d'être citée en exemple dans bien des maisons de leur ancien voisinage. Tout cela pour connaître une mort atroce et injuste au cœur d'une ville qu'elle connaissait à peine, au milieu d'inconnus qui ne s'étaient pas rendu compte de son accident avant de buter sur son corps. Et aujourd'hui, il ne restait rien d'elle ou si peu… Eva présumait que nul domestique, à l'instar de Charlotte, ne daignerait répondre à ses questions et sans doute devrait-elle se tourner vers ses élèves dont l'esprit enfantin, plus malléable et spontané, se révèlerait sans doute plus prompt aux confidences. Peut-être pourrait-elle profiter d'un moment de détente comme elles avaient vécu ce soir pour orienter la conversation vers ce qui n'était encore qu'un très proche passé.

Mais la jeune femme ne put aller plus loin dans ses réflexions. Un léger murmure de voix féminines et quelques rires légers ne lui laissèrent plus le moindre doute : Mme Gardner et ses invitées se dirigeaient vers le salon. D'un même mouvement, ces dernières entrèrent en effet dans un bruissement de jupes et se disséminèrent dans la pièce comme une nuée de moineaux.

Elles étaient cinq.

Eva remarqua tout d'abord Mme Gardner, grande et impressionnante dans sa robe de soie d'un violet profond. Puis elle identifia Mlle Amélia Lewis, elle aussi très en beauté avec ses boucles sombres et sa grâce si sophistiquée. Suivaient trois jeunes femmes blondes à l'air rieur et aux tenues non moins élégantes.

D'emblée, Eva comprit que Mme Gardner n'avait pas cru bon d'annoncer à l'avance sa présence car les sœurs Winter montrèrent clairement leur surprise en s'apercevant que quelqu'un les attendait. Elles devaient avoir une vingtaine d'années et étaient si proches en âge et en apparence qu'on aurait facilement pu les prendre pour des triplées. Leurs cheveux aux reflets cendrés étaient joliment torsadés et de belles boucles mettaient en valeur leurs visages aux traits fins. Seuls leurs yeux, un peu trop écartés pour être réellement beaux, les empêchaient d'être de vraies beautés.

Prenant conscience de leur étonnement, Mme Gardner se décida enfin à donner quelques explications :

— Mesdemoiselles, je vous présente Mlle Phoenix, la nouvelle gouvernante de mes filles.

Toujours aussi interdites, les trois sœurs regardèrent alors fixement Eva sans proférer le moindre son. Eva leur trouva décidément l'air très bête mais fut rapidement paniquée par un silence pesant qu'elle s'imaginait devoir combler.

Se levant de son sofa, elle céda à une impulsion soudaine et fit une légère révérence à ces dames, une attitude apparemment aussi inattendue que superflue qui fit tout bonnement pouffer de rire les trois jeunes filles qui se détournèrent immédiatement d'elle.

Restée debout près de l'entrée, Harriet Gardner ne manquait pas un détail de la scène et eut un sourire moqueur, ce qui acheva de mortifier Eva. Néanmoins, cette dernière n'eut pas à supporter leurs rires et leurs regards bien longtemps car, déjà, tous les visages se tournaient ailleurs : aussitôt remarquée, aussitôt oubliée. Elle se rassit donc et fit en sorte de ne plus attirer leur attention.

Amélia, qui ne s'était pas jointe aux rires des filles Winter, se mit au piano et joua un air d'une grande mélancolie pendant que les trois sœurs discutaient de la prochaine réception à venir. Malgré elle, Eva tendit l'oreille et, plus pour s'occuper que par réel intérêt, écouta les propos des jeunes femmes qui ne faisaient que parler robes, musique et cavaliers, tout un univers qu'elle ne connaissait pas et qu'elle ne connaîtrait évidemment jamais.

Au bout d'un temps indéterminé, mais qui lui parut en réalité très bref, les hommes firent à leur tour irruption dans le salon.

M. Gardner ne lui fut pas présenté mais à sa prestance et à son autorité glaciale, Eva sut qu'il était le maître de maison. Grand, très brun, il avait un regard dur et avait l'air si sévère qu'Eva se prit à espérer que leurs chemins ne se croiseraient pas trop souvent. Sur l'instant, elle le trouva néanmoins d'un physique agréable mais fut étonnée en réalisant qu'il était beaucoup plus âgé que sa femme.

Samuel Gardner était accompagné par un homme qui était sensiblement du même âge, sans aucun doute le père des trois jeunes filles Winter, et par un homme d'une trentaine d'années, un certain M. Parry qui s'élança immédiatement vers les jeunes femmes. Sur laquelle des trois avait-il bien pu jeter son dévolu ? Rien ne permit à Eva de l'apprendre, si bien qu'elle jugea que l'objet de son intérêt devait varier en fonction des occasions.

Le cortège des nouveaux arrivants était heureusement complété par un visage connu, celui de M. Carter. Alors que les autres avaient plus ou moins ignoré sa présence, dès son entrée, ce dernier s'était immédiatement dirigé dans sa direction et lui avait lancé joyeusement :

— Mademoiselle Phoenix ! Vous voilà donc ! Je suis ravi de voir que vous avez survécu à votre première journée sous ce toit. Je suis curieux de savoir ce que vous avez pensé de mes nièces et, surtout, si elles ne vous ont pas paru trop insupportables !

— Vos nièces sont charmantes, monsieur Carter, se contenta de répondre la jeune femme, mais elles manquent de discipline. Cela ne devrait cependant pas être un obstacle trop compliqué à contourner.

— Je vous fais une entière confiance à ce sujet. Sans doute avez-vous déjà eu à vous occuper de garnements hautement plus difficiles que ces deux petites. Où travailliez-vous, jusqu'alors ?

Eva rougit jusqu'aux oreilles. Pour une raison qu'elle ne parvenait pas à s'expliquer, elle éprouvait une certaine honte à lui expliquer que son poste chez sa sœur n'était autre que son tout premier.

— J'étais auprès de ma mère, ces derniers mois, se contenta-t-elle de répondre. Mon père nous a quittées il y a peu, si bien que j'ai jugé plus raisonnable de rester aux côtés de cette dernière.

— Et c'est bien compréhensible, commenta son interlocuteur. Vous me voyez peiné par cette nouvelle, mademoiselle, et j'ose espérer que…

— Je comprends mieux ! lança alors une voix à leurs côtés.

Eva tourna légèrement la tête pour s'apercevoir de la présence de Mlle Lewis à leurs côtés. Profitant de leur inattention, cette dernière avait finalement quitté le piano et s'était rapprochée d'eux.

Attrapant le bras de M. Carter avec une familiarité étonnante, elle explicita son propos :

— Votre mine si sombre, la sobriété de votre mise… À votre arrivée, hier soir, j'ai cru voir un fantôme. Si j'avais été seule dans la pièce, il est certain que j'aurais hurlé de peur. Mais heureusement, vous étiez là, ajouta-t-elle en levant des yeux admiratifs vers son compagnon.

— Fidèle au poste, comme à l'accoutumée ! Mais croyez-moi, vous n'auriez rien eu à craindre de notre chère Mlle Phoenix ! Sauf peut-être si cette dernière s'était mis en tête de vous faire réciter vos leçons…

— Oh, Théo ! Vous semblez oublier que je ne suis plus une enfant ! Et ce, depuis fort longtemps ! Mlle Phoenix n'a rien à m'apprendre !

— En êtes-vous si certaine ? Ma foi, vous me semblez encore bien jeune…

Visiblement, la taquinerie n'était pas du goût d'Amélia qui ne prit même pas la peine de relever. Elle fit néanmoins le choix de plaquer un grand sourire factice sur son beau visage avant de se tourner une nouvelle fois vers Eva.

— J'ai toujours eu dans l'idée que l'on se fait une opinion démesurée du savoir des gouvernantes dont les connaissances ne sont, dans la plupart des cas, qu'à peine plus élevées que celles des femmes du peuple. Derrière le vernis de votre sobriété et de votre sérieux, il n'y a souvent rien de plus qu'un peu d'arrogance. Qu'en pensez-vous, mademoiselle Phoenix ?

Perplexe, Eva n'osa croiser le regard de Théo Carter de crainte qu'il n'ait les mêmes opinions sur le sujet que sa jeune compagne. Elle qui, la veille encore, ne se sentait pas plus gouvernante que le premier oisillon tombé du nid, se sentait étrangement attaquée dans son identité.

— J'imagine qu'il existe autant de types de gouvernantes qu'il existe d'élèves, commença-t-elle, hésitante. Vous avez certainement plus d'expérience que moi dans le domaine bien que je ne puisse croire que vous n'ayez fait que de mauvaises rencontres au cours de votre jeunesse…

— C'est pourtant vrai.

— Et je vous crois sur parole. Je n'en demeure pas moins convaincue de l'excellence de l'éducation que vous avez reçue.

— Ah oui ? Et en quoi, je vous prie ?

— Eh bien… Je vous ai entendue jouer, tout à l'heure, et je vous ai vue plongée dans un roman philosophique, hier soir. Vous avez visiblement le goût des arts et de la réflexion. À mon sens, cela révèle une sensibilité qui prouve votre intelligence et votre délicatesse. J'aimerais parvenir à donner cette envie à Ophélie et à Victoria.

Si elle avait été libre de poursuivre son propos, Eva aurait pourtant ajouté qu'elle la trouvait néanmoins poseuse, qu'elle avait sans doute un mauvais caractère et qu'elle ne manquait certainement pas d'arrogance, qualité qui n'était visiblement pas le seul apanage des gouvernantes, mais elle retint évidemment ses pensées, se contentant de conclure sa réplique par un petit sourire poli.

— Amélia est une musicienne hors pair, cela va sans dire, commenta Théo Carter, mais je lui trouve quelques lacunes en mathématiques et, surtout, en géographie, la taquina-t-il finalement.

— Oh, vous et votre géographie !

— Eh bien, quoi ?

— Vous n'avez que cela en tête. Dites-moi, quel est l'intérêt de tout connaître sur des pays dans lesquels vous n'irez jamais ?

— Qui sait, mademoiselle Lewis ? Qui sait ? D'ailleurs, figurez-vous que j'en ai déjà vu beaucoup car je suis d'un âge considérablement avancé.

— Vous n'êtes pas si vieux !

— Malheureusement si, chère Amélia. Vieux dans le corps et encore plus vieux dans ma tête, j'en ai peur ! ajouta-t-il avec un sourire qui n'était absolument pas celui d'un vieil homme.

Puis, se tournant vers Eva, il ajouta :

— Soignez tout particulièrement vos cours de géographie, mademoiselle Phoenix. Je veux parler de destinations lointaines avec mes nièces. Du moins, quand celles-ci auront un peu vieilli. Depuis des mois, il n'y a guère que les poupées, pour l'une, et les chevaux, pour l'autre, qui semblent les intéresser. Pour l'instant, j'ai bien peur qu'elles n'aient pas plus de jugeote que des libellules !

— À leur âge, je passais mes journées dans les musées à étudier la peinture et la sculpture, se vanta Amélia.

— Et cela a certainement favorisé la construction de la charmante jeune femme que vous êtes devenue, commenta Théo tout en la gratifiant d'une petite tape affectueuse sur le bras. Et vous, mademoiselle Phoenix ? Connaissez-vous la peinture ? La sculpture ?

Touchée qu'il semble vouloir l'inclure coûte que coûte dans la conversation, Eva aurait aimé pouvoir s'étendre sur un sujet qu'elle ne maîtrisait malheureusement pas, ainsi qu'elle l'avoua :

— Tout ce que j'en sais, je l'ai lu dans les livres, monsieur Carter. Là d'où je viens, les musées ne sont pas foison et je crains de ne pas avoir eu l'occasion de voir les œuvres qui ont bercé l'enfance de Mlle Lewis.

— Il faudrait remédier à ça ! J'espère que vous trouverez de quoi vous divertir parmi nous et que votre déracinement ne vous empêchera pas de profiter de toutes les beautés de Londres !

Eva trouvait drôle, voire étrange, qu'une personne de cette famille s'intéresse à ses loisirs et encore plus à ses projets futurs comme si elle était une connaissance hébergée le temps d'un séjour et non une employée devant faire ses preuves.

La façon familière dont Théo Carter s'adressait à elle lui donnait tout simplement envie de laisser de côté la personnalité sobre et froide qu'elle espérait maintenir en une telle assemblée et de redevenir la jeune femme affable qu'elle était toujours au fond d'elle. D'un autre côté, elle redoutait de se montrer trop spontanée avec un membre de cette famille. Le frère de Mme Gardner avait beau se montrer aimable envers elle, sa sympathie était sans doute plus motivée par un sens inné de la politesse que par un réel intérêt envers sa personne. Elle ne devait jamais l'oublier.

Par prudence, elle se montra donc tout d'abord circonspecte, tentant de lui faire croire que ses nouvelles responsabilités ne lui laisseraient guère le temps de se consacrer à d'autres activités. Puis, voyant que cette réponse le décevait, elle décida finalement de lui confier son amour pour la lecture sans pour autant se laisser aller à des confidences trop personnelles. Il n'avait pas à savoir qu'elle préférait les romans contemporains aux auteurs classiques et à la poésie britannique, des ouvrages généralement jugés plus sérieux et donc plus dignes d'intérêt.

— À une certaine époque, répondit-il, visiblement inspiré par le sujet, je me suis plongé avec délice dans les œuvres de Keats bien qu'à l'origine, je ne sois pas spécialement féru de poésie. Je me souviens d'avoir lu et relu son *Ode à l'automne*. Connaissez-vous ce poème ?

— *Où sont les chants du printemps ? Oui, où sont-ils ?*

Incapable de se tenir à l'écart plus longtemps, Amélia venait de déclamer cette tirade avec une théâtralité qu'Eva aurait jugée ridicule si leur conversation n'avait été interrompue par l'arrivée tonitruante d'une nouvelle convive.

9

— Mon Dieu ! Qu'il fait chaud, ici ! N'avez-vous donc pas tous l'impression de cuire telles des volailles sur leurs broches ?

En sortant de table, Mme Winter, la cinquième convive féminine de Mme Gardner, s'était sentie mal et était montée s'allonger à l'étage pendant quelques minutes, le temps, avait-elle assuré, de laisser ses tempes brûlantes se rafraîchir un peu. Si elle mettait en cause un dîner trop long et trop riche, tous, son mari y compris, savaient que ce léger malaise n'était en réalité dû qu'à la quantité de vin qu'elle avait bu depuis son arrivée chez leurs hôtes.

Convaincue qu'une telle habitude était honteuse, d'autant plus de la part d'une femme qui se devait d'être discrète et mesurée en toutes circonstances, Harriet n'aurait jamais toléré un tel comportement si Jane n'avait pas été une amie très chère à ses yeux. Elle savait, de plus, que ce petit travers n'avait rien de dramatique et si elle condamnait vivement ce manque de savoir-vivre, elle continuait à faire comme si de rien n'était et entra sciemment dans le jeu de sa convive.

Ainsi, Jane Winter fut accueillie aussi chaleureusement que pouvait l'être une invitée incommodée par un simple problème de santé.

— Ma très chère Jane, vous voilà ! Ce petit temps de repos vous a-t-il été profitable ?

— Je vais beaucoup mieux, je vous remercie.

— Je suis heureuse de voir que vous allez suffisamment bien pour vous joindre aussi rapidement à nous mais je suis désolée que vous trouviez les températures encore trop élevées. Et si je vous faisais servir un verre d'eau fraîche ? Qu'en diriez-vous ? Et qu'avez-vous pensé de la nouvelle décoration de la chambre ? ajouta-t-elle alors que son invitée refusait platement le breuvage. Elle a été totalement refaite le mois dernier et j'en suis tout particulièrement fière.

— Un véritable en-chan-te-ment ! Ma chère, je savais que votre goût était des plus sûrs mais, pardonnez-moi, je ne m'attendais pas à un tel raffinement ! Tout est d'une si grande délicatesse… Et les rideaux ! Ils sont d'une beauté ! Moi qui suis d'une constitution si fragile, j'ai dû monopoliser mes dernières forces pour pouvoir observer ce merveilleux décor mais cela valait grandement la peine, je vous assure !

Alertée par ces hauts cris et par les gestes qui allaient de pair, Eva s'était mise à examiner Jane Winter du regard et, intérieurement, s'étonnait qu'une nouvelle paire de rideaux puisse provoquer un tel ravissement chez une femme de cet âge. Tout en conservant la plus grande immobilité, elle observait avec attention l'auteure de ces éloges creux, cherchant à savoir qui se cachait réellement derrière cette grande femme blonde au teint rose quand Mme Winter, sentant son regard sur elle, fit quelques pas dans sa direction :

— Mais votre gouvernante est également présente ! Toutes mes excuses, mademoiselle Pitt, je ne m'étais pas encore aperçue que vous étiez parmi nous !

Le silence qui suivit fut lourd, si lourd qu'Eva eut l'impression que ses tympans allaient littéralement exploser. Muette, tout comme le reste de l'assemblée, elle vit Harriet se diriger vers Jane et lui attraper le bras de manière à l'attirer vers un canapé. Une fois cette dernière assise, et sans quitter Eva du regard, la maîtresse de maison lui glissa quelques mots à l'oreille. Jane Winter rougit violemment, haussa les épaules et manifesta son agacement, et peut-être même son indifférence, par un large geste de la main.

— Ma foi, c'est bien vrai ! Dans l'agitation de la soirée, j'ai dû oublier. Comment s'appelait-elle, déjà ? Caroline ? Camélia ?

— Constance, souffla malgré elle Eva.

— Voilà, Constance ! Cela aussi, je l'avais oublié ! La fatigue, sans doute ! Alors, c'est vous qui la remplacez ? Bien ! J'ose espérer que vous saurez vous montrer plus discrète que celle qui vous a précédée. La dernière fois que j'ai eu l'occasion de la croiser ici, alors que je venais rendre visite à Harriet, j'ai été particulièrement choquée par son attitude. Quand était-ce, déjà ? demanda-t-elle en se tournant vers son amie.

— Peu importe, Jane. Tenez !

Harriet lui glissa d'office un verre d'eau entre les mains. Mme Winter en but une gorgée puis le reposa immédiatement sur la table basse qui lui faisait face.

— Pour tout vous dire, reprit alors Jane, je ne l'avais jamais vraiment remarquée, sinon pour ses talents de pianiste qui ont séduit la mélomane passionnée que je suis et que je serai toujours. Mais ce jour-là, une journée morne et pluvieuse, j'ai été toute retournée par son attitude. Je l'ai littéralement entendue hurler de rage à l'étage.

— Quand ? Quand l'avez-vous entendue hurler ? Et contre qui ?

Si elle n'avait jusque-là accordé qu'une attention superficielle à l'inconnue, Eva était désormais suspendue à ses lèvres et ne pouvait plus feindre l'indifférence.

— Jane, laissez donc ces histoires si vous voulez bien. Je souhaite vous parler du prochain aménagement de…

D'un nouveau geste de la main, Mme Winter fit comprendre à son amie qu'elle avait mieux à faire que de parler de décoration. Renfrognée, Mme Gardner observait à présent Eva avec le regard le plus noir que celle-ci ait jamais vu.

— Je m'en souviens très bien. C'était à la fin du mois de février car je suis venue ici juste avant de partir pour notre résidence secondaire. Nous y retournons toujours à la fin de l'hiver, c'est un rituel familial auquel nous ne coupons jamais.

— À ce sujet, mère, peut-être devrions-nous laisser les anciennes traditions de côté, l'année prochaine. Mes sœurs et moi-même…

— Nous verrons ! C'était une dispute, reprit-elle tout en se tournant une nouvelle fois vers Eva. Oui, une terrible dispute. Et cette Constance semblait dans tous ses états. J'ai reconnu sa voix mais ma foi, mes oreilles ne sont plus ce qu'elles étaient et je n'ai pas eu le temps de saisir la cause d'un tel remue-ménage.

— Une simple querelle entre domestiques, soupira alors Harriet tout en plantant ses yeux dans ceux d'Eva. Sans doute pour une raison aussi obscure qu'insignifiante. Nous autres, les femmes, avons tendance à nous emporter facilement sur l'instant puis, le moment passé, les causes de notre animosité nous paraissent dérisoires.

— Cela est d'autant plus vrai chez les employées, ajouta Amélia, un sourire en coin. Mais nous ne pouvons pas leur reprocher de tels emportements et un tel manque de savoir-vivre. Elles n'ont pas eu la chance de recevoir l'éducation dont nous avons toutes fait l'objet ici, à l'exception de vous, mademoiselle Phoenix.

— Oh oui, enchaîna Jane Winter sans sembler noter la tension ambiante, l'éducation de mes filles m'a fait bien du souci en mon temps. Cela est si important et il est si difficile de trouver du personnel de confiance de nos jours ! Je suis bien contente de ne plus avoir à m'en soucier. Nos gouvernantes ont été si... désagréables ! Elles passaient leur temps à manger, se servaient allègrement dans nos plumes et nos papiers, mais les pires étaient celles qui nourrissaient une passion secrète pour le maître de maison ! Mon pauvre mari en a régulièrement fait les frais en son temps, n'est-ce pas, Walter ?

— Jane ! Je vous en prie ! Cessez vos inepties !

L'imprécation eut le mérite de faire taire Mme Winter pendant un moment, ce qui sembla soulager considérablement Harriet.

Eva observa ce petit être courtaud et démodé, se demandant si ce physique des plus ingrats avait vraiment pu faire flancher le cœur d'une gouvernante. Ses filles qui, bienheureusement pour elles, avaient bénéficié des qualités physiques de leur chère maman, en profitèrent pour rejoindre la conversation et se querellèrent presque pour partager les anecdotes les plus drôles sur les « créatures », car c'était ainsi qu'elles les appelaient, qui s'étaient chargées de leur éducation. Dans leur bouche, elles avaient toutes été ridicules, mal fagotées et, surtout, laides à pleurer. Eva frémissait en s'imaginant confrontée aux sœurs Winter qui, même plus jeunes, avaient dû se révéler insupportables.

Si aucun des messieurs n'avait jugé nécessaire de commenter la scène, M. Carter avait saisi jusqu'au moindre haussement de sourcils et semblait atterré par leur échange. Eva ne vit pourtant dans ses yeux ni amusement, ni gêne. Il avait tout simplement l'air très grave. Quant à elle, intimement ébranlée par les mots de Mme Winter, elle avait désormais beaucoup plus de mal à écouter le bavardage des filles de cette dernière et n'éprouvait à présent qu'une envie : quitter la pièce et retrouver le calme de sa chambre. Faisant fi de sa gêne et n'écoutant que la tristesse qui pointait en elle, elle osa se rapprocher de Mme Gardner et lui demanda si elle pouvait se retirer.

— Faites, faites ! répondit cette dernière avec un mouvement de main qu'elle aurait eu pour chasser une mouche.

Sans demander son reste, Eva quitta la petite assemblée et se retrouva dans la fraîcheur du couloir. Sans nul doute, la conversation irait bon train sitôt qu'elle se serait un peu éloignée et il y avait fort à parier que les réflexions de ces dames seraient tout sauf élogieuses à son égard. Penaude, elle se demandait ce que M. Carter pourrait bien en dire…

Elle s'apprêtait à monter le grand escalier d'un pas lent quand une voix l'interpella :

— Mademoiselle Phoenix ?

Eva se retourna à contrecœur. C'était justement Théo Carter qui l'apostrophait. Il avait dû quitter la pièce juste après elle, par une porte située à l'opposé de celle qu'elle avait empruntée. Le regard intense qu'il posa sur elle la troubla et elle eut envie de rester dans ce couloir durant une éternité tout en éprouvant l'envie irrésistible de le fuir à jamais.

Quand il se mit à parler, sa voix était basse et rauque comme s'il avait été lui aussi vivement touché par la scène à laquelle il venait d'assister.

— Je voudrais vous présenter des excuses, mademoiselle Phoenix.

Eva ne put cacher son étonnement :

— Vous excuser ? Mais à quel propos ?

— Pour ce soir. Pour les propos d'Amélia, pour la bêtise des filles Winter et pour la gaucherie de leur mère. Mme Winter n'est pas si… Enfin, c'est une brave femme, en temps ordinaire. Ce soir, elle n'était pas elle-même et elle aurait dû se taire. Vous n'aviez pas à entendre tout ça.

Dans d'autres circonstances, la jeune femme aurait accepté ces excuses et, sans rien ajouter, aurait poursuivi sa route. Ce soir-là, agacée par les critiques, l'indifférence et l'agressivité déguisée d'Amélia, elle n'avait aucune envie de se montrer douce et complaisante.

— Quelle est cette histoire de dispute, monsieur Carter ? Et pourquoi cela semble-t-il gêner à ce point votre sœur ?

— Pour ma part, je n'étais pas présent et je ne saurais vous répondre. Mais pour le reste, il ne s'agit que d'orgueil. Aucune maîtresse de maison ne souhaite entendre ou se faire rappeler ce genre de débordement.

— Et considère-t-elle également la chute de Constance comme un regrettable débordement ?

— Eh bien… Je présume qu'il est toujours délicat pour une maison de se trouver au cœur d'un tel fait divers. Cela ne veut pas pour autant dire que cet événement particulièrement triste ne nous a pas touchés.

Loin d'être convaincante, la réponse plongea Eva sous une nouvelle vague de questionnements. Elle s'apprêtait à poser une autre question quand Amélia, sortant brusquement la tête par la porte entrouverte, vint une nouvelle fois les interrompre :

— Théo ! Que faites-vous ? J'ai besoin de vous !

— J'arrive, Amélia, j'arrive ! Retournez vous mettre au chaud. Il fait un froid polaire dans ces couloirs et je ne voudrais pas vous voir tomber malade !

— Très bien, mais dépêchez-vous !

Elle s'éclipsa non sans s'être encore légèrement attardée pour les observer, et Théo se tourna de nouveau vers Eva :

— J'espère que cette soirée ne vous aura malgré tout pas été trop désagréable.

— Désagréable ou non, ce n'est pas à moi de le dire. Je suis au service de Madame, non pas pour me divertir à vos côtés.

— Peut-être, concéda-t-il, mais votre avis n'en compte pas moins et cela me tranquilliserait si vous pouviez passer des moments agréables parmi nous. Mais pour cela, il vous faudra faire preuve de mansuétude et ne pas tenir rigueur de leur manque de compassion et d'empathie. Puis-je vous donner un conseil ?

— Bien sûr.

— Quoi qu'ils vous disent, quoi qu'il se passe, ne rentrez jamais dans leur jeu. Ne répondez pas à leurs provocations, à leurs réflexions déplacées. Faites la sourde oreille.

Il soupira puis passa la main dans ses cheveux qui n'en furent que plus ébouriffés et précisa :

— Parfois, et même si cela peut vous sembler lâche, il est plus habile de se taire et de laisser passer certaines choses plutôt que de se lancer dans un combat perdu d'avance. C'est un art qui s'apprend avec le temps et qui n'a rien à voir avec la peur ou je ne sais quel sentiment de ce type. On appelle ça, je crois, le bon sens. Ici, vous en aurez souvent besoin…

Une lueur passa dans ses yeux, il sembla sur le point d'ajouter autre chose puis, semblant se raviser, lui souhaita une bonne nuit avec un sourire et tourna tout simplement les talons.

Ce même soir, après être remontée dans sa chambre et s'être glissée entre les draps froids, Eva pleura longuement. Ces larmes, elle les contenait depuis la veille, depuis le moment de son départ. La fatigue, l'obscurité et la honte venaient de briser les barrages qu'elle leur avait imposés jusque-là. Il avait fallu une soirée au milieu d'inconnus pour qu'elle prenne pleinement conscience de sa situation et de son isolement. Penser à sa vie d'avant, sa vie dans la demeure familiale, entourée de ses parents, lui brisait littéralement le cœur. Comment allait-elle faire pour tenir le lendemain ? Et le jour d'après ? Rester à Londres lui sembla dès lors insurmontable et pourtant, elle n'avait nulle part d'autre où aller.

Vivre dans un foyer chaleureux, rire, profiter de la présence d'amis et de voisins, toutes ces petites choses lui avaient permis jusque-là d'évoluer dans un univers protégé qu'elle ne retrouverait peut-être jamais. Pas là en tous cas. Pas avec M. Gardner et ses regards sévères, pas avec Harriet et ses sourires froids. Pas avec ces invités ridicules, maniérés et qui ne voyaient jamais plus loin que leur petit univers étriqué.

10

Le lendemain, Eva se leva avec une migraine carabinée, la faute à trop de larmes et à une nuit entrecoupée de cauchemars dont elle ne se rappelait que des bribes. Durant son sommeil, elle se souvenait néanmoins d'avoir été de retour dans la maison de son enfance, une vision rassurante pourtant entachée par la présence inexplicable de Mme Gardner dans le salon familial. Un peu plus tard dans la nuit, c'est M. Carter qui avait occupé ses songes. Dans un rêve aux contours flous, il lui tendait un ouvrage de cuisine d'un geste ferme tout en lui conseillant de lui préparer au plus vite son petit déjeuner. Absolument ridicule !

Sitôt levée, elle alla à sa fenêtre et se réjouit encore une fois d'avoir hérité d'une chambre située côté jardin, une aubaine pour elle qui appréciait tant le calme de la nature. Le jardin qui s'étendait sous ses yeux n'avait pourtant rien des vertes prairies au milieu desquelles elle avait grandi mais avait malgré tout le mérite d'être bien entretenu et, à ses yeux, semblait bien plus chaleureux que la plupart des pièces dans lesquelles elle évoluait en journée.

Avec des gestes lents et mesurés, elle entreprit de se préparer et passa de longues minutes à se coiffer devant le miroir. Même ses cheveux, d'ordinaire si beaux, lui semblaient ternes et refusaient de se laisser emprisonner dans ses épingles à chignon. Elle dut légèrement les humidifier pour leur faire entendre raison et prit un retard considérable.

Indissociables de sa fatigue physique, la faiblesse et la morosité d'Eva étaient également dues à l'appréhension qui l'avait assaillie dès son réveil. Elle savait en effet que Mme Gardner allait la convoquer dans la matinée pour lui expliquer plus en détail le projet dont elle avait fait mention la veille en fin d'après-midi. Elle redoutait également qu'elle ne revienne sur les paroles de Mme Winter et sur sa propre attitude – après tout, n'avait-elle pas encouragé Jane à parler ? – et craignait de ne pas pouvoir faire preuve du fameux *bon sens* dont avait parlé Théo Carter.

Comme elle s'y attendait, Harriet apparut en effet peu après 11 heures. Sans doute s'était-elle levée plus tôt qu'à l'accoutumée, Charlotte ayant soufflé à Eva que Madame n'apparaissait généralement pas dans la maison durant la matinée. Et pour cause ! Comme bon nombre de femmes de sa condition, Mme Gardner profitait pleinement des mondanités en soirée et mettait un point d'honneur à se lever tard, considérant certainement que l'indolence était la marque de sa supériorité. Il n'y avait que les employées pour se lever à l'aube…

Après un petit déjeuner au lit, une longue préparation occupait une grande partie de la matinée et ce n'était donc qu'à l'issue de cette dernière que la maîtresse de maison daignait descendre. La plupart du temps, il était alors plus de midi et M. Gardner avait quitté la maison depuis longtemps. Les époux ne se retrouveraient que bien plus tard, au moment du dîner, qui représentait ici, comme ailleurs, le seul véritable repas dans la maison.

Durant les heures de classe qui avaient précédé cette visite inhabituelle, Eva avait réussi à contraindre Ophélie à lire quelques lignes. Après s'être amusée à répéter bêtement tout ce que lui disait sa gouvernante, la petite fille s'était pliée à l'exercice, non sans buter sur tous les mots et ne comprenant visiblement pas l'intérêt d'apprendre à les déchiffrer par elle-même. Ainsi, dès que son temps de réflexion excédait quelques secondes, elle commençait à geindre et exigeait qu'Eva lui donne immédiatement la réponse, chose que la jeune femme ne consentait à faire qu'une fois sur deux.

Victoria, quant à elle, lambinait au-dessus d'un exercice de calcul et semblait plus prompte à expliquer quels progrès phénoménaux elle avait fait avec son poney. La jeune fille maîtrisait à l'évidence parfaitement le vocabulaire du monde équestre et semblait se complaire dans de longues explications auxquelles sa gouvernante peinait beaucoup à s'intéresser. D'une manière ou d'une autre, il faudrait malgré tout qu'elle arrive à mettre cette passion à profit dans l'éducation de la jeune fille. Mais comment ? Une dissertation sur son poney préféré ne l'occuperait qu'un temps et déjà, il faudrait trouver de nouvelles idées.

Bien loin de s'intéresser à ce genre de considérations et visiblement désireuse d'en finir au plus vite, Mme Gardner se lança dans un long discours dès qu'elle eut passé le pas de la porte. Durant ce dernier, elle exposa en détail les principes de l'éducation qu'elle souhaitait donner à ses filles.

— Suite à notre conversation de l'autre jour et à la soirée d'hier, j'ai décidé de concentrer tout particulièrement nos efforts sur les talents artistiques de mes filles. Certes, ce sont encore des enfants mais je souhaite qu'elles s'illustrent en société dès leur plus jeune âge. Je ne voudrais pas me retrouver comme Jane Winter dont les trois filles, malgré leur âge, sont toujours célibataires ! L'aînée a tout de même vingt-quatre ans ! J'ose espérer qu'Ophélie et Victoria seront mariées et mères, tout comme je l'étais à cet âge !

Ainsi, et afin qu'elles soient les plus accomplies possible et qu'elles aient toutes les chances d'attirer les éloges masculins, Harriet souhaitait qu'Eva mette l'accent sur le chant, la musique ou encore le dessin, autant de disciplines qui produisaient, selon elle, toujours beaucoup d'effets auprès d'un public.

— D'après la mine affreuse d'Ophélie, je crois comprendre que vous avez déjà accordé beaucoup trop de temps à la lecture et même à ces ennuyants exercices de calcul mais n'oubliez pas le reste ! Si les choses se déroulent comme elles doivent se dérouler, et croyez bien que ce sera le cas, dans quelques années, mes filles n'auront plus guère le temps de lire, elles auront bien mieux à faire !

Elle ajouta que les langues étrangères, le français en particulier, lui semblaient également dignes d'intérêt et Eva fut dès lors fortement encouragée à poursuivre ses leçons dans cette voie. Quant au latin, à l'histoire et au reste, Mme Gardner y fit à peine allusion, l'important étant, selon elle, d'introduire quelques notions dans la tête de ses filles sans les perturber et, surtout, sans jamais les tourmenter plus que de raison. Avec un peu de patience et beaucoup de bonne volonté, Eva réussirait, elle en était sûre, à les instruire sans faire de ces leçons quotidiennes un calvaire. Oui, l'idée était bien de les amuser et d'enrichir leur esprit jour après jour mais sans jamais user d'une autorité excessive.

— Ces pauvres enfants ont également besoin de s'amuser. Trop de labeur enlaidit et corrompt le teint, ajouta-t-elle en jetant un regard en coin à Eva. Et c'est là que j'en viens à mon projet particulier, mademoiselle Phoenix, continua-t-elle finalement. Chaque fin d'année, nous organisons une petite soirée sans prétention avec quelques amis et les membres de notre famille. Comprenez-vous où je veux en venir ?

— J'ose avouer que non, Madame.

— C'est pourtant simple ! Cette réception est un événement attendu avec impatience par toutes les générations et cette année, comme l'année dernière, mes filles seront assez grandes pour y participer activement. De ce fait, je souhaiterais que vous prépariez un petit numéro destiné à mettre en avant leurs qualités artistiques.

— Très bien, Madame. À quoi pensez-vous en particulier ?

Mme Gardner fit mine de réfléchir mais semblait être venue à Eva avec une vision déjà bien précise de l'affaire. Ainsi, il ne lui fallut que quelques secondes de silence avant de proposer :

— Eh bien… Par exemple, Ophélie pourrait chanter, elle a une voix d'ange, et Victoria pourrait très bien l'accompagner au piano. À moins que le contraire ne vous paraisse plus indiqué ? Je vous laisse en juger en temps et en heure. L'important étant qu'elles soient mises en valeur, qu'elles soient admirées. C'est important pour elles mais également pour vous !

S'ensuivit un nouveau monologue dans lequel Mme Gardner expliqua qu'on jugeait toujours les qualités d'une enseignante aux talents de ses élèves. Que pour jauger le mérite et les vertus d'une gouvernante, il n'y avait qu'à observer les jeunes ladies qu'elle avait élevées. Elle ajouta qu'elle était certaine qu'Eva possédait, profondément enfouis en elle-même, le tact et le bon sens nécessaires pour faire de Victoria et d'Ophélie des jeunes filles accomplies. Avec un sourire, mais un sourire dur qu'Eva ne verrait jamais sans une certaine appréhension, elle précisa qu'elle n'hésiterait pas à s'offrir les services d'une personne mieux qualifiée si, d'aventure, la jeune femme ne se montrait pas à la hauteur de sa tâche. La conclusion fut sans appel :

— Vous êtes ici dans ma maison, mademoiselle Phoenix, et j'ose espérer que vous saurez me satisfaire. Nous n'avons que trop perdu de temps par le passé en engageant les mauvaises personnes. Veillez à ne pas vous disperser. Je pense que vous comprenez où je veux en venir mais je vous laisse réfléchir plus longuement sur la question.

Et, comme d'ordinaire, elle s'éclipsa rapidement.

Piquée par le sous-entendu et déçue de ne pas avoir eu le courage de revenir sur le sujet qui l'intéressait, Eva prit ce départ comme une preuve de lâcheté de sa part. Durant ces quelques minutes, Mme Gardner lui avait dit tout ce qu'elle avait à dire, elle avait fait passer ses messages et quant aux éventuelles réponses, elle n'en avait cure : elle était là pour juger et pour exiger, certainement pas pour écouter. La jeune femme n'aurait d'autre choix que d'obéir aveuglément à ses nouvelles directives. Si elle négligeait les cours de français ou de piano au profit de matières qu'elle jugeait plus sérieuses, ses élèves auraient tôt fait d'aller le répéter à leur mère qui n'hésiterait pas à revenir la blâmer. Elle ne pouvait se permettre de perdre si vite sa place.

S'ensuivait un problème de taille : si Eva n'avait que quelques semaines devant elle pour mener à bien sa tâche, comment allait-elle préparer ses deux élèves à cette fameuse représentation musicale ? À quel public devait-elle s'attendre et, surtout, qu'attendrait-on d'elles ? La mettant au défi, Mme Gardner en avait trop peu dit.

Prise d'une inspiration soudaine, elle décida tout simplement d'interroger directement les principales concernées. Elle n'avait passé que très peu d'heures auprès d'elles mais avait déjà remarqué que les filles appréciaient tout particulièrement de bavarder avec elle, les occasions de discuter avec des adultes n'étant finalement que très rares.

Elle n'eut donc aucun mal à capter leur attention, d'autant plus que répondre à ses questions leur permettait de faire une nouvelle pause dans leurs leçons.

— Mademoiselle Victoria ? Mademoiselle Ophélie ? Avez-vous entendu le projet que votre mère a pour vous ?

— Oui, mademoiselle !

— Vous savez donc qu'elle souhaiterait que vous fassiez honneur à vos talents en préparant un petit tour de chant pour la fête de fin d'année.

— Quel bonheur ! commenta Ophélie avec ravissement. J'espère que j'aurai une nouvelle robe pour l'occasion.

— J'aurais préféré mettre en avant mes talents de cavalière, maugréa Victoria. Je n'aime guère chanter.

Ce que je veux, moi, c'est devenir la plus grande cavalière de Londres et je…

— Victoria, je crains que cela soit impossible cette année mais j'ose espérer que vous pourrez démontrer vos talents un autre jour.

— Moi, j'aime chanter ! s'exclama Ophélie, plus enthousiaste que sa sœur. Quelle chanson allez-vous choisir, mademoiselle ?

— Je n'ai pas encore arrêté mon choix mais je vous le dirai en temps voulu, je vous le promets, Ophélie. Mais j'ai besoin de votre aide à toutes les deux ! Dites-m'en plus sur cette fameuse soirée. Est-ce un événement important pour vous ? Avez-vous déjà eu l'occasion d'en profiter au cours des années précédentes ?

— Oh oui, bien entendu ! Nous avons le droit d'y assister depuis que nous avons cinq ans et maman nous laisse toujours nous coucher très tard ce soir-là, commença Victoria. Et puis, nous pouvons manger, manger, manger autant que nous voulons !

— Et puis, nous avons toujours droit à de nouvelles robes ! renchérit Ophélie, visiblement passionnée par le sujet. L'année dernière, la mienne était blanche avec des rubans en dentelle et maman m'avait prêté Charlotte pour qu'elle me fasse une coiffure digne des plus grandes dames !

— On ne dit pas « prêter », Ophélie, lorsque l'on parle d'une personne. Il aurait été plus convenable de dire que votre maman vous avait *envoyé* Charlotte, ne put s'empêcher de corriger Eva. Il est important de ne pas parler de quelqu'un comme d'un simple objet, comprenez-vous la différence ?

— Pourtant, je vous assure, c'est ce que maman m'a dit ce jour-là !

— Oui, oui, c'est vrai ! renchérit Victoria qui n'en savait absolument rien.

Eva soupira intérieurement. Mieux valait ne pas insister sur ce point-là à présent, elle aurait bien le temps de revenir sur ce genre de sujet dans les semaines ou les mois à venir, elle en était certaine. À force de patience et de douceur, elle arriverait peut-être à éviter ce genre d'écart de langage. À moins que ces enfants ne soient définitivement perdues ?

Quels que soient ses efforts, elle pressentait qu'elle aurait bien du mal à s'imposer dans des esprits déjà fortement conditionnés par l'influence maternelle. Si Mme Gardner avait dit « prêter », elle avait forcément raison aux yeux de ses filles et il était inutile d'en discuter.

Le reste de la conversation lui permit au moins de comprendre que la fameuse « petite soirée sans prétention » était en réalité une grande réception où les invités se comptaient par dizaines. En cas de fausses notes ou de trous de mémoire, les oreilles attentives ne manqueraient donc pas. Cela était toujours bon à savoir mais d'autant plus angoissant pour la jeune gouvernante.

Plutôt que d'arrêter cette conversation sur ces bonnes paroles, elle ne résista pas à l'envie d'interroger plus longuement ses élèves sur la fête de l'année précédente.

— Aviez-vous… Aviez-vous préparé quelque chose de particulier avec votre ancienne gouvernante ?

Les deux petites filles gardèrent tout d'abord le silence puis, après avoir jeté un coup d'œil à sa sœur, Victoria répondit :

— Nous n'avions pas de gouvernante avant Mlle Pitt et elle n'était pas encore parmi nous. Mais nous avions préparé quelque chose pour l'anniversaire de maman, au mois de juin.

— Et qu'aviez-vous préparé ?

— Nous avions appris une poésie.

— Ah oui ?

— Mais nous ne l'avons pas récitée ! déplora Ophélie avec un air désespéré.

— Pourquoi cela ?

— Parce que Mlle Pitt nous l'a interdit au dernier moment.

Eva sentit ses sourcils s'arquer d'étonnement, petit changement de physionomie que ne manqua pas de remarquer Ophélie.

— Nous n'étions pas punies, crut-elle bon de faire remarquer. Oh non ! Mais Mlle Pitt nous a proposé d'aller jouer à l'étage des domestiques et quand maman nous a cherchées, elle ne nous a pas trouvées. Elle était tellement en colère…

— Cette année, il faudra être à l'heure, ajouta Victoria tout en hochant vivement la tête.

— Vous le serez, soyez-en certaines. Mais j'aimerais savoir une dernière chose…

Ophélie, qui avait vu l'heure à la pendule, se levait déjà à la perspective de prendre son déjeuner – que sa gouvernante ne lui en ait pas donné l'ordre ne semblait pas la perturber outre mesure – et ne se sentait plus guère concentrée. Eva se tourna plus volontiers vers Victoria qui la fixait désormais avec attention :

— Est-ce que les leçons avec Mlle Pitt se passaient bien ?

— Oui…, hésita Victoria.

— Pouvez-vous m'en dire un peu plus ?

— Nous ne travaillions pas comme avec vous. Mlle Pitt… Elle nous laissait faire ce que nous voulions. C'était un secret entre elle et nous.

— Vraiment ? Vous ne faisiez pas d'exercices ? Jamais de leçons ?

— Seulement de temps en temps.

— Vraiment ? Aimiez-vous Mlle Pitt ?

— Oui. Et je croyais qu'elle nous appréciait aussi. Avec Ophélie, nous avons été très surprises quand elle est partie sans même nous dire au revoir.

Eva resta bouche bée mais se reprit rapidement en comprenant que les filles Gardner n'avaient pas été mises au courant de l'accident de leur gouvernante. Sans doute les avait-on tenues à l'écart de la nouvelle pour ne pas les perturber. C'était compréhensible bien qu'en totale contradiction avec l'éducation qu'elle avait elle-même reçue, son père ayant toujours considéré qu'elle était en mesure de recevoir tout type d'informations, même les plus dures d'entre elles.

— Je suis certaine qu'elle est très heureuse là où elle est, répondit-elle d'un ton où la tristesse perçait légèrement, malgré ses efforts pour la dissimuler.

— Ophélie est certaine qu'elle est mariée, à présent ! Un départ si rapide, cela ne peut qu'être le grand amour !

Eva retint un soupir. Si seulement cela avait été le cas…

11

En fin de journée, après avoir laissé ses élèves entre les mains des nurses, Eva revint avec plaisir dans sa chambre et se laissa tomber sur la chaise attenante à son petit bureau. Une belle flambée avait été préparée dans l'âtre par l'une des bonnes et la pièce baignait dans les derniers rayons du soleil.

Cette lumière douce et mélancolique lui faisait invariablement penser à son amie. Maintenant, plus que jamais, elle ne pourrait voir décliner le jour sans se souvenir de leurs escapades passées.

Sa chère Constance avait toujours aimé les couleurs des dernières heures du jour et, du temps de leur jeunesse, elle apparaissait souvent en fin de journée, l'entraînant dans de longues promenades qui les menaient hors de la ville, jusque sur les petits chemins de campagne qu'elles appréciaient tant. En été, elles en revenaient les cheveux pleins de brindilles et en automne, leurs bottines et le bas de leurs robes étaient si sales que leurs mères pestaient pendant des jours contre l'inconscience de leurs filles respectives, remontrances qui n'avaient jamais empêché ces dernières de recommencer dès qu'elles en avaient eu l'occasion.

L'insouciance avec laquelle elles vivaient alors leurs journées arracha à Eva un léger soupir de nostalgie heureuse. Ces jours avaient été beaux et grâce à l'enthousiasme communicatif de Constance, elles en avaient profité autant qu'elles avaient pu. Et elles avaient bien fait…

Après s'être détendue au coin du feu et avoir lu quelques pages de son roman en cours, Eva se prépara à descendre en cuisine afin de prendre son tout premier repas en bas. Plus tôt, Mme Gardner l'avait en effet invitée à dîner en compagnie des domestiques :

— Présentez-vous à ceux que vous n'avez pas encore rencontrés, mademoiselle Phoenix, il est important de connaître et de se faire connaître par tous les domestiques de la maison. Ce soir, nous sortons et vous êtes dispensée de dîner avec mes filles. Cela arrivera de temps en temps, et certainement de plus en plus souvent à mesure qu'elles prendront de l'âge, mais d'ici là, nous aurons le temps d'en discuter. Victoria ne fera pas son entrée dans le monde avant cinq bonnes années, au minimum, ce qui vous permettra de passer encore bien des soirées en sa compagnie.

Eva avait acquiescé puis s'était éclipsée rapidement, un peu décontenancée en réalisant que sa présence, même cinq années plus tard, semblait être une chose acquise pour la maîtresse de maison. Elle aurait dû en être heureuse, elle aurait dû se sentir rassurée par cette stabilité mais… Cinq ans ! Cela lui avait fait un choc. Elle ne s'était jamais projetée aussi loin et au vu de sa situation, elle avait peur d'imaginer le futur qui l'attendait. Dans cinq années, elle serait devenue définitivement invisible aux yeux des gens de la maison et aux yeux des hommes, en particulier. Elle ne serait plus qu'une ombre parmi les ombres, passant de pièce en pièce, comme avalée par un décor dont elle ne ferait pourtant jamais complètement partie. Si elle restait là, passé la trentaine, oui, c'était évident, elle pourrait définitivement oublier le mariage !

Toujours prompte à analyser ses propres sentiments, Eva s'étonnait presque d'en ressentir quelques regrets. N'avait-elle pas décidé, bien longtemps auparavant, que cela n'était pas pour elle ? D'ailleurs, à bien y réfléchir, toute considération romantique mise de côté, un avenir au service d'un éventuel mari valait-il mieux qu'un quotidien passé auprès d'une famille aussi distinguée que celle des Gardner ? Rien n'était moins sûr…

Le moral en berne, comme trop souvent ces derniers temps, elle descendit finalement l'escalier principal puis se rendit en cuisine d'où lui provenaient des voix enjouées, preuve que des conversations intenses se déroulaient à quelques pas de là.

Eva avait toujours trouvé la pièce immense car elle n'avait encore jamais vu la cuisine occupée par les domestiques – à l'exception des cuisinières qui semblaient faire corps avec elle. À ce moment précis, avec tous ces visages inconnus et ces corps attablés côte à côte, elle eut pourtant bien l'impression que les murs s'étaient rapprochés les uns des autres et que la surface des lieux avait été considérablement réduite.

L'espace d'un instant, elle espéra que son entrée passerait inaperçue dans un tel brouhaha mais c'était compter sans Lucy – à moins que ce ne fût Kate ? –, l'aide de cuisine, qui déclara brusquement à la cantonade :

— Voilà mademoiselle Phoenix ! La nouvelle gouvernante !

Une quinzaine de paires d'yeux se tournèrent d'un seul mouvement vers elle selon un phénomène aussi étrange qu'effrayant auquel Eva n'avait pas été préparée. Quoi de pire, quand on est de nature discrète, que de se trouver au centre de l'attention générale ?

Elle hésita entre traverser la pièce de manière à rejoindre le seul siège vide qu'elle voyait du seuil et rester plantée à l'entrée jusqu'à ce qu'ils finissent tous par remettre leur nez dans leurs assiettes fumantes.

Finalement, sentant brûler ses joues face à tant de curiosité, elle se décida à passer à l'action et alla s'asseoir sur la fameuse chaise vide. Malheureusement, à peine s'y était-elle assise qu'une main masculine vint se poser sur son épaule, un contact inattendu qui la fit se relever aussi sec sous les ricanements du reste des domestiques.

— Je crains, mademoiselle, que ceci ne soit ma place, annonça l'homme. Je l'aurais volontiers échangée avec vous afin de vous être agréable, mais voyez-vous, d'ici, j'ai un point de vue idéal sur les chaudrons de notre chère Mme Roberts et j'aime avoir l'œil sur ce qu'elle nous fait ingurgiter… Je me méfie !

— Tom ! glapit la concernée. Je vous ai parfaitement entendu ! Prenez garde à ce que vous dites, sinon je ne réponds plus de rien, je vous préviens !

— Ce qui signifie ? Êtes-vous d'humeur taquine ou dois-je prendre vos paroles pour de vaines menaces ? Allez-vous trouver une manière de vous débarrasser de moi ? J'aimerais bien savoir comment !

— J'ai mon idée !

— Allons, Mme Roberts, pas de paroles en l'air, vous valez quand même mieux que ça ! répondit suavement ce dernier.

— Comme si j'allais vous le dire ! Mes petits secrets sont bien gardés et ce n'est pas un garnement comme vous qui y changera quelque chose, croyez-moi ! Vous verrez bien en temps voulu !

— Garnement ? Moi, un garnement ? J'ai passé l'âge depuis longtemps, ma p'tite dame !

— Ce n'est pas une question d'âge !

— Comme vous le voyez, reprit Tom à l'intention d'Eva, qui était toujours devant la table, nous entretenons des rapports on ne peut plus cordiaux en cuisine. Ici, tout n'est que calme, douceur et repos. Un véritable havre de paix pour nos cœurs tendres et nos jambes fatiguées !

Mme Roberts s'était rapprochée d'eux et venait d'abattre lourdement une assiette pleine devant l'objet de son agacement. L'espace d'une demi-seconde, Eva perçut néanmoins un regard entre eux deux, une petite étincelle de connivence qui lui permit immédiatement de comprendre que toute cette comédie n'était en réalité qu'un simple jeu.

Sur ces entrefaites, Tom Evans alla chercher une autre chaise et fit une place à la jeune femme qu'il invita à s'asseoir en tapotant le siège du plat de la main.

— Asseyez-vous ici, mademoiselle. Aucune place ne saurait être meilleure que celle-ci, étant donné que c'est moi qui l'ai spécialement choisie pour vous. Tant que je serai à vos côtés, vous serez en bonne compagnie ! Maintenant, dites-moi tout, comment trouvez-vous la maison ?

— Grande.

Un éclat de rire général accueillit la réponse d'Eva qui ne savait plus s'il fallait s'en offusquer ou, tout simplement, l'accepter avec calme et bonne humeur. Il était clair qu'en cuisine, l'état d'esprit des domestiques n'avait absolument rien à voir avec l'attitude discrète et feutrée que l'on attendait d'eux dans les étages supérieurs, et Eva se sentait finalement plus à l'aise au cœur de cette camaraderie bon enfant que dans le salon de Mme Gardner.

— Je veux dire, essaya-t-elle de reprendre, c'est une maison très vaste. Là d'où je viens, même la demeure des notables de la ville n'était pas si imposante. Il y a plusieurs salons, un grand nombre de chambres, une magnifique bibliothèque ! J'en suis encore au stade de la découverte et j'ai l'impression de ne pas encore avoir fait le tour du propriétaire !

— Ne vous laissez pas impressionner par le nombre de pièces, si je peux me permettre.

La voix venait de l'autre bout de la table et appartenait visiblement à une jeune femme blonde à l'air dur. Sans charme, à cause de ses traits grossiers et de son air chafouin, elle avait de larges cernes sous les yeux et sa voix, pleine de rancœur, ne laissait pas de doute sur son état d'esprit du moment.

— Croyez-moi, ils ont beau vivre dans le luxe, acheter les plus beaux meubles et remplir leur bibliothèque de livres reliés en cuir, qu'ils n'ouvriront de toute manière jamais, ils valent pas mieux que nous. Y a qu'à les écouter parler entre eux quand ils pensent qu'on est trop bêtes pour comprendre ce qu'ils disent. Moi, j'vois guère de différence entre eux et nous, et c'est pas trois salons et deux boudoirs qui me feront changer d'avis ! Et puis, tous ces escaliers, c'est pas eux qui passent la journée à les grimper dans un sens et à les dévaler de l'autre, ça, c'est clair ! Une personne autrement plus futée aurait pas mis la cuisine à six pieds sous terre ! Quand arrive la fin de la journée, je suis sur les rotules et j'ai seulement vingt-cinq ans !

— Laura !

Eva aurait reconnu cette voix entre mille autres tant elle était restée gravée dans sa mémoire. Mme Mitchell, assise elle aussi à la table, était un temps passée inaperçue mais venait de se rappeler à l'esprit de la petite assemblée. Visiblement, le discours de la bonne n'était pas tout à fait à son goût.

— Je vous ai déjà dit, il me semble bien, de ne pas parler ainsi à tort et à travers de ceux qui ont l'obligeance de vous employer et de vous accorder leur confiance. Je serais bien curieuse de savoir ce que Mme Gardner retiendrait de votre petit discours et je suis à peu près certaine que vos petites remarques déplacées n'intéressent pas du tout notre nouvelle gouvernante. N'est-ce pas, mademoiselle ?

Tous les regards s'étaient encore une fois déplacés du côté d'Eva qui venait tout juste de profiter de l'intervention de Laura pour commencer à manger.

— Je… Je ne souhaite pas me prononcer sur la question, madame Mitchell, si vous me le permettez. Je ne pense pas que Laura pensait à mal. Pour ma part, j'ai déjà oublié ses paroles, je pense qu'il n'est donc pas nécessaire de s'appesantir plus longtemps sur le sujet. Et puis, c'est vrai qu'il y a beaucoup d'escaliers ici…

Eva sut rapidement que sa réponse n'était pas celle qu'attendait l'intendante car, à mesure que le visage de Tom s'éclaircissait d'un grand sourire, celui de Mme Mitchell se fermait et son regard, froid par nature, sembla encore descendre en température.

— Eh bien, je vois ! déclara-t-elle en se levant brusquement de table. Je préfère encore reprendre immédiatement mon travail plutôt que d'avoir à écouter de telles discussions. Cela vous étonnera peut-être mais certains d'entre nous ne peuvent malheureusement pas lambiner à table en tenant des propos que je considère, pour ma part, comme totalement irrespectueux.

Et elle quitta la pièce dans un silence de mort.

Malgré tout, il ne leur fallut que quelques secondes pour reprendre les conversations là où elles avaient été laissées. Cette fois, plus personne ne fit attention à Eva. Elle faisait à présent partie du groupe et l'ambiance se détendit de nouveau.

— Eh bien ! lui déclara Tom entre deux bouchées. On dirait bien que vous vous êtes fait une ennemie, mademoiselle Phoenix !

— Pensez-vous ? J'avais pourtant l'impression qu'elle était du genre à apprécier qu'on lui tienne tête, ne serait-ce que pour prouver à tous qu'ici, c'est elle qui a le dernier mot. Et puis, quoi que j'aie pu dire, c'est bien elle qui a claqué la porte ! Pas moi…

— Vous ne semblez pas la porter dans votre cœur et pourtant, vous n'êtes ici que depuis peu ! Imaginez ce que ressentent ceux qui la supportent depuis plus d'une décennie.

— J'ai du mal à imaginer en effet…

— Cette pauvre Mme Roberts fait partie de ces tristes âmes ! Enfin, dans tous les cas, je crois qu'elle voulait simplement vous tester. Savoir si vous étiez de son côté ou alors du nôtre.

— J'ignorais qu'il y avait des camps et encore plus qu'il me faudrait choisir entre ces derniers…

— Croyez-moi, mademoiselle Phoenix, nous sommes trop nombreux dans cette maison pour tous nous entendre, c'est inévitable. Les alliances se font et se défont au gré des situations. Difficile de savoir qui sera votre ennemi du lendemain et la main amie qui vous sortira des ennuis. Par exemple, regardez ces deux-là.

Il désigna discrètement deux hommes à leur gauche.

— Ils pourraient être de véritables camarades, n'est-ce pas ? Sensiblement le même âge et la même fonction. Ils sont valets de chambre. John travaille pour M. Carter et passe la moitié de l'année ici. Quant à Charles, il travaille pour M. Gardner depuis un long moment à présent. Autrement dit, ils se connaissent bien.

— Malgré tout, ils ne sont pas amis ?

— Absolument pas. En réalité, ils n'éprouvent qu'un franc mépris l'un pour l'autre et ne s'en cachent même pas. Et si ce soir ils sont assis côte à côte, c'est certainement pour s'éviter le déplaisir de se trouver l'un en face de l'autre !

— Quel dommage… Vous ne trouvez pas ?

— Oh non, c'est tout sauf dommage ! Au contraire !

— Au contraire ?

— Vous savez, notre existence est plutôt monotone. Nous sortons peu, nous trimons du matin au soir et les semaines pourraient vite se ressembler s'il n'y avait pas un peu d'histoires… Cela met un peu de piquant dans nos vies !

Eva se demanda vaguement s'il mettait la mort de Constance au rang des « petites histoires qui mettent un peu de piquant dans leurs vies » mais n'osa demander, de peur d'attirer une nouvelle fois le regard des autres convives.

Au lieu de ça, elle préféra observer plus longuement celui qui lui avait permis de se fondre plus facilement dans le décor. Elle l'avait immédiatement trouvé si sympathique et si avenant qu'elle en avait oublié ses appréhensions.

D'une belle prestance et certainement âgé d'une trentaine d'années, il venait d'Irlande et en avait gardé un accent caractéristique. La jeune femme comprit qu'il était un peu l'homme à tout faire, une fonction qui lui permettait d'aller un peu n'importe où, à n'importe quel moment.

Peu accoutumé à l'inaction, Tom avait de ce fait une carrure svelte, nerveuse, et la musculature de ceux qui sont toujours en train de courir d'un bout à l'autre de la maison ou même d'un bout à l'autre de la ville. L'enthousiasme communicatif qu'il conserva jusqu'à la fin de leur conversation la fit sourire malgré elle et elle aima d'emblée son visage rieur et son sourire d'enfant. Il était une belle surprise au milieu de ce tourbillon de nouveaux visages.

— Je suis ravi de vous avoir enfin rencontrée, conclut-il au moment où ils allaient se séparer pour retourner à leurs tâches respectives.

— Enfin ? Mais je ne suis là que depuis peu !

— C'est que j'entends parler de vous depuis un moment !

D'un geste rapide de la main, il l'attrapa par la manche de sa robe et l'invita à s'éloigner un peu du passage afin qu'ils puissent avoir un peu plus d'intimité.

— Constance m'avait parlé de vous, murmura-t-il.

— Constance ? Mais…

— Chut ! Il ne faut pas parler d'elle…

L'index sur la bouche, il lui fit signe de baisser d'un ton.

— Mais pourquoi ? demanda-t-elle aussi doucement que son étonnement le lui permit.

Allait-il lui dire, comme Charlotte, que cela portait malheur ? Ou dirait-il, comme Théo Carter, que le sujet, mauvais pour la réputation de la maison, était à bannir des conversations ?

Mais ce fut une tout autre réponse que lui fournit Tom, juste avant de s'éclipser :

— Parce qu'on ne sait tout simplement pas ce qui s'est passé et ici, les murs ont des oreilles. Mieux vaut éviter de s'en faire remarquer. Mais nous en reparlerons à l'occasion.

12

Novembre 1865

Plusieurs semaines avaient filé depuis l'arrivée d'Eva chez les Gardner et la jeune femme s'était peu à peu acclimatée à sa vie de gouvernante. Les Gardner passaient leur temps entre les bals, les grandes réceptions et les soirées à l'Opéra, et quand ils n'étaient pas en train de planifier leurs prochaines sorties, ils étaient tout simplement à un match de cricket. Poussée à outrance, leur vie sociale était absolument fascinante pour la jeune gouvernante qui avait été, jusqu'alors, totalement étrangère à ce rythme de vie. Ainsi, depuis son arrivée en ville, il ne se passait pas un jour sans qu'elle entende de nouveaux noms ou qu'elle aperçoive de nouveaux visages.

Les premiers jours, la jeune femme avait été particulièrement sensible à cette ambiance festive et s'était même laissé contaminer par l'enthousiasme des femmes de la maison. Elle vivait ces événements par procuration, glanant de-ci, de-là des informations sur les soirées à venir ou sur les commérages du moment. Elle en fut étrangement grisée. Puis, finissant par comprendre que tout cela ne changerait absolument rien à son propre quotidien, elle avait repris le cours normal de son existence et avait délibérément ignoré tout ce remue-ménage.

Que les mondanités occupent tous les esprits ou non, ses journées à elle resteraient rythmées par les leçons données aux enfants, par les temps de repas mais également par tous ces petits moments de loisirs qu'avec un peu d'organisation, elle arrivait à s'octroyer au quotidien. Ces derniers lui permettaient bien entendu d'écrire à sa mère et à sa tante bien que, la plupart du temps, elle préférât les passer plongée dans l'un des livres qu'elle avait amenés avec elle. À force de les lire et de les relire, elle les connaissait tous déjà par cœur mais leur univers familier lui apportait justement le réconfort dont elle avait besoin et en les ouvrant, Eva avait souvent l'impression de retrouver de vieux amis.

À d'autres moments, elle profitait d'une heure de liberté pour aller se détendre au jardin qu'elle connaissait à présent de la première feuille d'arbre au dernier brin d'herbe. Le premier mois, elle n'avait en effet pas osé s'aventurer hors de l'espace clos de la maison et il représentait alors le seul moyen pour elle de prendre l'air. Palpitant derrière la porte, la ville de Londres l'attirait autant qu'elle l'impressionnait et il avait fallu que Mme Gardner les emmène, elles et ses filles, faire une promenade à *Hyde Park* pour qu'elle songe enfin à y faire ses premiers pas sans être accompagnée.

Dès sa première sortie en solitaire, elle s'était surprise à apprécier la vie dans une grande ville. Après tout, Londres avait beau être mille et mille fois plus vaste que la toute petite bourgade qui l'avait vue naître, elle n'en restait pas moins une simple ville avec ses quartiers, ses monuments et sa belle variété de transports en commun qui n'en finissaient pas de l'enthousiasmer, elle qui était si avide de liberté et, surtout, de modernité.

Deux ans plus tôt, au tout début de l'année 1863, les Londoniens s'étaient en effet pressés devant la station de Paddington et, effarés, avaient fait connaissance avec un univers qui allait vite leur devenir familier : celui de la *Metropolitan Railway.*

Répondant à sa curiosité débordante sur le sujet, un jour où elle était venue passer quelques heures d'inactivité en cuisine, Mme Roberts lui avait raconté qu'à l'époque, et ce, pendant plusieurs semaines, les curieux avaient afflué de toutes parts pour avoir eux aussi la chance de circuler dans les profondeurs souterraines de la ville. D'autres, persuadés que cette invention avait quelque chose de démoniaque, ne s'y seraient laissé entraîner pour rien au monde. Et puis, il y avait surtout eu tous ceux qui auraient bien aimé profiter des avantages indéniables que représentait le métropolitain mais qui n'avaient tout simplement pas les moyens de s'offrir un aller-retour, même pour satisfaire leur curiosité.

Étrangement passionnée en évoquant ses souvenirs pas si lointains, la cuisinière s'était longuement étendue sur le sujet. Elle avait avoué, avec un sourire faussement gêné, avoir suivi les travaux avec avidité, découvrant avec intérêt l'évolution des tranchées que l'on avait creusées en plein Londres. Quand on avait ouvert la ligne allant de *Bishop's Road* à *Farringdon Street*, elle s'était même précipitée pour en faire elle aussi l'expérience. Pendant de longues minutes, elle avait pris la peine de décrire à Eva la noirceur des tunnels, éclairés de-ci, de-là par des lanternes au halo jaunâtre, la fumée qui envahissait les lieux et cette légère oppression qu'elle avait ressentie en descendant sur le quai. Pour son tout premier trajet, Mme Roberts avait opté pour un ticket en seconde classe.

— Croyez-moi, avait-elle cru bon de préciser, on ne peut pas dire que les sièges qu'ils y ont installés brillent par leur confort ! Mon pauvre derrière a bien souffert !

Eva avait souri en contemplant les formes rebondies de son interlocutrice, certaine que le plus malheureux dans l'histoire avait bel et bien été ledit siège. Après tout, c'était lui qui avait dû supporter la corpulence de son occupante pendant de longues minutes ! Pleine d'amitié pour la cuisinière, elle avait bien évidemment gardé pour elle ses réflexions taquines, préférant hocher la tête avec vigueur tout en sirotant une troisième tasse de thé. Elle aimait décidément passer du temps avec elle et ne se lassait jamais de venir la rejoindre.

La toute première fois, il avait fallu pourtant beaucoup de courage à Eva pour oser descendre en cuisine sans avoir à y prendre de repas. Bien lui en avait pris ! Car sans ce coup de tête inspiré par un subit vague à l'âme, elle n'aurait jamais eu l'occasion de mieux connaître la maîtresse des lieux car les repas, pris en groupe, ne comptaient pas vraiment, Mme Roberts étant alors sollicitée de toutes parts.

Il aurait pourtant été fort dommage que ces deux femmes, *a priori* trop différentes pour s'entendre, n'aient pu prendre le temps de se connaître. N'ayant en commun ni l'âge, ni les fonctions et encore moins le caractère, elles avaient toutes deux fait en sorte de se mettre au diapason de l'autre, un état d'esprit particulièrement propice à la camaraderie qui les liait peu à peu. Il n'en fallait pas plus pour qu'elles se soient mises à s'apprécier mutuellement.

Au fil de leurs rendez-vous, Eva avait osé lui confier ses déboires de gouvernante et avait accueilli avec plaisir tous les conseils que sa nouvelle amie avait tenté de lui donner en retour. De son côté, Mme Roberts trouvait une oreille attentive en Eva et appréciait sa douceur et l'intérêt non feint que cette dernière semblait lui porter.

Londonienne de naissance, la cuisinière s'était amusée à lui raconter son enfance heureuse dans une famille unie, son difficile apprentissage et son placement chez feu M. Gardner, le père de l'actuel chef de famille. Son visage s'était assombri à l'évocation de la mort de son mari, survenue une quinzaine d'années auparavant. Sans enfant et dotée d'une famille très réduite, elle avait avoué se sentir parfois un peu seule malgré les longues heures de travail qui l'occupaient chaque jour.

À l'occasion, Eva discutait également avec Charlotte, qu'elle croisait régulièrement à l'étage, mais son quotidien se réduisait souvent à la seule compagnie de Victoria et d'Ophélie. Les deux premières semaines, son quotidien avait également été éclairé par la perspective de discuter plus longuement avec Théo Carter qui s'était montré tout aussi agréable avec elle que les premières fois. Certes, Amélia n'était jamais bien loin et veillait à ce que l'attention de ce dernier reste concentrée sur elle mais en journée, de temps en temps, ils avaient pu échanger quelques paroles qu'elle se plaisait à repasser dans sa tête, une fois le soir venu.

Elle attendait ces moments avec toujours plus d'enthousiasme mais dut rapidement faire face à une cruelle déception : conformément à ce que Mme Gardner avait annoncé le tout premier soir, Théo n'avait pas tardé à repartir dans son domaine et elle n'avait plus eu le plaisir de l'entendre ou de le voir. Réaliser son départ, et le manque qu'il avait engendré en elle, l'avait emplie d'un trouble étrange et, surtout, d'une tristesse qu'elle ne parvenait pas à s'expliquer : comment une personne qu'elle ne connaissait que depuis peu pouvait à ce point lui manquer ? Si, à ses yeux, une telle mièvrerie était absolument ridicule, la douleur n'en était pas moins réelle et elle se surprenait à guetter le retour de Théo comme elle aurait guetté le retour d'un ami très cher.

Tout au long de ces semaines, elle avait également très régulièrement reçu des nouvelles de sa mère. Le temps aidant, leurs lettres respectives s'étaient faites plus douces, comme si elles avaient décidé d'un commun accord de mettre de côté toutes leurs incompréhensions et leurs petites rancunes mutuelles. Eva restait néanmoins campée sur ses positions, considérant que sa mère avait trahi sa confiance en lui cachant jusqu'au dernier moment des informations capitales sur son avenir. Elle savait qu'en retour, cette dernière ne lui pardonnait pas son attitude ainsi que les adieux glaciaux qu'elle lui avait imposés. Mais ni l'une ni l'autre ne se décidait à évoquer ces sujets difficiles.

Dans ses récits, résolument positifs et enjoués, sa mère préférait visiblement lui prouver que sa nouvelle vie lui était très agréable. Elle évoquait la beauté du Kent, les visites intéressantes qu'elle faisait en compagnie de sa sœur et ce temps libre qui lui permettait, pour la première fois de sa vie, de penser à elle. Il était pourtant assez frustrant, précisait-elle malgré tout, d'avoir tant de temps à combler juste au moment où elle ne savait plus quoi en faire. Quelques mois en arrière, elle aurait apprécié chaque seconde de liberté mais désormais, rester seule et inactive n'avait plus rien de doux, bien au contraire.

Eva, qui la connaissait bien, savait lire entre les lignes et comprenait fort bien que sa mère souffrait de ne plus avoir une maison à elle. Éternelle invitée chez sa sœur et son beau-frère, elle se trouvait dans une position de faiblesse à laquelle elle n'avait jamais été habituée. Mais Eva ne pouvait pas plus l'aider que sa mère ne pouvait rendre ses journées moins compliquées.

Conformément aux souhaits de Mme Gardner, Eva avait également commencé à préparer ses élèves à leur petit numéro musical et, pour ce faire, avait tout simplement choisi un chant de Noël qui avait reçu l'approbation maternelle.

Un après-midi, elle avait finalement placé les deux enfants devant un piano et les avait laissé tenter leur chance, l'une après l'autre. Après maintes discussions, il avait été décidé qu'Ophélie chanterait accompagnée au piano par Victoria, ainsi que l'avait suggéré leur mère. Eva devait bien reconnaître une chose : si cette dernière n'était généralement que très peu au fait des réussites scolaires de ses enfants, elle avait une connaissance beaucoup plus aiguë de leurs qualités artistiques et se trompait rarement sur leurs capacités.

La jeune gouvernante était pleinement consciente que Mme Gardner n'attendait rien de moins que la perfection, raison pour laquelle elle ne ménageait pas sa peine et, régulièrement, on la voyait s'enfermer de longs moments au salon avec ses élèves. À partir de cette époque, les habitants de la maison entendirent parfois des accords hésitants et des chants à la limite de la fausseté, qui venaient briser le calme relatif de la maisonnée.

Consciente des efforts qui étaient faits pour la contenter, la mère des enfants n'en était pas pour autant plus présente, préférant partir faire des emplettes ou rendre des visites à ses très nombreuses connaissances. Les après-midi où elle recevait, Ophélie et Victoria étaient parfois conviées à venir parader auprès des dames dans le salon. Le babillage des enfants y était toujours vivement encouragé et ces dames, posant mille et une questions, riaient de les voir si vives et si enjouées. Et c'était toujours dans un état de vive excitation que les petites filles étaient finalement renvoyées vers Eva. Elle passait alors de longues minutes à essayer de les calmer avant d'entamer une nouvelle leçon. Les jours où obtenir le calme semblait impossible, elle renonçait finalement pour leur offrir une histoire de son invention.

Bienheureusement, l'habitude n'avait pas amoindri l'intérêt que les enfants avaient pour les petites fictions qu'elle leur inventait. Bien souvent, Eva s'inspirait de ses propres lectures et les adaptait tout simplement à son jeune auditoire. Au contact de son esprit doux et bienveillant, les histoires cruelles devenaient plus sucrées et à la fin, les gentils triomphaient toujours. Ses histoires étaient toujours pleines de paroles positives, de morales encourageantes et, connaissant l'attrait que les animaux exerçaient sur les deux petites filles, elle n'hésitait jamais à les mettre en scène dans les situations les plus comiques afin de les faire rire.

Ces soirées-là, il arrivait que la petite Alice soit subrepticement amenée dans la salle de classe et ce, même si sa surveillance n'entrait absolument pas dans les fonctions de la gouvernante. D'abord surprise de la voir assise aux côtés de ses sœurs, la jeune femme l'avait finalement accueillie avec la plus grande joie parmi son auditoire. Alice était une enfant dodue à l'adorable minois et il aurait fallu posséder un cœur de pierre pour ne pas se réjouir de l'avoir sous les yeux. Elle était, de plus, très calme malgré son jeune âge et à son contact, ses sœurs devenaient tendres et dociles. En somme, durant les moments les plus paisibles, l'entente entre les élèves et leur gouvernante était totale.

Occupée par ses mille et une tâches, stimulée par ses responsabilités et par toutes les nouveautés qui allaient de pair, Eva n'en oubliait pas Constance pour autant. L'ombre de son amie continuait à planer sur son quotidien et tout était prétexte à penser à elle. Quand Eva ouvrait un livre de la bibliothèque des Gardner, elle se demandait s'il était déjà passé entre les mains de Constance. Quand elle dégustait un thé à la cuisine, elle contemplait sa tasse en se demandant si Constance l'avait elle aussi tenue entre ses mains. Avait-elle un fauteuil de prédilection au salon ? Et quand elle sortait de la maison, quelle était sa destination préférée ?

Le matin, durant les leçons, Constance s'était sans doute elle aussi assise sur cette chaise au dossier bas. De l'une de ces fenêtres, elle avait certainement contemplé le jardin et, tout comme Eva, elle avait monté ces marches d'escalier des dizaines de fois, les bras chargés de livres, de feuillets ou de bouquets de fleurs destinés à ses cours de dessin.

Constance avait été là, exactement là où elle se tenait. Son ombre avait caressé les murs sur son passage. Elle avait respiré cet air, dormi sous ce toit… Elle avait été là mais le temps avait pourtant effacé jusqu'à la moindre parcelle de sa présence. Nulle trace de Constance chez les Gardner, comme si, n'ayant fait que passer, elle avait déjà été oubliée de tous.

Mais, bien qu'indifférente, la maison Gardner était-elle pour autant coupable ?

Quand Eva vivait encore avec sa mère, il lui avait été très facile d'être suspicieuse. Loin de Londres, tout était possible et dans son esprit, cette demeure n'était rien d'autre qu'un véritable nid de vipères où les individus louches et désagréables devaient abonder. En arrivant sur place, elle s'était presque attendue à voir leurs faces grimaçantes s'afficher aux hautes fenêtres donnant sur la rue. Elle pensait alors qu'en s'intégrant à cette maison, elle saurait immédiatement à quoi s'en tenir sur les circonstances de cet accident. Elle pensait pouvoir cerner les différentes personnalités en quelques jours et qu'il lui suffirait de faire confiance à son intuition, à ses sensations. Depuis son arrivée, elle avait donc guetté les regards mauvais, les comportements violents, toutes les attitudes bizarres qui auraient pu lui mettre la puce à l'oreille mais rien, ni personne – sinon les confidences avinées de Mme Winter et les paroles sibyllines de Tom – ne lui avait apporté les signes qu'elle attendait.

Malgré le silence qui planait autour de ce drame, les critiques à peine dissimulées de Mme Mitchell et la peur que cette mort engendrait dans certains esprits fragiles, Eva en était finalement venue à se demander si la disparition de Constance n'était pas bel et bien due à un bête accident.

Et s'il n'y avait finalement rien de plus à comprendre et à découvrir ?

Et si la déclaration de la police, celle que l'on avait présentée à Mme Pitt, était finalement la seule version possible de cette triste nuit ?

Mais comme cela arrive souvent au cours d'une vie, ce fut juste au moment où elle allait renoncer à obtenir la vérité et à enquêter sur un mystère qui lui alourdissait le cœur, qu'elle fut confrontée à une série d'événements qu'elle n'aurait pas osé espérer et qui injectèrent le poison du doute dans ses veines.

13

Ce matin-là fut un mauvais matin et comme souvent, Ophélie fut la cause de tout.

Au moment même où elle l'avait vue arriver en salle de classe, d'un pas rageur et nerveux, Eva avait compris que la petite fille allait lui faire payer sa mauvaise humeur. Celle-ci avait donc commencé par refuser de s'asseoir malgré les demandes polies et patientes de sa gouvernante.

Victoria, elle, s'était déjà installée plus loin avec un livre. Sans un mot, elle l'avait ouvert sur la table et avait fait mine de s'y plonger avec passion. Visiblement, elle ne souhaitait ni soutenir sa sœur, ni s'associer à la gouvernante et avait sagement choisi l'indifférence. *Voilà ce que Théo aurait appelé du bon sens*, songea Eva avec une petite moue de dépit, déçue de ne pouvoir faire de même.

Fatiguée par un silence qui, décidément, ne lui convenait pas du tout, Ophélie toisa Eva du haut de sa petite hauteur et lança plus clairement les hostilités.

— Je ne veux pas m'asseoir et je ne m'assoirai pas ! Je ne vois pas pourquoi je devrais obéir à vos ordres. Après tout, vous n'êtes qu'une servante, lança-t-elle d'un ton faussement léger.

— Vous faites erreur, mademoiselle, je ne suis pas une servante. Je suis votre gouvernante, répondit alors Eva avec une indifférence toute calculée.

— Et qui a décidé cela ?

— Mais c'est votre mère elle-même.

— Et pourquoi vous a-t-elle choisie, vous ? Je ne vois pas ce que vous avez de spécial.

— Vous avez raison, Ophélie, je n'ai rien de spécial. Il se trouve pourtant que je dispose des qualités nécessaires à un tel emploi. Votre mère m'a choisie pour vous instruire et j'entends bien faire ce pour quoi on m'emploie.

— Nous instruire, c'est votre travail ?

— Tout à fait, Ophélie.

— Mais pourquoi faut-il que vous travailliez ? Maman ne travaille pas, elle.

— Je présume que c'est parce que je suis pauvre.

— Pauvre !?

Dans la bouche tordue d'Ophélie, ce mot sonnait subitement comme la pire des insultes.

— Moi, je ne serai jamais pauvre !

Sans lui accorder plus d'attention que nécessaire, Eva commença lentement à trier ses cartes de géographie. Ses longs doigts fins effleuraient à peine les feuilles colorées et, comme hypnotisée, l'enfant s'était tue un moment. Puis elle avait repris sur le même ton vindicatif :

— Moi, je suis riche !

Eva acquiesça sans daigner lever les yeux sur elle.

— Je présume qu'en effet, votre famille est riche. Du moins, votre père l'est.

— Que voulez-vous dire ?

— Eh bien, c'est l'argent de votre père, n'est-ce pas ? Pas le vôtre, directement. Donc c'est votre père qui est riche, pas vous !

— Mais c'est la même chose !

— Hum, non... Pas tout à fait...

Ophélie ouvrait de grands yeux, complètement stupéfaite par la tournure qu'avait prise la conversation. Il était évident qu'elle n'avait encore jamais vu la question sous cet angle et de toute manière, pourquoi l'aurait-elle fait ? On n'accorde généralement que peu d'importance aux privilèges dont on profite depuis la naissance. Sans doute Ophélie s'imaginait-elle que sa vie ne pouvait être différente. Quand on s'appelait Ophélie Gardner, on avait le droit à tout ce qu'on voulait, un point c'est tout !

— Mademoiselle Phoenix ! Apprenez-moi à être riche ! Je veux avoir mon propre argent !

Pour un peu, la petite fille aurait tapé du poing sur la table et sa gouvernante dut se retenir de sourire devant sa vigueur enfantine.

— Malheureusement, je ne peux pas vous apprendre une telle chose. Mais…

— Mais ?

— Mais je peux vous apprendre à lire et à compter. Oui, je peux vous apprendre toutes ces petites choses qui feront de vous une femme instruite. Une femme respectée. Comprenez-vous ce que je veux dire, Ophélie ? Vous ne pouvez pas vous contenter d'être une petite fille avec un papa riche ! Vous valez bien mieux que ça !

Eva croisa le regard de l'enfant qui avait, sans même s'en rendre compte, consenti à s'asseoir sur le siège qu'elle refusait depuis son arrivée. La jeune femme n'était pas certaine qu'Ophélie saisisse bien toute la portée de ses paroles – après tout, que pouvait-on attendre d'une enfant de huit ans à part une relative obéissance ? – mais elle espérait néanmoins que ses paroles lui reviendraient à l'esprit, plus tard.

— Mlle Pitt était-elle pauvre elle aussi ? Elle avait l'air pauvre quand elle est arrivée puis elle a semblé l'être un peu moins.

À cette question, Eva se redressa subrepticement. Elle attendait ce moment depuis le premier jour et, à présent, se félicitait de ne pas l'avoir provoqué elle-même. Elle devait néanmoins rester discrète et subtile, Ophélie, et Victoria, toujours assise plus loin, étant des enfants à l'esprit particulièrement éveillé. Un mot de trop, une question étrange, et elles deviendraient aussi muettes que des carpes.

— Eh bien, je pense pouvoir dire que oui.

— Elle n'avait pas de parents pour s'occuper d'elle ?

— Si. Elle vivait avec sa mère.

— Et son père ?

— Il était mort quelques années plus tôt.

— Pourquoi n'avait-elle pas de mari ?

— Je ne sais pas.

Un peu plus loin, Victoria avait définitivement levé le nez de son livre et avait tourné sa chaise dans leur direction. Eva l'apostropha afin de l'introduire définitivement dans la conversation. Elle avait également besoin du point de vue de la grande sœur.

— Dites-moi, Victoria, pourquoi Ophélie dit-elle que Constance avait l'air moins pauvre ? Aviez-vous remarqué une telle chose, vous aussi ? Sur quoi fonde-t-elle une telle observation ?

Si Eva ne sut interpréter le regard que lui lança son élève, le sens de ses paroles, lui, ne laissait nulle place au doute.

— Au début, elle était comme vous, mademoiselle. Elle portait des robes très simples, sans rubans, sans dentelles... Puis après, elle a porté quelques bijoux.

J'ai remarqué de jolis châles que je n'avais jamais vus jusque-là, des gants, et elle avait également de très belles chaussures. Ce n'est pas que je l'observais, s'excusa presque Victoria, mais je n'ai pas pu l'ignorer.

— Je comprends, la tranquillisa Eva. Je comprends tout à fait. Je remarque moi aussi très facilement ce genre de changement. Et à votre avis, poursuivit-elle après une courte pause, d'où venaient toutes ces belles choses ?

— D'un fiancé ! clama aussitôt Ophélie. Elle avait forcément un fiancé qui lui faisait tous ces cadeaux et puis un jour, elle est partie le retrouver.

— Êtes-vous d'accord avec votre sœur, Victoria ?

Cette dernière haussa les épaules, signifiant par là son désir de ne pas pousser plus loin la conversation, ce qu'Eva respecta.

Le même jour, la gouvernante croisa Tom à la cuisine. Si elle ne cherchait pas particulièrement sa compagnie – étant avant tout descendue pour retrouver une Mme Roberts apparemment absente –, elle fut enchantée de le trouver sur place en pénétrant dans la pièce. Au cours des semaines précédentes, elle avait vainement essayé de reparler de Constance mais ils n'étaient jamais seuls, évidemment, et elle craignait de lui attirer des ennuis en se montrant trop insistante.

Affalé à la table pour une fois totalement vide, il s'amusait à empiler les morceaux de sucre de manière à former une petite colonne. En la voyant arriver, son regard s'éclaira et comme elle s'installait en face de lui, il lui servit d'autorité une tasse d'un thé bien chaud qu'elle savoura à petites gorgées ravies.

— Vous me faites penser à un chaton buvant son assiette de lait, Eva.

Quelques jours plus tôt, ils avaient convenu de s'appeler par leurs prénoms respectifs car ils étaient, selon Tom, trop bons amis pour s'embarrasser des « mademoiselle » et des « monsieur » qui ponctuaient auparavant leurs conversations.

Ses grands yeux noirs fixés sur Eva, Tom souriait sans raison apparente, comme souvent, et elle en était presque gênée. Pour détourner son attention, elle désigna d'un coup d'œil la pile de sucres qui trônait entre eux.

— Je vois que vous savez occuper votre temps libre à bon escient ! Qu'est-ce donc ? Une sorte de *Big Ben* de sucre, sans doute ? Heureusement que la tour de Charles Barry est plus solide que ça !

D'une pichenette, elle envoya valser les sucres en travers de la table. Surpris, Tom sourit encore plus largement et s'exclama :

— Eh bien ! Vous êtes une femme dangereuse, Eva ! Et sans cœur ! Savez-vous combien de temps il m'a fallu pour monter cette tour ?

— Sans doute plus de temps qu'il ne m'en a fallu pour la détruire en tous cas !

Ils se turent et leurs rires furent de nouveau recouverts par le silence de l'après-midi. Le tic-tac de l'horloge redevint obsédant et Eva commençait à se demander comment elle allait entamer le sujet qui l'intéressait quand Tom reprit :

— Avec votre air sage et vos grands yeux clairs, on vous donnerait le bon Dieu sans confession, ma chère !

— Vraiment ? Alors que vous, avec cet éternel sourire aux lèvres, vous avez toujours l'air de préparer un mauvais coup…

Il eut l'air plus touché qu'elle ne l'eût pensé mais Eva fit le choix de ne pas s'attarder sur l'incompréhension que cette réaction éveilla en elle.

— Ma foi, j'aimerais vous inspirer confiance mais je vois que cela n'est pas le cas. Sans doute est-ce avec raison. N'est-ce pas moi qui vous ai conseillé de vous méfier ?

— Je ne me méfie pas de vous, Tom.

— Vraiment ?

— Vraiment.

— Peut-être avez-vous tort…

— Vous faites des mystères !

Il accueillit cette réponse avec un grand rire qui la fit sursauter.

— Moi ? Des mystères ? Venant d'une femme aussi secrète que vous, je trouve que l'accusation est plutôt cocasse !

Fâchée par ce ton, Eva se vexa.

— Je ne fais pas de mystères ! Je ne comprends tout simplement pas ce que vous attendez de moi. Je n'ai rien à dire, rien à raconter. Et pour être parfaitement honnête, je n'aime pas particulièrement parler de ma petite personne.

— Je le sais. Et je sais aussi que vous préférez parler de votre amie Constance…

— Sur quoi fondez-vous de telles affirmations ? Nous n'en parlons pour ainsi dire jamais. La moindre personne présente sous ce toit semble avoir oublié jusqu'à son prénom.

Tom secoua la tête d'un air grave :

— Personne n'a oublié, Eva.

— Alors pourquoi tout le monde s'ingénie à ne pas en parler ?

— Parce que le sujet n'a rien d'agréable.

— Vous étiez en service, ce soir-là ?

— Moi ? Non. C'était mon jour de congé.

— Alors c'était vous le valet absent pour la soirée ?

— Je vois qu'on vous a parlé de moi…

— Pas vraiment, mais c'est un détail qui a été transmis à la mère de Constance et qu'elle nous avait communiqué, à ma mère et à moi. J'en déduis donc que vous n'avez rien vu, rien entendu ?

— Absolument rien. Je suis arrivé tard, après les faits.

— Où étiez-vous ?

Il parut quelque peu surpris par sa question mais se reprit vite, assurant qu'il s'était adonné à ses activités habituelles sans se douter une seconde du remue-ménage qui avait lieu ici.

— J'ai été profondément choqué, compléta-t-il après un silence. Profondément choqué comme nous tous, ici, bien que nul n'ait eu beaucoup de liens avec elle.

— C'est ce que m'avait déjà fait comprendre Charlotte, lors de notre première conversation. Mais dites-moi, Tom…

— Tout ce que vous voudrez, Eva !

— Malgré le manque de proximité que vous aviez avec elle, avez-vous remarqué un changement de comportement au cours des derniers mois ?

— Vous pensez à quelque chose en particulier ?

— Absolument pas, rétorqua Eva qui ne voulait pas l'influencer.

Tom se gratta la joue du bout de l'index puis s'adossa plus franchement à son siège avant de répondre.

— Du peu que j'ai pu en voir, elle paraissait préoccupée au cours des dernières semaines.

— À quoi aviez-vous vu cela ?

— Eh bien… Ce n'est qu'une supposition née de mes observations et cela vaut ce que cela vaut mais elle était tout simplement plus sombre. Je dirais aussi qu'elle était constamment sur les nerfs. Ses rapports avec Mme Mitchell étaient tout sauf apaisés.

— Vous voulez dire qu'elles ne s'entendaient pas ?

— Absolument pas.

— Mais elle n'a pas été renvoyée pour autant ?

— Non.

— Étrange, n'est-ce pas ? Si leurs rapports étaient aussi compliqués… Les gouvernantes ne sont pas difficiles à trouver. Elle aurait facilement pu la remplacer.

— Possible. Qu'est-ce que j'en sais, moi ?

— On m'a parlé d'une dispute en particulier. Constance aurait été dans tous ses états…

— Je ne me souviens pas de la dispute dont vous parlez. Par contre, je me souviens très bien avoir croisé Constance en pleine conversation avec M. Gardner. Et…

— Oui ?

— Peut-être ne devrais-je pas vous le dire mais la tension entre eux était palpable.

— Sans doute mettait-il en garde Constance à cause de son attitude. Mme Mitchell pouvait très bien s'être plainte auprès de lui.

— Peut-être, peut-être.

— Vous n'êtes pas convaincu ? Pourquoi ?

— Déjà, parce que Mme Mitchell n'est pas femme à se plaindre. Quand il y a un problème, quel qu'il soit, elle le règle par elle-même. De plus, s'il avait été en pleine réprimande, M. Gardner aurait conservé son attitude habituelle. Or, il a eu un mouvement de recul en me voyant. Ce n'est *a priori* pas l'attitude attendue d'un maître de maison en train de rabrouer un employé. Il n'avait pas à s'en cacher, il était dans son droit, tout le monde l'aurait concédé. Dès mon arrivée, il a baissé d'un ton. Visiblement, je gênais.

Fallait-il voir un lien entre les nouveaux atours dont les anciennes élèves de Constance lui avaient parlé, les tensions entre cette dernière et Mme Mitchell et un éventuel précédent avec le maître de maison ? M. Gardner semblait si indifférent au fonctionnement de la maisonnée, ne se préoccupant de rien, mis à part de sa petite personne, qu'il était fortement étonnant de l'imaginer mêlé à ces histoires.

Mais d'ailleurs, de quelles histoires s'agissait-il vraiment ? Qu'avait bien pu faire Constance pour être au cœur de tout cela ?

Le cœur serré, Eva n'osait imaginer, de peur de laisser son esprit s'égarer. Après tout, peut-être aurait-elle dû écouter la petite voix qui lui disait de laisser cette histoire de côté et de poursuivre son existence. Mais désormais, il était bien trop tard : elle en savait encore très peu mais assez pour ne plus pouvoir faire marche arrière.

14

Décembre 1865

Eva était hors d'elle et venait certainement d'affronter la pire matinée qu'il lui eut été donné de vivre depuis son arrivée chez les Gardner.

Suite à leur conversation au sujet de Constance, ses deux élèves s'étaient faites très sages pendant quelques journées mais ce comportement studieux appartenait déjà au passé et en ce début de journée, elles étaient plus déchaînées que jamais. Même Victoria, qui était toujours demeurée la plus raisonnable des deux, semblait survoltée en cette période précédant Noël, ce qui n'arrangeait évidemment pas les affaires d'une gouvernante déjà débordée.

Arpentant avec fureur les couloirs silencieux, Eva passait de pièce en pièce, en inspectait chaque recoin, soulevait les pans des rideaux, vérifiait le dessous des sofas et des fauteuils en quête d'un indice susceptible de l'aider dans ses recherches.

Où ces deux petites folles avaient-elles bien pu passer ? La maison était grande, certes, mais pas sans fin, et elle allait bien finir par mettre la main sur elles ! Et alors, elles ne perdraient rien pour attendre… Les sourcils froncés, Eva imaginait déjà toutes les façons dont elle pourrait leur faire passer le goût de la fugue. Leur imposerait-elle un après-midi entier de calcul mental ou les forcerait-elle à faire ce latin qu'elles exécraient tant ? Peut-être un peu des deux ?

Une heure plus tôt, après avoir vigoureusement refusé de se livrer au moindre exercice, les deux furies qui lui tenaient lieu d'élèves avaient tout simplement décidé de lancer une course-poursuite des plus agaçantes au cœur même de la maison. La cause d'un tel remue-ménage était simple : leurs parents étant absents pour quelques jours, Victoria et Ophélie s'étaient imaginé pouvoir profiter elles aussi de vacances. Lorsqu'elles avaient compris qu'il n'en serait rien et que leur quotidien resterait inchangé malgré l'absence parentale, elles avaient laissé éclater leur mécontentement.

Aucune menace de représailles, aucun mot tendre, rien n'avait pu les décider à rester en salle d'étude. Et ce qui devait arriver arriva : ce fut la crise générale. Alors qu'Ophélie venait allégrement de renverser le plateau de leur collation matinale, Victoria avait menacé de mettre l'ouvrage d'Eva au feu si cette dernière ne les laissait pas partir et bien vite, la gouvernante n'avait plus su où donner de la tête. Profitant de cet instant de flottement, les filles avaient couru d'un même mouvement jusqu'à la porte d'où elles avaient finalement disparu.

Se refusant à entrer dans leur jeu, Eva ne les avait pas suivies et avait commencé par éponger avec soin le lait qui imprégnait déjà le tapis. Naïve, elle s'était figuré, l'espace d'un instant, que ses élèves reviendraient rapidement d'elles-mêmes. Après tout, sa propre enfance n'était pas encore si éloignée et elle savait qu'une telle provocation n'était jamais aussi drôle que lorsqu'elle atteignait son but. En quittant la pièce, ses élèves s'attendaient justement à ce qu'elle leur coure immédiatement après et en voyant qu'elle ne quittait finalement pas la pièce, elles se calmeraient d'elles-mêmes.

Mais visiblement, Ophélie et Victoria ne jouaient pas selon les mêmes règles.

Ne les voyant pas revenir, Eva avait malgré tout dû se résoudre à les poursuivre, des visions alarmantes d'Ophélie tombée dans les escaliers ou de Victoria se faisant piétiner par les chevaux dans l'écurie l'ayant décidée à partir à leur recherche.

Déçue de ne pas les avoir retrouvées dans les pièces attenantes à la salle de classe, Eva s'était alors élancée avec vivacité dans le couloir menant aux escaliers mais à peine avait-elle tourné l'angle du couloir qu'elle tomba nez à nez avec Théo Carter qui était rentré la veille à Londres, à sa grande satisfaction. Il s'en était fallu de peu qu'elle ne le percute de plein fouet.

Écartant largement les bras comme pour l'y accueillir, il s'exclama :

— Mademoiselle Phoenix ! Quelle arrivée fracassante ! Puis-je savoir quel bon vent vous amène ? Les tapis ont étouffé vos pas, sinon j'aurais fait en sorte de ne pas me trouver sur votre chemin ! Un instant, j'ai eu l'impression que vous alliez me passer sur le corps !

Toute colère déserta alors Eva pour laisser place à une gêne mêlée à une sorte de ravissement qu'elle avait bien du mal à réfréner. Si elle n'avait encore guère eu le temps de lui parler depuis son retour, elle ne pensait pas le revoir avant le soir même. Le croiser à l'improviste était donc aussi déstabilisant qu'agréable pour elle. Bien entendu, il aurait été mille fois préférable de le rencontrer à un meilleur moment, autrement dit à un moment où elle aurait été moins échevelée et surtout un peu moins furieuse… Consciente de l'image étonnante qu'elle devait renvoyer, elle se crut obligée de justifier son agitation :

— Je vous prie de m'excuser, monsieur Carter, je… Je suis à la recherche d'Ophélie et de Victoria qui ont décidé de me faire courir dans toute la maison. Elles ont échappé à ma surveillance et j'ai dû réparer quelques dégâts avant de partir à leur recherche. Je suis désolée.

— Ah ! Ne le soyez pas ! C'est moi qui suis désolé pour vous ! Mes petites fripouilles de nièces profiteraient-elles de l'absence de ma sœur ?

— Il se pourrait bien…

— Cela leur ressemble tout à fait.

Il eut l'air pensif, se passa une main dans les cheveux, comme à son habitude, puis demanda :

— Puis-je vous avouer une chose, mademoiselle Phoenix ?

Elle acquiesça.

— Malgré tout le respect que je n'aurais manqué d'avoir pour vous, je pense que j'aurais fait de même.

— Vous voulez dire que vous seriez parti de la classe, vous aussi ? l'interrogea-t-elle, tout en feignant d'être choquée à cette idée.

— Parfaitement !

— Très bien. Mais dans ce cas, où seriez-vous allé ?

— À la cuisine !

Devant un tel enthousiasme, elle ne put que sourire.

— Il s'y passait toujours des choses intéressantes et j'étais nourri et choyé là-bas.

— Je vais aller voir si Mme Roberts ne les a pas vues passer, dans ce cas…

— Elles pourraient également être dans le jardin d'hiver. Je sais qu'Ophélie l'apprécie tout particulièrement.

— Vraiment ? Je pensais que seules les robes et les dentelles retenaient son attention…

Confuse, Eva se plaqua immédiatement la main sur la bouche.

— Je suis désolée. Je ne voulais pas sous-entendre que votre nièce était…

— Déjà petite frivole malgré son jeune âge ? C'est pourtant bien le cas, j'en ai peur… Et cela m'attriste. Encore une fois, je compte sur vous pour lui mettre d'autres choses dans le crâne, mademoiselle Phoenix. Quant à Victoria… Je ne me fais pas de souci pour elle. Elle est suffisamment malléable pour se plier au bon vouloir de sa mère mais également assez maligne pour n'en faire qu'à sa tête malgré tout. Je crains qu'elle ne soit jamais *la meilleure cavalière de Londres* mais sa mère n'en fera jamais une créature de salon.

— Vous êtes bien…

— Critique vis-à-vis de ma sœur ?

— Oui…

— Possible. Il est vrai que nous n'avons en commun que nos parents. Pour le reste, nous sommes assez dissemblables. Avez-vous une sœur, mademoiselle Phoenix ?

— Non. Mais j'avais une amie que je considérais justement comme une sœur…

— Votre chère Constance…

Un ricanement étouffé leur fit à tous deux tourner la tête vers le bout du couloir. Théo Carter fit signe à la jeune femme de le suivre dans cette direction et ils marchèrent à pas de loup, tels des enfants en plein jeu.

— Voyez-vous, chuchota Théo, je considère que l'amitié est une valeur fondamentale. Tout être humain devrait posséder un ou deux amis sur lesquels compter en toutes circonstances. On dit souvent que l'on reconnaît ses meilleurs amis dans les moments les plus difficiles de nos existences mais il faut aussi qu'ils soient là dans les moments de bonheur. Est-ce que vous aviez une telle relation avec Mlle Pitt ?

— Constance a partagé chaque événement de ma vie, du plus petit au plus grand. Du plus heureux au plus triste. Donc oui, elle pouvait être considérée comme une telle amie.

— Je ne peux donc que prendre la mesure de votre perte. Voilà pourquoi…

Le bruit d'une course rapide fit bondir le frère de Harriet à l'angle du couloir mais à sa grande surprise, il n'y vit aucune petite fille. Rapides comme l'éclair, et semblant sortir de nulle part, Ophélie et Victoria avaient déjà quitté son champ de vision.

— Rien ! Rien du tout ! déclara-t-il tout en revenant vers Eva, penaud. Ces petites sont trop vives. Elles ont dû nous entendre arriver et déguerpir aussitôt. J'étais pourtant certain qu'elles étaient dans l'escalier au moment où nous les avons entendues rire. Elles ne peuvent pas être montées, nous les aurions vues. Elles sont donc forcément au rez-de-chaussée. La chasse est plus complexe que je ne l'aurais pensé.

Beaucoup moins confiante, Eva ne put retenir un petit soupir d'exaspération.

— Oui… À moins qu'elles n'aient couru jusqu'en cuisine et qu'elles soient déjà en train de remonter de l'autre côté ! Auquel cas c'est elles qui nous chassent et non l'inverse !

— Hum… Ne soyons pas défaitistes. De toute manière, même les animaux les plus sournois ont besoin de se sustenter à un moment donné. Si vos intuitions se révèlent vraies, nous les aurons par la faim ! À ce sujet, que diriez-vous de prendre notre repas tous ensemble ? L'heure approche. Il est ridicule que je mange dans mon coin et que vous mangiez en salle de classe. Je refuse d'être abandonné de la sorte !

— Mais Mlle Lewis…

Théo écarquilla les yeux comme s'il ne voyait pas vraiment à qui Eva faisait référence.

— Si j'en crois ses habitudes, je crains qu'Amélia ne soit pas encore sortie de son lit. Nous devrons donc nous passer de sa délicieuse présence.

Bien qu'une fossette soit venue creuser ses joues, M. Carter gardait un air très sérieux face auquel Eva ne sut comment réagir. Était-ce de l'ironie ou considérait-il vraiment la présence d'Amélia comme une chose précieuse ? Puis elle se rabroua intérieurement. Pourquoi en douter ? Mlle Lewis était délicieuse et le frère de Harriet appréciait forcément sa compagnie.

— Venez ! déclara-t-il tout en lui offrant le bras. Nous allons descendre au rez-de-chaussée puis une fois en bas, nous verrons bien si ces petites ladies nous rejoignent. Nous avons la chance d'avoir un temps tout à fait correct aujourd'hui, surtout pour la saison. Cela me donne envie d'en profiter avec vous plus longuement avant que la neige ne vienne tout compliquer. Mettons notre liberté à profit et programmons une sortie avec mes nièces sans attendre !

— Eh bien, nous n'avons pas encore travaillé aujourd'hui et…

— Fi de l'éducation, pour une fois ! Pensons divertissement. Mais avant tout, pensons gourmandise ! Si mes chères nièces daignent nous rejoindre à l'instant, continua-t-il d'une voix plus forte, il est fort possible que je leur fasse servir leur dessert préféré…

Ils avaient descendu une volée de marches et se trouvaient à présent dans le grand hall où était arrivée Eva le tout premier jour.

Avec surprise, cette dernière vit Ophélie sortir de sous une table recouverte d'une lourde nappe tandis que Victoria s'extirpait de derrière un rideau. D'un même mouvement, elles coururent jusqu'à leur oncle et se pendirent à ses manches, réclamant mille et une sucreries qu'il leur promit avec le sourire qu'il leur réservait toujours.

Pris dans une ambiance légère et chaleureuse, ce repas tardif fut extrêmement agréable pour Eva. Ne parlant que très peu, elle se contenta d'écouter Théo converser avec ses nièces et, à plusieurs reprises, se retint de sourire trop largement. Si seulement toutes ses journées pouvaient se dérouler ainsi ! Consciente de la valeur de ce moment, elle aurait tout fait pour retenir l'instant et pour en profiter plus longtemps encore mais les plats défilèrent vite et déjà, il fut temps de quitter la table.

Le cœur serré, elle allait ordonner aux filles de remonter en classe quand Théo, loin d'avoir oublié son idée, proposa une activité bien plus séduisante que l'étude.

— J'ai l'impression que le ciel continue de nous être favorable. Que diriez-vous d'aller faire une petite promenade à *Hyde Park* ?

— Oh oui ! répondit gaiement Victoria. J'ai tellement envie d'y aller !

Puis, devenant inquiète :

— Mais Mlle Phoenix peut venir avec nous, n'est-ce pas, oncle Théo ?

— Mais bien sûr ! Il me semblait inutile de le préciser ! conclut-il avec un clin d'œil malicieux pour la petite fille.

Croisant son regard, Eva se sentit subitement pleine d'importance. Dire qu'elle avait toujours rêvé de parader en voiture aurait été mentir mais à l'idée de passer encore quelques heures en si bonne compagnie, elle ne pouvait cacher sa joie. Elle allait donc répondre avec enthousiasme quand des pas nerveux se firent entendre au bout du couloir.

Mlle Lewis !

Tous autant qu'ils étaient, ils avaient tout simplement oublié la présence d'Amélia. Dès qu'elle comprit qu'ils s'apprêtaient à sortir, cette dernière affirma vouloir à tout prix être des leurs et Eva eut bien du mal à conserver le sourire serein qui s'était jusque-là affiché sur ses lèvres. Prenant les enfants à part, elle se mit en devoir de les habiller chaudement pour sortir et tenta de ravaler sa déception en se montrant d'une grande volubilité.

— Oh oui ! répondit gaiement Victoria. J'ai tellement envie d'y aller !

Puis, devenant inquiète :

— Mais Mrs Phoenix peut venir avec nous, n'est-ce pas, oncle Theo ?

— Mais bien sûr ! Il me semblait inutile de le préciser ! conclut-il avec un clin d'œil malicieux pour la petite fille.

Croisant son regard, Eva se sentit soudainement pleine d'importance. Dire qu'elle avait toujours rêvé de balader en voiture aurait été inexact, mais à l'idée de passer encore quelques heures en si bonne compagnie, elle ne pouvait cacher sa joie. Elle allait donc répondre avec enthousiasme quand des pas précipités se firent entendre au bout du couloir.

— M. Lewis !

Tous autant qu'ils étaient, ils avaient tout simplement oublié la présence d'Amelia. Dès qu'elle comprit qu'ils comptaient tous sortir, cette dernière affirma vouloir à tout prix être des leurs et Eva eut bien du mal à conserver le sourire serein qu'elle s'était jusque-là affiché sur ses lèvres. Prenant les enfants à part, elle se fit un devoir de les habiller chaudement pour sortir et tenta de ravaler sa déception en se montrant d'une grande volubilité.

15

Quand la voiture démarra finalement, Eva s'était déjà extirpée des brumes de sa légère déconvenue et, détournant ses yeux des occupants de la voiture, s'absorba une fois encore dans la contemplation du paysage urbain qui défilait par les fenêtres.

Elle s'étonna un peu de voir à quel point cette rue et même ce quartier lui étaient devenus familiers. Quels changements depuis son arrivée à Londres ! Et quel plaisir de se sentir assez détendue pour en apprécier pleinement toutes les facettes !

Au moment où ils s'engagèrent dans les méandres de la ville, il était encore bien trop tôt pour croiser les inévitables hordes de travailleurs qui, leur journée terminée, prendraient à leur tour la route. Sortant de leurs usines ou de leurs bureaux, ils déborderaient alors dans la rue telle une marée humaine afin de rentrer dans leurs quartiers chics, leurs faubourgs miteux ou leurs banlieues lointaines. Certains opteraient alors pour un fiacre, d'autres pour l'omnibus tandis que les plus pauvres choisiraient le seul moyen de locomotion à leur disposition, autrement dit : leurs pieds !

Oui, il était encore trop tôt pour eux mais la ville n'en était pas moins grouillante d'attelages et de passants et ce fut finalement un véritable plaisir de pénétrer dans le calme relatif de *Hyde Park*.

Comme chaque fois, Eva fut enchantée de retrouver ce décor verdoyant. À chacune de ses visites, elle avait passé de longues minutes à admirer les belles pelouses et avait contemplé avec plaisir la cime des arbres avec le sentiment d'avoir un peu quitté Londres. Malgré sa fascination pour les rues londoniennes, elle respirait bien mieux au cœur de ce parc, s'y sentant plus à son aise, moins sur le qui-vive. De sortie en sortie, elle avait également appris à en comprendre le fonctionnement, le rythme, les codes, et avait compris, à sa grande stupeur, qu'on ne sortait pas à *Hyde Park* comme on allait se promener en forêt.

Contrairement à *St James's Park*, qui était entièrement réservé aux piétons, *Hyde Park* accueillait en effet toutes sortes d'équipages qui s'y promenaient selon un rituel bien établi et connu de tous. Ainsi, les cavaliers et cavalières l'investissaient de midi à 14 heures de l'après-midi pour être remplacés, dans un second temps, par les voitures particulières. Que l'on soit cavalier ou élégamment installé derrière son attelage, on venait bien souvent au parc pour être vu et pour beaucoup, s'y promener était une mondanité comme une autre !

À voir tous ces équipages se suivre dans les allées, on pouvait presque se demander l'intérêt d'un tel loisir et Eva aurait bien évidemment trouvé plus profitable et plus délassant de marcher le long des rangées d'arbres. Indifférents à ce qui se passait autour d'eux, Théo Carter et ses nièces ne semblaient visiblement pas du même avis et discutaient gaiement d'un sujet dont elle n'avait pas saisi un traître mot. Amélia, quant à elle, semblait étrangement plus renfrognée que lors de son apparition parmi eux mais faisait de son mieux pour participer à la conversation. Peut-être avait-elle essayé d'attirer l'attention de M. Carter sans y parvenir, ce dernier étant trop obnubilé par ses nièces pour répondre à ses exigences.

Leur parlant comme à des adultes dont l'avis l'intéresserait au plus haut point, il leur demandait sans cesse leur avis, ce qui semblait les contenter. À ses côtés, leur changement de comportement était flagrant : sous son charme, Victoria et Ophélie devenaient plus douces, plus câlines et comme enclines aux confidences et aux rires.

— Mademoiselle Phoenix ? l'interpella finalement Théo, la faisant sortir de sa rêverie passagère. Mes nièces viennent de m'avouer qu'elles n'ont jamais eu le plaisir d'aller admirer un panorama et je suis certain qu'une telle expérience ne pourrait qu'être propice à vos futures leçons ! Vous allez voir, cela stimule particulièrement l'imagination !

Eva n'eut pas son mot à dire et la voiture quitta bien vite le calme policé de *Rotten Row* pour revenir au cœur du tumulte londonien. Dès lors, la voiture prit la direction de *The Regent's Park*. La jeune femme comprit finalement que ses compagnons souhaitaient se rendre au *Colosseum*, l'une des attractions en vogue depuis plusieurs années et qui l'intriguait plus qu'elle n'aurait voulu l'admettre. En plus de quelques curiosités, le site proposait en effet un immense panorama de la ville de Londres, spectacle grandiose s'il en était pour celui ou celle qui n'en avait pas encore fait l'expérience.

Arrivée sur place, la jeune femme, aussi inexpérimentée que les enfants dont elle avait la garde, ne savait pas réellement à quoi s'attendre. Soucieuse de ne pas sembler trop ridicule dans ses hésitations de provinciale, elle descendit docilement de voiture et cala son pas sur celui des petites filles.

À moins de deux mètres en avant se tenaient Amélia et Théo, à qui la première avait pris le bras. La jeune protégée de Mme Gardner se retourna vers la gouvernante et lui lança, avec un air qu'Eva jugea des plus condescendants :

— Je suis vraiment ravie que vous soyez avec nous, mademoiselle Phoenix. J'imagine que vous avez rarement eu l'occasion de faire une sortie aussi excitante que celle-ci et j'espère vivement qu'elle restera gravée dans vos souvenirs ! N'est-ce pas, Théo ? interrogea-t-elle enfin en se tournant cette fois vers l'objet de son attention. Vous n'en avez visiblement pas l'impression mais vous faites une réelle bonne action !

— Amélia, Amélia… Prenez garde où vous mettez les pieds, se contenta de répondre ce dernier d'un ton où nulle émotion ne transparaissait. Vous avez failli marcher sur ce pauvre enfant.

C'était faux, bien entendu, le petit garçon se trouvant bien en avant, à l'abri des bottines à talons d'Amélia, mais cette observation eut le mérite de faire taire la jeune femme.

Un peu plus tard, alors que Mlle Lewis tentait de se frayer un chemin au milieu d'un groupe de vieilles dames afin d'aller saluer une de ses connaissances, M. Carter donna tout bonnement le bras à Eva et, enjoignant ses nièces de les rejoindre au plus vite, leur intima à toutes de commencer la visite sans s'attarder davantage.

— Il serait dommage que Mlle Lewis se sente obligée d'écourter sa conversation à cause de nous. Elle nous retrouvera un peu plus tard… Suivez-moi !

Bien qu'elle ne trouvât pas cette attitude tout à fait correcte, Eva se retint bien d'émettre la moindre objection et se contenta tout simplement de suivre son guide du jour. Heureuse de vivre ce moment privilégié au côté d'un homme si joyeux et si captivant, elle s'apprêtait à le remercier pour cette visite au moment où ils pénétrèrent dans la grande salle au spectacle stupéfiant, si bien qu'elle ne put articuler un mot.

D'emblée, elle fut éblouie par la beauté des peintures en trompe-l'œil qui leur étaient présentées et quand le panorama se mit lentement à défiler, elle ne put retenir un léger cri de joie et de surprise mêlées qui fit sourire son compagnon. Victoria et Ophélie, quant à elles, se tenaient bien sages à leurs côtés et ouvraient grands leurs yeux, ne sachant plus vraiment où regarder.

Qu'importe si Amélia, les ayant finalement retrouvés, attrapa d'office le bras de Théo, forçant Eva à prendre ses distances, qu'importe si son rire était clair et joyeux, qu'importe si elle était belle, riche et lumineuse : Eva n'en éprouva nul pincement au cœur tant elle trouvait le spectacle magique. Mais comme tous les moments agréables, ces précieuses minutes s'écoulèrent rapidement et la fin de la visite arriva bien trop tôt à son goût.

En sortant du *Colosseum*, Eva se sentit totalement déboussolée. Derrière ses paupières fermées, elle revoyait les paysages défiler, admirait de nouveau les couleurs chatoyantes, se laissait envahir par les sentiments qui éclataient en elle. De la joie, de l'émerveillement et de l'enchantement : autant de sensations pourtant teintées d'une appréhension qu'elle peinait à s'expliquer.

Était-ce l'idée de rentrer chez les Gardner qui lui inspirait cette morosité ? À moins qu'elle ne culpabilise d'avoir été heureuse, oubliant un instant que son amie n'était plus ?

Mais après tout, peut-être y avait-il une autre raison à cet abattement soudain et à cette amertume qui lui pinçait les lèvres ? Car désormais, Théo Carter, tout à sa conversation avec Amélia, semblait animé d'un souffle nouveau et l'ignorait tout bonnement, la laissant en arrière avec les enfants. Il souriait, plaisantait avec aisance, semblait heureux de converser avec la jeune femme qui, plus que jamais, ne cachait pas l'admiration qu'elle lui vouait.

Eva n'eut heureusement pas le temps de s'appesantir sur la question : à leur arrivée, Ophélie et Victoria furent immédiatement entraînées jusqu'à leurs chambres par leur nurse. Quant à Eva, elle fut tout simplement conviée à aller prendre le thé avec Mme Mitchell.

À cette annonce, Théo Carter, qui semblait enfin se souvenir de la présence de la jeune femme, ne put retenir une grimace désolée.

— Si Mme Mitchell vous ennuie au sujet de notre promenade ou même de notre déjeuner, envoyez-la-moi. Cette femme a tendance à se mêler de tout et surtout de ce qui ne la regarde pas, j'en ai bien peur ! Tout ce qui sort de la routine qu'elle a sagement mise en place l'agace au plus haut point. Croyez-moi, je la connais bien…

— Dans ce cas, soupira Eva, j'espère que vous avez tort et qu'elle me convoque pour une tout autre raison.

— Je l'espère moi aussi. Et j'espère aussi que la promenade vous a malgré tout été agréable. Je vous trouve cependant l'air éteinte, mademoiselle Phoenix. Je crains d'en être la cause et vous m'en voyez désolé.

Eva secoua vivement la tête, peu désireuse de paraître une nouvelle fois en position de faiblesse devant lui.

— Au contraire, cette excursion m'a fait le plus grand bien, monsieur Carter.

— Vraiment ? Dans ce cas, vous m'en voyez ravi ! Alors, je vous souhaite une bonne fin de journée, mademoiselle. J'espère que nous aurons l'occasion de nous croiser à nouveau avant que je ne quitte de nouveau la demeure de ma sœur.

— Oh, Théo ! Mais vous venez tout juste de rentrer ! Vous n'allez certainement pas repartir de sitôt !

Avec un sourire, M. Carter tourna les talons et entra dans le sillage d'Amélia qui, feignant d'être complètement catastrophée à l'idée d'un prochain départ, avait adopté une mine déconfite absolument adorable.

Ils s'engagèrent dans le couloir d'un même pas, se dirigeant sans nul doute vers la bibliothèque où ils prendraient certainement le thé ensemble. Eva aurait tant aimé les suivre… Au lieu de ça, elle allait devoir supporter la présence et la conversation assommante de l'intendante. Et au vu de sa réputation, il y avait de fortes chances pour que l'entrevue qui l'attendait ne soit pas des plus agréables !

16

Contre toute attente, l'accueil que lui fit cette dernière fut pourtant particulièrement avenant. Malgré ses réticences et son envie de fuir la scène à laquelle on la faisait participer de force, Eva fut installée dans le fauteuil le plus confortable de la pièce puis l'intendante lui servit un thé très parfumé qui se révéla délicieux.

Surprise par le raffinement de la boisson, Eva eut également tôt fait de remarquer la beauté et la finesse du service à thé. Les tasses et leurs soucoupes, le petit pichet de lait frais, la théière, tout, sans exception, était finement ouvragé, et que dire des mets qui étaient servis pour accompagner le tout ? C'était un véritable repas qui s'étalait sous les yeux d'Eva, un festin où les scones appétissants, les petits pains grillés accompagnés de leurs confitures et les petits sandwichs sans croûte se disputaient l'espace pourtant réduit de la petite table.

Comme chaque fois qu'on lui servait quelque chose d'appétissant, la jeune femme oublia ses craintes pour s'adonner pleinement au plaisir de manger et s'empresser de goûter à toutes les douceurs qu'on lui présentait.

Mme Mitchell, qui appréciait visiblement l'enthousiasme de sa convive, crut bon d'expliquer :

— Comme vous le voyez, le thé est pour moi un moment capital. Je ne suis pas de ceux qui le négligent en se contentant d'une simple tasse à moitié chaude. Oh non ! Pour moi, c'est un véritable repas qui doit être considéré en tant que tel.

— Je comprends. Bien qu'il ait souvent manqué de temps pour cela, mon père lui aussi appréciait particulièrement ce moment.

— Dois-je comprendre qu'il n'est plus ?

— En effet.

— Vous m'en voyez désolée, mademoiselle Phoenix.

Eva lui répondit d'un sourire poli, accompagné d'un petit hochement de tête, puis le silence revint dans la pièce.

La jeune femme se sentait à la fois sereine – les vertus d'une tasse de thé bien chaude n'avaient plus besoin d'être démontrées depuis bien longtemps – et décidément inquiète car Mme Mitchell, loin de lui indiquer la raison de sa convocation, restait vague sur les suites qu'elle souhaitait donner à la conversation. Tout avait été fait pour la mettre à l'aise, certes, mais Eva ne pouvait croire que l'invitation soit totalement gratuite. L'intendante avait forcément une idée derrière la tête mais Eva ne pouvait que prendre son mal en patience et attendre qu'elle veuille bien l'en informer.

— Ce thé est un véritable délice, madame Mitchell, se contenta-t-elle donc de commenter. Dites-moi, d'où vient donc cette porcelaine ? Elle est si fine, si délicate !

Plus assoiffée que de coutume, Eva avait avalé goulument son thé qui n'avait guère eu le temps de refroidir et rêvait déjà d'un second service. N'osant néanmoins pas se resservir par elle-même, elle tournait sa tasse entre ses doigts, cherchant un indice sur sa provenance. Visiblement inquiète devant un tel spectacle, Mme Mitchell ne tarda pas à lui en proposer de nouveau et parut soulagée en voyant ladite tasse réintégrer sa soucoupe. Eva accepta bien volontiers et se chargea de l'accompagner par une autre série de petites pâtisseries. Sa petite sortie lui avait décidément ouvert l'appétit !

— Je suis ravie que cela vous plaise, mademoiselle Phoenix. Quant à ce service, je le tiens de ma mère qui, elle-même, le tenait de sa mère. Il est très précieux à mes yeux.

— Dans ce cas, je vais tâcher de ne pas lui faire subir le sort habituel !

Eva faisait directement référence aux trois tasses qu'elle avait brisées depuis son arrivée chez les Gardner. Si Mme Roberts avait réussi à cacher son premier méfait, Mme Mitchell, présente lors des deux autres chutes, lui avait retiré quelques pence de ses appointements, chose que la jeune femme avait pris avec philosophie. Si, d'aventure, elle en cassait une quatrième, elle songerait peut-être à boire dans une timbale en métal, comme les ouvriers…

Mme Mitchell eut la bonté de ne pas répondre par une remarque acerbe puis, en bonne hôtesse, sembla se résoudre à lancer la conversation :

— Je suis ravie de passer ce petit moment à vos côtés. Depuis votre arrivée, nous avons finalement eu bien peu d'occasions de nous fréquenter toutes les deux et je voulais vous entretenir de certaines petites choses…

— En effet, à présent, je suis à votre disposition. Je vous écoute.

— Pour commencer… J'ai cru comprendre que vous êtes sortie aux côtés de M. Carter ?

Eva écarquilla légèrement les yeux mais se reprit rapidement.

— Il souhaitait que ses nièces prennent un peu l'air et voulait que j'accompagne mes élèves.

— Alors quelle chance vous avez ! J'espère que vous avez apprécié votre petite promenade. Cela doit être si agréable de sortir prendre le soleil en journée… Je crois que j'ai presque oublié quelle sensation délicieuse cela procure !

Le ton, acide, ne laissait que peu de doutes sur les sentiments réels de celle qui venait de proférer ces quelques mots. Avec son air de ne pas y toucher, Mme Mitchell avait réussi à détendre Eva pour mieux l'attaquer à revers. Théo Carter avait donc bien eu raison de la prévenir quelques minutes plus tôt : rien n'échappait à l'intendante et elle entendait bien le montrer !

— En effet, rétorqua-t-elle avec douceur, j'ai beaucoup apprécié cette promenade mais elle fut surtout profitable à nos élèves malgré le froid. De plus, Mlle Lewis était avec nous.

— Je suis au courant. En vous voyant sur le départ, j'ai cru bon de la prévenir afin qu'elle puisse également être des vôtres. J'étais très étonnée que M. Carter ne pense pas à la convier de lui-même. Il l'apprécie beaucoup, le saviez-vous ?

— Mlle Lewis est très agréable.

— N'est-ce pas ? Tout comme M. Carter, ne pensez-vous pas ?

Eva acquiesça en silence.

— Je dois avouer que je les trouve très assortis tous les deux. M. Carter est une personne si accessible, si agréable ! Il est généralement très apprécié par les domestiques, cela ne m'étonne pas que vous ayez remarqué ses qualités.

Un long silence se fit. Mme Mitchell but une longue gorgée de thé, reposa sa tasse avec une douceur presque maternelle puis reprit :

— Vous êtes allés à *Hyde Park*, je présume.

— Tout à fait.

— Vous connaissiez ?

— Oui. J'ai déjà eu l'opportunité d'y aller plusieurs fois depuis mon arrivée mais c'est toujours un vrai plaisir d'y retourner. J'aime aussi beaucoup *Regent's Park*, j'y ai fait une belle promenade lors de ma dernière journée de congé.

— Eh bien ! Le moins que l'on puisse dire, c'est que vous vous êtes vite habituée à notre belle capitale. Je vous félicite pour vos capacités d'adaptation, elles sont admirables.

— Je vous remercie, madame Mitchell, mais je sais que j'ai encore beaucoup à apprendre.

Nouveau silence, nouvelle gorgée de thé, et pour Eva, une inquiétude sourde et à peine voilée par un sourire figé. Où voulait réellement en venir son interlocutrice avec ces drôles d'éloges ?

— Non, vraiment, ne soyez pas si modeste, reprit l'intendante. À présent, je peux bien vous le dire mais en vous voyant arriver dans mon bureau, le tout premier matin, je vous ai trouvée si fragile et si apeurée ! J'étais certaine que vous ne tiendriez pas une semaine parmi nous mais bienheureusement, vous m'avez détrompée ! Et puis, j'ai eu le plaisir d'apprendre que vous vous étiez fait quelques amis parmi le personnel ? J'en suis ravie. Je craignais que vous ne soyez aussi distante et solitaire que Mlle Pitt qui, il faut bien l'avouer, n'a jamais paru très désireuse de s'adapter à son nouvel environnement. Oui, elle était beaucoup moins avenante que vous, sauf avec M. Carter, bien entendu.

— Je suis ravie de savoir que Constance avait au moins un ami ici.

Mme Mitchell fit mine d'être étonnée.

— Doutiez-vous qu'elle en ait eu ? Je pensais qu'elle vous écrivait de manière très régulière ?

— Vous avez tout à fait raison, Constance m'écrivait. Ses lettres n'étaient néanmoins ni très longues, ni très nombreuses.

— J'imagine que vous deviez attendre ses récits avec la plus grande impatience ?

— Bien sûr.

— Cela devait être tellement distrayant de découvrir le fonctionnement d'une grande maison comme la nôtre à travers ses yeux ! Vous avez dû apprendre beaucoup de choses ?

Alors qu'Eva s'apprêtait à répondre, elles furent interrompues par M. Price, le majordome, une série de factures à la main.

— Je me permets de les poser ici, dit-il en désignant une commode. Elles concernent les livraisons du mois dernier. Vous savez que Madame aime qu'elles soient payées à temps.

— C'est pourquoi je compte m'en charger dès demain matin, répondit l'intendante avec une exaspération clairement affichée sur le visage.

— Très bien, madame Mitchell, je vous fais la plus entière confiance ! Mesdames, je ne vous dérangerai pas plus longtemps !

M. Price reparti, la conversation prit un tout autre tour, Mme Mitchell n'osant visiblement pas revenir sur les lettres de Constance.

— Figurez-vous que je travaille avec M. Price depuis près de quinze ans ! Je vous souhaite de connaître les bienfaits d'une aussi longue collaboration. C'est un homme sérieux, fiable, agréable. Quelqu'un sur qui compter ! Lui et moi avons donné notre vie pour faire fonctionner une maison telle que celle des Gardner et serions prêts à tout pour conserver une telle harmonie. Nous ne tolérons pas les médisances, ni les ragots. À nos yeux, chacun doit savoir rester à la place qui lui a été attribuée. Vouloir s'élever au-dessus de sa condition, mettre son nez là où il n'est pas nécessaire de le mettre et manquer de discrétion sont des fautes que nous ne saurions tolérer.

— Avez-vous quelque chose à me reprocher, madame Mitchell ?

Les deux femmes s'affrontèrent du regard sans que l'une ou l'autre ne se décide à parler plus franchement.

— Contentez-vous de faire ce pour quoi vous avez été engagée, mademoiselle, et nul reproche ne vous sera jamais fait. Vous avez eu l'honneur de rejoindre une maison à la réputation sans faille et sachez que bien des jeunes femmes seraient prêtes à vous remplacer sur-le-champ si, d'aventure, votre poste était à nouveau libre.

Repoussant sa chaise avec toute la douceur dont elle se sentait capable en ce moment délicat, Eva se leva finalement et, tout en défroissant l'arrière de sa robe d'un geste discret, crut bon de terminer sur une note positive :

— J'en suis tout à fait consciente, madame Mitchell. Voilà pourquoi je me permets de remonter en classe.

Nous avons encore une leçon de piano à effectuer avant la fin de la journée et je ne voudrais pas que mes chères élèves s'impatientent trop en mon absence. J'ai passé un excellent moment en votre compagnie et je vous remercie sincèrement de votre invitation.

— Moi de même, mademoiselle Phoenix. J'espère que nous aurons le plaisir de remettre cela très prochainement.

— Si mon temps libre me permet de profiter de votre compagnie, ce sera avec le plus grand plaisir.

La porte s'était à peine refermée sur elle que le sourire d'Eva s'évanouissait comme neige au soleil. Elle n'était pas dupe : à peine avait-elle tourné le dos que celui de Mme Mitchell devait lui aussi avoir instantanément fondu.

17

Eva s'était réveillée en sursaut.

Des pas dans l'escalier. Oui, elle en était certaine ! C'était bien des pas dans l'escalier qui l'avaient sortie d'un sommeil agité où elle peinait comme souvent à trouver le repos auquel elle aspirait pourtant tellement.

Peut-être nés de l'agitation générée par sa dernière conversation avec Mme Mitchell, ses rêves l'avaient amenée au cœur de Londres et au plus profond du désarroi puisqu'elle ne parvenait plus à y retrouver sa route. De plus en plus angoissée, elle errait de rue en rue, cherchant un repère ou, du moins, un indice susceptible de lui indiquer quel chemin prendre. Mais rien. Rien ni personne pour l'aider et pour lui permettre de se rassurer et de calmer un peu les battements frénétiques d'un cœur qui lui semblait être sur le point d'exploser.

L'anxiété générée par ce rêve fut vite remplacée par une angoisse bien plus réelle, cette fois : il y avait quelqu'un derrière sa porte. D'emblée, les paroles de Charlotte lui revinrent en tête : à force de trop penser à Constance et de trop interroger les domestiques sur son amie, elle avait tout bonnement réveillé le fantôme de l'ancienne gouvernante.

L'obscurité était telle que la jeune femme ne pouvait voir si son verrou avait été bien tiré. Un temps, elle pensa aller vérifier mais n'osa pas car en marchant jusqu'à sa porte, elle ne pourrait empêcher le parquet de craquer et ainsi trahirait immédiatement sa présence et le fait qu'elle était réveillée. Mais elle espéra de toutes ses forces avoir été aussi disciplinée qu'à l'accoutumée. Fantôme ou non, voleur ou pas : elle ne tenait absolument pas à être visitée alors que la maison entière – et peut-être même, la ville dans son intégralité – semblait dormir du sommeil le plus profond.

Une question perdurait cependant : un fantôme pouvait-il être arrêté par une simple porte verrouillée ou cette maigre protection n'agissait-elle que sur les importuns faits de chair et d'os ?

Eva se recroquevilla un peu plus sous ses couvertures. Non, décidément : si, de jour, son esprit critique lui permettait de rire au nez des inquiétudes de Charlotte, il n'était plus aussi implacable une fois la nuit venue, une impression rendue d'autant plus forte que les remontrances à demi voilées de Mme Mitchell lui trottaient encore dans la tête.

Si elle avait fait mine de ne pas s'en alarmer, ni même de comprendre sur l'instant, Eva n'en avait pas moins été directement touchée par les insinuations de l'intendante et savait pertinemment à quels épisodes cette dernière faisait allusion.

Après avoir interrogé Charlotte, Mme Roberts, Tom et ses élèves, Eva avait cherché à en apprendre plus sur la nuit qui l'intéressait en s'adressant cette fois à Laura. Cette bonne, qu'elle avait remarquée lors de son premier repas pris en cuisine, lui avait paru assez insubordonnée pour lui donner bon espoir. Si quelqu'un était en mesure de lui apprendre quoi que ce soit d'intéressant sur le comportement des époux Gardner, c'était bien elle.

L'approcher n'avait pourtant pas été chose aisée, Laura étant tout sauf une femme susceptible de se laisser aller à la plus élémentaire des camaraderies. Après sa conversation avec Tom, Eva avait alors tout tenté. Les sourires, les compliments et même les soupirs affligés et appuyés : rien ne lui avait permis d'arracher le moindre mot ou la moindre réaction. Quoi qu'elle dise, quoi qu'elle fasse, le visage comme la bouche de Laura restaient fermés. La veille de sa sortie avec Théo Carter et ses élèves, n'y tenant plus, Eva était tout bonnement partie à sa recherche dans la maison avec à la main un tablier taché d'encre. Savoir pertinemment que Laura ne travaillait pas à la lingerie ne l'arrêta pas une seconde : de bourde en réflexion candide, elle s'était fait une réputation de grande naïve auprès de la plupart des domestiques. Laura ne s'étonnerait donc pas de la voir lui demander conseil au sujet de ladite tache.

Après avoir erré quelques minutes dans les pièces du bas, elle trouva finalement celle qu'elle recherchait, adossée à une cheminée, le nez en l'air. Que pouvait-elle faire ainsi, à l'écart des autres domestiques et visiblement occupée à bailler aux corneilles ? Eva ne chercha pas à le savoir et alla à sa rencontre sans se poser plus de questions à son sujet, de peur de reculer au dernier moment.

Pas un instant elle n'avait espéré être bien reçue par Laura. Elles n'avaient ni amis, ni intérêts communs et n'avaient partagé aucun souvenir, triste ou amusant. En somme, il n'y avait rien qui puisse les rapprocher. Néanmoins, elle s'était attendue au minimum à une politesse de façade, à une mine convenue, à une manifestation d'un respect auquel elle pensait pouvoir prétendre. Or, Laura ne lui accorda pas la moindre attention et ce fut à peine si elle haussa un sourcil en entendant Eva lancer laborieusement le sujet de Constance. Plus tard, la jeune femme s'était félicitée de ne pas avoir eu de spectateur car elle dut tout bonnement battre en retraite, de peur de se prendre un coup de torchon en plein visage. Visiblement, Laura aimait critiquer les Gardner à la table des domestiques mais elle ne tenait pas à développer le sujet avec la gouvernante à demeure.

S'était-elle méfiée ? Avait-elle pensé qu'Eva lui tendait un piège ? La jeune femme ne le saurait sans doute jamais. Ce qu'elle avait retenu de l'affaire était qu'il ne fallait pas parler de tout avec n'importe qui et encore moins avec les personnes en lesquelles elle avait pensé trouver un écho. Le fait est que c'était sans nul doute sa petite prise d'initiative inutile qui lui avait valu sa convocation chez Mme Mitchell…

Alors qu'elle disparaissait presque sous les couvertures, un nouveau grincement lui glaça tellement le sang qu'elle émergea de son abri sans même le vouloir. Prenait-elle ses peurs pour une réalité ou bien quelqu'un essayait-il vraiment d'entrer dans sa chambre ? Le cœur battant, elle resta très longtemps aux aguets mais rien de plus ne se passa et bon gré mal gré, elle finit par se rendormir. Le lendemain, elle ouvrit les yeux sur une pièce aussi chaleureuse qu'à l'accoutumée et sourit de honte en repensant à ses angoisses nocturnes. Un fantôme ? Quelle idée ! Un rôdeur ? Et puis quoi encore ? Ces bruits dans le couloir, ce n'était rien que ceux d'une maison quelconque qui se réveille et craque de toutes parts lorsque les températures extérieures baissent.

À moins que ce ne soit qu'un domestique insomniaque, à la recherche de son sommeil.

Eva sortit de son lit avec légèreté, l'esprit déjà tourné vers ses multiples occupations du jour. Mais au moment où elle attrapait le châle épais que lui avait donné sa mère juste avant son départ, ses yeux se posèrent sur un objet au sol, près de sa porte.

En deux pas, elle fut près de cette dernière et attrapa ce qui se révéla être un carnet. Elle n'eut pas besoin de le feuilleter longuement pour comprendre de quoi il était question. Cette fois, son cœur, qui s'était tant affolé au cours de la nuit, rata tout simplement un battement : c'était l'écriture de Constance ! Ce carnet avait été à elle et visiblement, quelqu'un souhaitait qu'elle en ait connaissance. Sous couvert de la nuit, il ou elle était tout simplement venu le glisser sous sa porte pendant qu'elle dormait.

18

L'après-midi du même jour, Eva profita d'une heure de repos – ses élèves étant parties chez la couturière avec leur mère afin de faire des essayages – pour rejoindre Mme Roberts en cuisine.

Contrairement à son habitude, la cuisinière ne profitait pas du calme relatif de l'après-midi pour se reposer avant la tempête du soir mais s'était lancée dans la confection d'une variété impressionnante de pickles. Elle bondissait d'un bout à l'autre de la cuisine, mouvant sa corpulence avec une agilité qui n'avait pas fini d'étonner la jeune femme, assise à sa place habituelle à table.

Profitant d'un instant de répit, cette dernière se hasarda à demander :

— Si je vous pose une question importante, madame Roberts, une question sur un sujet qui me tient à cœur… Est-ce que vous me donnerez une réponse franche et honnête ?

La cuisinière leva les yeux de son ouvrage puis les baissa de nouveau, pas inquiète pour un sou malgré la solennité du ton de la jeune femme.

— Encore faudrait-il que j'en ai les capacités, souligna-t-elle cependant. Je ne suis qu'une pauvre femme qui travaille toute la journée en cuisine, à l'écart de tous. Je ne sais rien.

— Je pense que c'est justement le contraire, s'exclama Eva qui s'amusait et s'agaçait tout à la fois de la réponse de la cuisinière. Ici, vous êtes au centre de tout !

— Allons bon ! concéda Mme Roberts. Si l'on considère que je nourris toute la maisonnée, oui, je pense que ma cuisine peut être considérée comme le cœur de tout. Mais pour ce qui est des nouvelles, des informations ou de tout ce qui touche le monde extérieur, je suis la dernière informée, j'en ai peur !

— Dans ce cas, cela tombe bien. Je ne souhaite avoir aucune nouvelle particulière sur le monde extérieur. Ma demande concerne justement les personnes qui vivent ici, ajouta Eva tout en tapotant la table du bout de l'index.

— Dans ce cas, je vous écoute.

La gouvernante garda le silence quelques secondes, ne sachant par quoi commencer. Si elle en avait attendu beaucoup, le petit carnet qu'elle avait lu avant de rejoindre ses élèves s'était révélé plus sibyllin que source de révélations. Eva n'y avait en effet trouvé que des chiffres (des sommes plus ou moins conséquentes dont, à son grand désarroi, la provenance n'avait pas été précisée), quelques listes sans importance et un nom souligné à trois reprises.

— Est-ce que le nom de Martha Miller vous dit quelque chose ?

Prononcer le nom d'une inconnue dans une cuisine silencieuse avait quelque chose d'étrange pour la jeune femme mais il aurait été bien difficile de le garder pour elle plus longtemps. En parler, c'était lui donner un peu vie. En parler, c'était peut-être se rapprocher de la vérité.

Bien loin d'être perturbée par la question, Mme Roberts releva à peine la tête :

— Martha Miller ? Jamais entendu parler.

— Vous en êtes certaine ?

— Je me souviens du nom de toutes celles qui ont travaillé ici, de la petite bonne la plus insignifiante à la cameriste la plus excessive. Si elle avait travaillé ici, je…

— Justement, je ne suis pas sûre qu'elle ait travaillé ici…

— Ah ? Dans ce cas, pourquoi me posez-vous cette question ?

— Eh bien…

Fallait-elle qu'elle évoque la visite de la nuit précédente, le carnet et les suspicions qu'elle avait au sujet de la mort de Constance ? Chaque fois qu'elle avait essayé d'évoquer le sujet avec elle, la cuisinière s'était montrée peu prolixe. Eva ne pouvait cependant pas aller plus loin dans son raisonnement, ni espérer la moindre aide, sans se dévoiler davantage.

— Ah, je comprends mieux ! se contenta de répondre Mme Roberts, une fois qu'elle eut décidé de tout lui expliquer. Cependant, je ne vais pas pouvoir vous aider car en toute sincérité, ce nom ne me dit absolument rien. Peut-être était-ce tout simplement une amie de Mlle Pitt ?

— Constance n'avait pas d'amis ici.

— En êtes-vous si sûre ? Après tout, vous êtes restées des mois sans vous voir. Votre amie souhaitait peut-être conserver un jardin secret ou cherchait à vous épargner.

— M'épargner ? Mais de quoi ?

— De la jalousie, pardi ! Votre amitié était forte et la séparation abrupte, d'après ce que vous m'avez raconté un jour. Si Constance s'était fait une amie à Londres, peut-être a-t-elle préféré ne pas vous en parler ?

— Mais quel intérêt d'écrire le nom d'une amie sur un carnet ? On se souvient généralement du nom des personnes que l'on fréquente et que l'on apprécie. Dans ce cas, nul besoin de les écrire noir sur blanc.

Ni de les souligner à plusieurs reprises, comme pour mieux enfoncer le clou, ajouta-t-elle intérieurement.

— Vous devriez poser la question à Mme Mitchell.

— J'y songerai.

— Je vous comprends, commenta la cuisinière. Personne ne souhaite lui demander la moindre chose, à moins d'y être vraiment obligé. Dans ce cas, vous pourriez demander à M. Carter. Votre amie et lui étaient assez liés.

— Vraiment ? Vous êtes la seconde personne à me dire une telle chose mais il n'a jamais parlé de Constance en ces termes.

— Peut-être ne la considérait-il pas comme une véritable amie, dans ce cas. Après tout, ils n'étaient pas du même monde et les gens comme Théo Carter ne sont pas amis avec les domestiques. Tout ce que je peux dire, c'est qu'ils s'appréciaient vraiment. Il leur arrivait de passer de longs moments ensemble au jardin. Je le sais, je les y ai croisés bien des fois.

À ces mots, le cœur d'Eva se serra singulièrement. Pourquoi lui était-il si désagréable de les imaginer tous les deux alors qu'elle était attachée à Constance et que Théo Carter, tout aussi insaisissable qu'il était, lui semblait être un homme de confiance ? Cette image aurait dû lui plaire et non pas la contrarier comme la contrariait chaque apparition d'Amélia.

— Cependant, M. Carter est… comment dire ? Un original, poursuivit la cuisinière. Avec lui, tout est possible.

N'imaginant pas une seconde la nature des pensées de sa jeune interlocutrice, Mme Roberts semblait finalement d'humeur bavarde et lui raconta quelques anecdotes prouvant à quel point ce « cher monsieur Théo » allait à l'encontre de ce qu'on attendait de lui.

Kate, à moins que ce ne fût Mary, arriva alors dans la cuisine et se mit en tête de récurer les casseroles qui commençaient à s'amonceler sur le coin de la table. Un peu contrariée par sa soudaine présence, Eva était d'autant plus gênée qu'elle devait à présent hausser la voix pour se faire entendre. Entre les sifflements, les vrombissements habituels des plaques et des fours et le décapage acharné des marmites, la cuisine était subitement redevenue un lieu ronflant et rugissant où les céphalées étaient monnaie courante.

Faisant fi des oreilles curieuses de l'aide de cuisine, elle persista malgré tout :

— Il est étrange qu'il ne soit pas marié, ne pensez-vous pas ?

— Que dites-vous ?

— Je disais qu'il est étrange qu'il soit encore célibataire !

Mme Roberts acquiesça vigoureusement.

— Je partage tout à fait ce point de vue ! À son âge, quand même… Il aurait pu faire un effort. Mais je ne crois pas l'avoir vu courtiser la moindre jeune femme.

— Et n'est-il pas étonnant qu'il séjourne aussi longtemps chez sa sœur et son beau-frère ? demanda Eva que le sujet intéressait tout particulièrement. Cela ne me regarde évidemment pas mais je pensais qu'il serait plus désireux de passer du temps sur son domaine…

— Je pense qu'il s'y sent seul et qu'il vient chercher ici un peu de compagnie. D'ailleurs, ne vous fiez pas aux apparences, mademoiselle Phoenix. M. Carter et sa sœur sont très liés. En tant qu'aîné, il s'est beaucoup occupé d'elle après la mort de leurs parents. Cela laisse des traces et explique la force des liens qui sont les leurs. J'imagine qu'en venant régulièrement lui rendre visite, il cherche également à prendre soin d'elle... Bien qu'elle soit une femme mariée depuis des années, ajouta-t-elle, subitement pensive. Êtes-vous capable de garder un secret ?

Eva acquiesça avec vivacité.

— Figurez-vous que Mme Gardner et son frère sont si proches qu'il ne serait pas impossible que cette dernière se soit mis en tête de lui trouver une épouse...

— À qui pensez-vous ? balbutia Eva.

— Mais à Mlle Lewis, pardi ! Qui d'autre ? Voilà des semaines et des semaines qu'elle est parmi nous alors que nul n'en avait entendu parler auparavant. Il est indéniable que Madame a une idée derrière la tête et ma foi, pourquoi pas ?

— Mais elle est si jeune !

— Elle a dix-huit ans, lui quarante-trois. Certes, on ne peut pas dire que la différence d'âge soit minime mais après tout, ce sont des choses qui se font. Voyez, madame Harriet a presque vingt ans de moins que son mari et leur mariage est une réussite.

— Vous croyez ? osa répondre Eva avec une grimace significative.

— Que voulez-vous dire ?

— Eh bien... Elle est tellement maussade ! Et lui, si sombre ! Je n'ai pas l'impression qu'ils soient très heureux...

— Oh mais je ne parlais pas de ce genre de réussite ! Pour ces gens-là, le bonheur personnel n'entre pas en ligne de compte, surtout pas dans les grandes familles. Non, ce mariage est une réussite dans le sens où il leur a permis d'occuper une place de premier choix dans ce qui est considéré comme la haute société londonienne. Ils ont trois charmantes filles. Ils ont de l'argent et bénéficient d'une excellente réputation. On recherche leur compagnie. On les admire pour leur argent. Ils font partie des gens qui comptent. Que demander de plus ?

Présentée ainsi, la situation semblait en effet idyllique mais Eva n'était pas dupe. Elle avait vu ses parents heureux ensemble pendant des années et ce, d'aussi loin que ses souvenirs lui permettaient de revenir. C'était cela, et non cette comédie maritale, qui devait être considéré comme une réussite.

— Dites-moi… Comment était Mme Gardner au début de son mariage ?

— Plus pétillante, peut-être.

— Et Monsieur ? Était-il aussi… froid ?

— Malgré tout le respect que je lui dois, j'ai toujours pensé qu'il avait tendance… *(Et là, Mme Roberts baissa légèrement la voix.)* à se considérer comme plus respectable qu'il ne l'est en réalité. C'est un bon maître, je ne le nie pas. Ne comptez pas sur moi pour être ingrate mais à mon avis, il est trop vaniteux pour vraiment s'attirer la sympathie de son personnel. Il préférerait se casser une jambe plutôt que de faillir à sa réputation. Il considère qu'il a raison en toutes choses et ne supporte pas la contradiction. Ni l'adversité, d'ailleurs. C'est un homme difficile en affaires, ah ça, oui ! Et au quotidien, cela peut être fâcheux pour son entourage.

Soudain inspirée par le sujet, Mme Roberts se figea face à Eva, la louche en l'air, et reprit :

— Voyez, nous parlions du frère de Madame un peu plus tôt… Eh bien, en réalité, je pense qu'il est tout le contraire de son beau-frère. Il est réellement accessible. Il est agréable avec tout le monde et ses manières accommodantes le rendent forcément sympathique, voilà bien le problème…

— Le problème, vous dites ?

— Il est trop spontané, il prend les choses comme elles viennent sans se préoccuper des conséquences qu'elles pourraient avoir sur son image et, pire encore, il sait reconnaître ses fautes !

— Une qualité rare.

— Je suis d'accord mais on aura beau dire ce que l'on veut, mademoiselle, je crois que les jeunes ladies préfèrent les hommes plus matures, plus disciplinés et avec un petit quelque chose d'inaccessible. Vous voyez de quoi je veux parler ?

— Je crois, oui.

— Monsieur Théo agit encore comme s'il était un jeune homme et si on excepte la gestion du domaine familial, il n'a rien construit. Cela me crève le cœur pour Madame quand je pense qu'il n'y aura sans doute aucun héritier à *Carter Park*. C'est la maison de son enfance, vous voyez ? Je pense qu'elle aimerait que le lieu revive ! Ah ! Si les choses étaient différentes, c'est Mme Gardner qui aurait dû hériter de la propriété. Elle aurait eu toutes les qualités nécessaires pour gérer le domaine d'une main de fer et il y aurait eu un peu plus de vie là-bas… Enfin, on ne refait pas le monde avec des mots !

Jetant un coup d'œil à la pendule qui trônait au-dessus de la porte, Eva réalisa qu'elle n'avait que trop traîné et se hâta de retrouver le calme et la solitude de la salle de classe où elle devait préparer les leçons de ses élèves.

— Mademoiselle Phoenix ? l'interpella Mme Roberts, alors qu'elle passait le seuil de la pièce. Ne lui dites surtout pas que je vous envoie mais si vous souhaitez poser votre question à quelqu'un de plus informé, n'hésitez pas à aller voir Charlotte. Elle est plus au fait que moi sur… à peu près tout. Vous trouverez peut-être ce que vous cherchez auprès d'elle.

19

Si l'on exceptait le cocher et le majordome, deux domestiques à l'importance capitale pour le fonctionnement de la maison mais qu'Eva croisait finalement très rarement au quotidien, Charlotte avait été la première personne qu'elle avait rencontrée lors de son arrivée au domaine. D'emblée, elle avait été marquée par la grâce exquise de la jeune femme, par sa chevelure si pâle et par son regard plein d'assurance. Mais depuis, les rapports entre les deux femmes s'étaient souvent bornés à des échanges indifférents de politesses creuses.

En tant que camériste, Charlotte était celle qui habillait et coiffait Mme Gardner et ce, chaque matin mais également pour les plus grandes soirées auxquelles celle-ci prenait part. Quand sa maîtresse partait en séjour chez des amis ou à l'étranger, Charlotte suivait toujours et parmi les innombrables bagages de Harriet, on trouvait son éternelle petite valise bleue.

Quand elle n'était pas en train d'habiller Madame, Charlotte était chargée de l'entretien de la chambre de cette dernière. Très régulièrement, on la voyait donc passer et repasser encore dans les couloirs, disparaissant presque sous un amoncellement de chaussures, de robes et de chapeaux, autant d'étoffes et de matériaux luxueux qu'elle devait brosser, réparer et améliorer grâce à ses talents innés de couturière.

Outre son efficacité, son goût très sûr et son ingéniosité, Charlotte était en effet réputée pour la qualité de ses travaux d'aiguille, et la minutie de ses points aurait rendue rêveuse toute couturière de métier. De fait, Harriet Gardner savait qu'elle pouvait compter sur elle et n'hésitait jamais à lui confier les tâches les plus délicates.

Si elle était généralement occupée à satisfaire son employeuse, Charlotte disposait malgré tout de nombreux moments de liberté, temps dont elle profitait généralement pour… dormir ! Eva avait très vite compris que la caméristе était également connue pour sa fatigue chronique et ne s'étonnait plus de la voir s'éclipser jusqu'au troisième étage en milieu de journée, le temps de s'accorder une petite sieste bien méritée.

C'était seulement à cette condition que la jeune femme pouvait assurer sa charge de travail et si, de temps en temps, les chaussures de Madame n'étaient pas nettoyées au moment voulu ou si un accroc n'avait pas été réparé à une robe, cette dernière fermait les yeux. Philosophe à ses heures, Mme Gardner savait très bien qu'elle ne retrouverait jamais une caméristе aussi accomplie que Charlotte, vérité indiscutable qui méritait bien un peu de laxisme.

Quand Charlotte ne dormait pas, elle gardait ses yeux et ses oreilles bien ouverts. Ainsi, si elle avait tout d'abord développé son sens de l'observation pour son plaisir propre – la jeune femme aimant se tenir au courant de tous les menus faits qui avaient lieu dans la maison –, Mme Gardner avait finalement réussi à tirer profit de ce talent particulier. Depuis cette période, Charlotte jouait un jeu dangereux, informant sa maîtresse des dernières nouveautés et des ragots de la maison tout en parvenant à se faire bien voir des autres domestiques.

Malgré sa réputation de jeune femme agréable, Eva osait rarement lui parler et pensait qu'en retour, la jeune caméristе ne s'intéressait aucunement à elle, ce en quoi elle se trompait complètement, ainsi qu'elle n'allait pas tarder à le réaliser.

La veille, suite à sa conversation avec Mme Roberts, elle avait osé demander à Charlotte de lui accorder quelques minutes « pour une affaire personnelle pour laquelle elle pourrait peut-être l'aider ». La caméristе avait battu des mains comme une enfant devant l'étal d'un pâtissier, visiblement impatiente de discuter avec elle.

— Venez demain, mademoiselle Phoenix ! Je me ferai une joie de vous recevoir dans ma chambre, après mon somme habituel ! proposa-t-elle alors, telle une duchesse l'invitant à la rejoindre dans son boudoir.

À l'heure dite, Eva dut monter à l'étage des domestiques, un endroit où elle n'avait encore jamais mis les pieds. C'était donc avec la plus grande curiosité qu'elle avait emprunté l'escalier de service jusqu'au dernier étage de la maison. Là-haut, elle avait rapidement découvert que le confort et la décoration étaient réduits à leur strict minimum. Après le faste et la sophistication des étages inférieurs, l'ensemble semblait d'autant plus dénué de chaleur et de bonne humeur.

Disparues, les épaisses tapisseries tendues aux murs. Ici, les murs, grossiers, étaient tout simplement passés à la chaux et le parquet, nu, ne brillait pas comme au salon mais montrait bien des signes de fatigue. Au cours des décennies précédentes, de nombreux domestiques l'avaient certainement arpenté en long et en large, et leurs pas fatigués ainsi que le manque de soin l'avaient lustré de part en part.

La chambre de Charlotte, qu'elle avait la chance d'avoir toute à elle, était située à l'autre extrémité de ce long couloir. Parvenue au bout de ce dernier, Eva frappa deux coups timides à la porte et après quelques secondes, Charlotte vint lui ouvrir. Avec un sourire affable, elle s'effaça pour la laisser entrer dans une pièce lumineuse et coquette qui faisait parfaitement honneur à sa propriétaire.

Meublée avec autant de goût que possible, la chambre comprenait un petit lit, qui trônait dans le coin de droite, un paravent, un nécessaire de toilette et deux grands fauteuils d'un beau vert tendre qui complétaient joliment l'ensemble. Le mur en face de l'entrée était quant à lui troué de deux grandes fenêtres par lesquelles la lumière entrait à flots.

Après avoir patiemment écouté Eva s'extasier sur son intérieur, Charlotte lui proposa de s'asseoir à la petite table d'où elle venait visiblement de se lever et reposa son ouvrage dans un panier situé à ses pieds. D'un geste, elle l'invita à prendre l'un des petits gâteaux présents dans une jolie boîte en métal, une gourmandise qu'Eva accepta bien volontiers.

— Je crains d'être une incorrigible gourmande, commenta-t-elle en mordant avec plaisir dans ce qui se révéla être un délicieux sablé au citron. Ma mère a bien tenté de me faire passer cette mauvaise habitude mais je crois que je ne pourrai jamais résister à de telles douceurs…

— La mienne avait coutume de dire que les sucreries sont des aides précieuses qui permettent de supporter toutes les déceptions de l'existence. Devrais-je préciser qu'elle était la femme la plus dodue qu'il m'ait été donné de voir ?

Eva ne put s'empêcher d'en sourire plus franchement puis répliqua :

— Je ne peux que lui donner raison ! Si de délicieux gâteaux m'attendaient chaque soir dans ma chambre, je crois que j'aurais en effet moins de mal à supporter les bêtises de mes élèves ! Et j'aurais surtout du mal à y résister !

— Si de délicieux gâteaux vous attendaient chaque soir, ma chère, vous finiriez par faire tailler vos robes sur le même modèle que celles de Mme Roberts ! Croyez-moi, ces petites choses sont un véritable désastre pour la silhouette !

Eva, qui était déjà sur le point de reprendre un sablé, retira alors sa main du plat avec un air coupable.

— Mais je vous en prie, resservez-vous, la rassura immédiatement Charlotte, je ne voulais pas vous gâcher ce plaisir ! Loin de là ! D'ailleurs, vous êtes si svelte, Eva, que vous me faites penser à un jeune faon qui tiendrait à peine sur ses pattes ! Vous pouvez très bien vous permettre un second gâteau et pourquoi pas un troisième si le cœur vous en dit ?

— Je ne sais pas trop…

— C'est un conseil d'amie.

— Dans ce cas, je ne dis pas non !

Charlotte la regarde piocher de nouveau avec un sourire tout maternel.

— C'est un plaisir pour moi de les faire et je suis heureuse de voir qu'ils vous plaisent !

Eva ne cacha pas sa surprise.

— Voulez-vous sous-entendre que vous les avez faits vous-même ? J'ignorais votre prédilection pour la cuisine ! C'est… c'est un passe-temps original.

— Vous voulez dire : un passe-temps original pour une cameriste ?

— J'avoue que je ne connais guère de caméristes mais je ne pensais pas qu'avec un tel poste, vous seriez susceptible de vous intéresser à une activité comme la pâtisserie.

— Cela va peut-être vous étonner mais je ne suis pas née femme de chambre ! assura Charlotte avec un sourire taquin.

— Bien évidemment. Mais je ne pensais pas que…

— Douteriez-vous de mes talents aux fourneaux ? Cela fait partie de mes activités préférées mais, entre nous, il est rare que Mme Roberts me laisse emprunter sa cuisine.

— Il faut la comprendre… C'est un peu son royaume !

— Certes ! Et je l'envie un peu. J'aurais tant aimé être cuisinière.

La jeune femme se rencogna sur son siège tandis qu'un sourire songeur venait illuminer son visage.

— J'avais un talent tout particulier pour les desserts mais j'étais si jolie qu'il a été jugé préférable que je me dirige vers le poste de cameriste. Je n'avais pas vraiment le pouvoir de refuser. J'ai accepté.

— Quel dommage !

— Bah, soupira Charlotte, je ne regrette pas vraiment, notamment quand je vois les horribles mains rougeaudes de Mme Roberts et celles de ses aides !

Comme pour mieux appuyer ses propos, elle tendit devant elle des mains blanches et fines. Des mains de grande dame dont elle devait prendre un soin particulier. Eva, qui se souvint que les siennes étaient encore pleines de traces d'encre de Chine, se garda bien de commenter. Ses doigts glissèrent discrètement de la table à ses genoux, de peur que la caméristе n'éprouve l'envie de les examiner à leur tour. Mais Charlotte, oubliant ces considérations esthétiques, était déjà passée à autre chose.

— Vous disiez à l'instant que vos élèves étaient un peu dissipées ?

— « *Dissipées* » est un euphémisme. Ce matin, Victoria a ouvert une des fenêtres de la salle d'étude pendant que j'étais occupée à aider Ophélie dans ses travaux d'écriture et a menacé de se jeter dans le vide si je ne la laissais pas rejoindre les écuries. Un poulain est né cette nuit et elle n'avait pas encore eu le droit d'aller le voir. Vous pensez bien qu'aucune règle de grammaire ne pouvait la retenir.

— J'imagine ! Qu'avez-vous fait ?

— J'ai honte de l'avouer mais j'ai cédé. J'ai accepté de l'emmener voir ce fameux poulain, à condition que cette visite lui serve d'inspiration pour sa rédaction. Nous travaillons actuellement sur le genre de la description.

— Ah ! Ma foi, voilà un sujet qui devrait l'inspirer ! Attendez-vous à lire des lignes et des lignes sur la beauté de sa crinière ! Cela promet d'être passionnant !

Les deux jeunes femmes eurent un petit rire et Eva se détendit alors complètement. Il était si agréable de se trouver à l'écart de tout, en bonne compagnie, qu'elle en venait presque à oublier la raison pour laquelle elle était venue trouver Charlotte.

Ses yeux errèrent un instant le long des murs et des meubles alors que le silence s'installait de nouveau dans la pièce.

— Vous observez ma chambre, mademoiselle Phoenix. La trouvez-vous à ce point à votre goût ?

— Je l'avoue, concéda la gouvernante. Vous êtes extrêmement bien installée ici.

— J'ai fait de mon mieux pour rendre cette chambre confortable, avoua la cameriste tout en haussant les épaules. Madame s'est montrée très généreuse avec moi et, en plus de ses anciennes robes, m'a donné bon nombre des objets qui se trouvent ici. Quant au reste, eh bien, je l'avais avec moi au moment de mon installation.

— Travaillez-vous pour les Gardner depuis longtemps ?

Charlotte lui jeta un long regard où l'amusement allait pour une fois de pair avec un certain agacement, Eva l'aurait bien juré.

— Ma parole, vous êtes bien curieuse ! Savez-vous que c'est moi qui pose les questions d'habitude ?

Eva resta bouche bée, ce qui eut l'avantage de faire rire son interlocutrice qui reprit alors d'un ton plus serein :

— Parce que c'est bien ma réputation, non ? Je suis celle qui a des yeux partout !

— Je ne sais pas…

— Mais si, vous savez bien, mademoiselle Phoenix. C'est pour cela que vous êtes venue me voir, n'est-ce pas ? Vous avez parlé d'une « affaire personnelle » mais je suis presque certaine que vous voulez m'interroger sur quelqu'un. Quelqu'un d'ici.

— Pas tout à fait, murmura Eva.

Charlotte se leva pour aller chercher un chapeau puis attrapa une aiguille qu'elle brandit comme un étendard avant de proposer :

— Je vais changer la garniture de ce chapeau et pendant ce temps, vous allez me raconter votre histoire, mademoiselle Phoenix.

— Mon histoire ?

— Oui, je veux savoir qui vous êtes et ce que vous faites ici. Après, et seulement après, je répondrai à votre question.

Un temps décontenancée, Eva ne se laissa finalement pas impressionner par l'indifférence toute calculée de Charlotte.

— Je m'appelle Eva Phoenix, minauda-t-elle. Et je suis gouvernante.

— Je sais tout cela ! répliqua Charlotte tout en faisant mine de rejeter le tout d'un revers de la main. Ce que je veux savoir, c'est : pourquoi ?

— Pourquoi ?

— Pourquoi vous ? Pourquoi avoir fait appel à vous qui n'êtes autre que l'amie de l'ancienne gouvernante ?

— Suis-je seulement cela ? ironisa Eva, piquée au vif.

— Je n'insinuerai jamais une telle chose, vous le savez, et ce, même si j'étais en mesure de jauger votre travail. Non, ce que je veux savoir, c'est pourquoi a-t-on fait appel à vous, une inconnue, qui plus est éloignée de la capitale, quand les gouvernantes en recherche de poste sont si nombreuses en ville.

— Constance a parlé de moi.

— Et vous pensez vraiment que cela aurait suffi pour vous faire engager ?

Charlotte éclata d'un rire clair qui acheva de vexer Eva.

— Puisque vous semblez tout savoir, à moi de poser une question, répliqua-t-elle. J'ai en ma possession un carnet qui appartenait à Constance. J'y ai trouvé des montagnes de chiffres sans parvenir à savoir s'il s'agissait de ses dépenses ou, au contraire, des sommes qu'elle espérait obtenir. Mais ce n'est pas cela qui m'intéresse aujourd'hui, ni ce pour quoi je suis venue vous voir… Car il y avait aussi un nom sur ce carnet.

— Un nom ?

Cette fois, l'attention de Charlotte semblait retenue pour de bon, si bien qu'Eva se permit d'articuler de manière théâtrale, afin de bien ancrer ces syllabes dans l'esprit de la camériste :

— Martha Miller.

Si le crâne de Charlotte avait été transparent, Eva aurait certainement vu toute une armada de rouages se mettre en branle à cette annonce. Bien que le visage de la jeune femme restât quasiment de marbre, quelque chose dans son œil – une lueur ? – indiquait clairement qu'elle réfléchissait intensément.

— Amélia, susurra-t-elle finalement.

— Comment ?

— Vous savez, expliqua Charlotte, je suis au service exclusif de Madame.

— Je le sais.

Eva était sur des charbons ardents mais savait qu'elle devrait se montrer patiente avec Charlotte qui semblait décidément peu prompte à en venir au fait. Avec elle, il en était des conversations comme des fanfreluches des vêtements qu'elle mettait en valeur : il fallait soulever les rubans, les dentelles et les broderies pour espérer voir le tissu dans toute sa simplicité. Nul doute qu'elle aimait les longues introductions et qu'il était nécessaire d'en passer par là pour avoir le fin mot de l'histoire.

— Je m'occupe de ses robes, de son habillage, de ses coiffures… Il m'arrive de lui apporter quelque collation lorsqu'elle n'a pas envie de faire appel à un domestique. Parfois, je m'occupe aussi de sa correspondance.

Elle fit une courte pause, un peu gênée.

— Une femme comme Mme Gardner a parfois besoin d'un peu de discrétion. Pouvez-vous le comprendre ? Tout le monde l'observe ici et elle ne peut envoyer une lettre à quelqu'un sans que toute la maisonnée ne soit au courant !

Eva n'imaginait absolument pas mais acquiesça comme si elle comprenait parfaitement le lourd fardeau qui était celui de sa maîtresse.

— Lorsqu'elle me le demande, tôt le matin, je lui monte également le courrier qui arrive à demeure avant que les autres membres de la maison n'en prennent connaissance. C'est une manière pour elle de surveiller qui écrit à qui. J'imagine que tout le monde fait ainsi.

— Je ne peux juger mais je trouve cela compréhensible.

Sans doute que sa tante devait elle aussi surveiller quelles lettres arrivaient et partaient de sa maison, au grand dam de sa mère qui ne pouvait certainement plus rien recevoir ou envoyer sans qu'un petit commentaire n'aille de pair.

— C'est là que j'ai vu le nom.

— Martha Miller ?

— Non, pas tout à fait…

— Expliquez-moi, Charlotte !

— Un matin, au beau milieu des lettres qui venaient d'être déposées dans le plateau, à l'entrée, il y avait une enveloppe. Elle n'avait pas été postée, vous voyez ? Il n'y avait pas de cachet de la poste. Lorsque j'ai vu qu'elle était destinée à *Mlle* Miller, j'ai cru à une erreur. Avant de remonter le tout à Madame, j'ai dû aller… J'ai dû aller soulager une envie pressante et à mon retour dans le hall, j'ai eu le temps de voir Mlle Lewis remonter promptement les escaliers, une enveloppe serrée contre le cœur.

— Et je présume que sur le plateau, il n'y avait plus aucune enveloppe au nom de cette fameuse Mlle Miller.

— C'est bien ça.

— Je ne comprends pas. Son nom est Amélia Lewis, pas Martha Miller ! Mme Gardner sait qui elle est, c'est pourquoi elle l'a accueillie sous son toit. Elle ne peut avoir deux identités…

— C'est pourtant bien à ce nom qu'on lui a écrit ce jour-là. Et c'est Mlle Lewis qui a emporté la lettre.

— Peut-être l'a-t-elle récupérée pour une autre personne ?

Charlotte haussa les épaules, soudainement très lasse.

— Je ne peux pas vous aider à ce sujet, mademoiselle. Je vous ai dit ce que je savais. À présent, laissez-moi vous dire quelque chose d'autre…

— Vous avez une autre information à…

— Non. Écoutez-moi ! Je sais que Mlle Pitt était votre amie et je peux comprendre la douleur de votre perte. Pourtant, malgré mon jeune âge, j'ai une solide expérience de la vie et si je pouvais vous donner un conseil, ce serait d'arrêter de chercher des réponses à des questions qui devraient être laissées de côté pour de bon. Savoir les raisons de sa chute, savoir quelles étaient ses relations ou encore son état d'esprit au moment de sa mort ne vous la ramèneront pas, mademoiselle Phoenix. Carnet ou pas, doutes ou non, vous faites fausse route. Vous feriez mieux de vous concentrer sur vous-même et sur votre place ici. Tout est fragile, le savez-vous ?

Eva le savait mieux que personne mais ne fit aucun commentaire.

— Pourquoi toutes ces questions ? demanda à nouveau Charlotte.

— Pour savoir.

— Pour savoir quoi ?

— Pour savoir si son accident est réellement un accident.

— Avez-vous vu sa chambre ?

Eva se figea. Sa chambre ? Non, elle n'avait pas pensé une seconde à aller voir où Constance avait dormi dans les mois qui avaient précédé sa mort. Mieux encore : elle avait délibérément fui cette pièce, ne se sentant absolument pas le courage de la visiter.

— Quel manque de curiosité pour quelqu'un qui semble si soucieux de trouver cette fameuse vérité ! répondit Charlotte avec une certaine condescendance. Pourquoi ne pas aller la voir ? Elle n'est pas fermée à clef, vous savez ? Vous la trouverez au même étage que la vôtre. Il s'agit de la quatrième porte après avoir tourné à gauche dans le couloir. Vous pourrez voir de vous-même si une chute vous paraît crédible… Alors, vous pourrez arrêter vos vaines recherches et nous laisser à nouveau en paix.

20

N'ayant pu se résoudre à visiter cette fameuse chambre à la nuit tombée, Eva attendit le lendemain pour suivre les conseils de Charlotte.

Occupée par ses diverses tâches, elle ne put néanmoins pas commencer son exploration dès les premières heures de la journée et dut attendre que Mme Gardner et ses filles partent en visite pour mettre son projet à exécution. Ce ne fut donc qu'après avoir vu ces dernières s'engouffrer dans la voiture qu'elle se décida enfin à aller découvrir la pièce que Constance avait occupée durant son séjour à Londres.

Tout en se répétant mentalement les indications de la camériste, elle se glissa hors de sa chambre, se faufila dans le couloir puis tourna sur la gauche. Elle s'arrêta devant la quatrième porte, à la fois désireuse de visiter les lieux et effrayée à l'idée d'y mettre les pieds pour de bon.

Allons, tenta-t-elle de se rassurer, *ce n'est pas comme si le fantôme de Constance allait apparaître !*

Un sursaut de courage lui fit poser la main sur le loquet. Elle ressentit alors une émotion sincère mais qu'elle trouva malgré tout quelque peu exagérée. Jamais elle n'aurait cru qu'ouvrir une porte serait si intense ! Puis elle s'accorda un peu de clémence. Après tout, l'instant était important. Ce n'était qu'un loquet, certes, mais c'était le loquet de la chambre de Constance. Ce qui se trouvait derrière était particulier à ses yeux.

À un pas seulement de son but, elle hésita encore un peu, ne sachant plus vraiment si elle tenait à voir la pièce, quand un bruit à l'autre bout du couloir la fit se décider de manière brusque. Quelqu'un arrivait, il fallait donc qu'elle rentre dans la chambre ou alors qu'elle parte dans la seconde mais elle ne devait pas être vue, immobile, comme bloquée devant cette porte fermée. Si on la surprenait ainsi, dans l'heure, tout le monde serait au courant à l'office et elle deviendrait la source de nouveaux commérages, ce qu'elle souhaitait plus que tout éviter !

En un clin d'œil, elle fut donc dans la pièce.

Contrairement à ce qu'elle avait imaginé, les volets étaient grands ouverts et une faible lumière pénétrait dans la chambre. Il y faisait cependant bien assez jour pour que l'on puisse en observer les moindres détails et le constat n'était pas très réjouissant.

L'air y était froid, comme stagnant, et particulièrement désagréable sur la peau. L'ambiance était quant à elle très lourde comme peut parfois l'être celle des pièces où l'on a vécu mais dans lesquelles on ne va plus depuis longtemps.

Grelottant malgré sa robe au tissu épais, Eva nota les toiles d'araignée, tendues dans les coins des murs mais également entre les barreaux de la tête de lit. Elle vit la poussière accumulée sur la cheminée et sur le dessus-de-lit et devina que, suite au drame qui s'y était déroulé, la famille avait plus ou moins laissé cette chambre à l'abandon. Aucun visiteur imprévu n'y serait certainement logé avant de nombreuses semaines. Pour autant, aucun hommage à la disparue pour rappeler son souvenir, mais rien d'étonnant à cela : Constance n'avait été qu'une gouvernante, certainement pas un membre de la famille Gardner et en cela, elle ne méritait pas plus d'attention.

D'un pas timide, Eva avança dans la pièce, regardant partout, reculant le moment de se poser les questions désagréables qui devaient fatalement accompagner une telle visite. Elle nota que cette chambre, qui donnait directement sur la rue, était beaucoup plus bruyante que la sienne. Si le quartier des Gardner était relativement calme, la clameur de la ville n'en était pas moins présente et, un instant, Eva se laissa distraire par les bruits du dehors. Puis, prise par une soudaine inspiration, elle se secoua. Elle perdait du temps alors qu'elle n'en avait guère. Le lit, le secrétaire ou la coiffeuse ne lui apprendraient évidemment rien sur la mort de Constance. Elle se dirigea donc vers la fenêtre, l'ouvrit d'un geste sec et s'y pencha afin d'en jauger la hauteur et, surtout, de vérifier s'il était possible d'en tomber aussi facilement que l'on avait bien voulu le leur faire croire.

À sa grande déception, elle découvrit qu'une chute accidentelle n'aurait rien eu d'étonnant : le cadre de la fenêtre était particulièrement bas et il était facile, avec un peu de maladresse et beaucoup de malchance, d'y basculer, d'autant plus quand on se trouvait dans l'obscurité. Et il avait justement été dit que la chambre de Constance était plongée dans le noir le plus complet au moment où les domestiques y étaient montés.

Penchant de nouveau la tête dans le vide, Eva frissonna en constatant à quel point la hauteur était importante. Ainsi postée, elle se sentait vulnérable et fragile.

Qu'elle soit tombée seule ou qu'elle ait été poussée, Constance n'avait eu aucune chance d'en réchapper et, dans sa chute, avait pleinement eu le temps de le comprendre…

Soudain prise d'un léger malaise à cette idée, Eva recula vivement et revint s'asseoir sur une chaise. Voir la chambre, ouvrir cette fenêtre, regarder le sol où son amie était morte avait été beaucoup plus difficile qu'elle ne se l'était imaginé. Elle qui était si impatiente, si téméraire, si décidée à se frotter à la réalité des choses se découvrait beaucoup plus émotive que prévu.

D'un seul coup, toute sa peine lui revint en plein cœur et quelques larmes amères s'échappèrent de ses yeux. Elle eut l'impression que cette chambre lui soufflait des pensées noires et angoissantes et s'y sentit alors de plus en plus mal à l'aise. Essuyant ses pleurs à mesure qu'ils coulaient, elle entendit quelqu'un passer dans le couloir. Une bonne, certainement, ou bien un valet en train de vaquer à ses occupations. Les bruits s'accentuèrent si bien qu'elle crut, un instant, que la personne allait entrer dans la pièce mais il ou elle poursuivit finalement son chemin.

Sortie de son trouble grâce à cette manifestation extérieure, Eva épousseta l'arrière de sa robe qui était couvert de poussière et regagna le couloir. D'un geste maîtrisé, malgré le tremblement de sa main, elle referma la porte derrière elle et revint lentement à sa chambre.

Elle devait se rendre à une triste évidence : cette visite ne lui avait rien appris de nouveau. À bien y réfléchir, cela n'était finalement pas étonnant : quoi que ces murs aient vu ce soir-là, ils ne pouvaient malheureusement pas parler pour le lui raconter. Malgré tout, découvrir cette chambre lui avait permis de prendre la mesure concrète des faits, et sa fascination presque morbide pour la mort de Constance s'était envolée à jamais.

Plus jamais elle ne se surprendrait à imaginer cette chute qui était devenue trop réelle à ses yeux. Non, désormais, elle voulait juste comprendre pourquoi. Elle voulait comprendre pour enfin faire son deuil et pour, peut-être, donner un début de réponse à Mme Pitt qui, elle aussi, méritait la vérité.

Quelle que soit l'issue de tout cela, elle restait désormais convaincue d'une chose : si Constance était tombée seule, elle n'était pas tombée pour rien. Quelque chose, quelqu'un avait dû attirer son attention ou même lui faire peur, et elle entendait bien découvrir quoi.

contrecoup des uns, et sa fascination presque morbide pour la mort de Constance s'était envolée à jamais.

Plus jamais elle ne se surprendrait à imaginer cette chute qui était devenue trop réelle à ses yeux. Non, désormais, elle voulait juste comprendre pourquoi. Elle voulait comprendre pour enfin faire son deuil et peut-être donner un début de réponse à Mme Pin qui, elle aussi, méritait la vérité.

Quelle que soit l'issue de tout cela, elle restait désormais convaincue d'une chose : si Constance était tombée seule, elle n'était pas tombée pour rien. Quelque chose, quelqu'un avait dû attirer son attention ou même lui faire peur, et elle espérait bien découvrir quoi.

21

Le lendemain après-midi, Eva eut de nouveau quartier libre, Mme Gardner ayant une nouvelle fois décidé d'amener ses filles en visite avec elle. D'abord étonnée par cette lubie maternelle, Eva avait finalement cessé d'y chercher la moindre logique.

Si Harriet accordait peu d'attention à Ophélie et Victoria lorsqu'elles étaient à la maison, pas une semaine ne passait sans qu'elle les amène prendre le thé chez l'une ou l'autre de ses amies. Parfois, elles sortaient tout simplement au parc ou allaient déguster de petits gâteaux dans des salons de thé luxueux. Un temps, ces petits rituels avaient quelque peu attendri Eva mais désormais, ces sorties en famille étaient surtout devenues synonymes d'heures de liberté, un temps précieux mais finalement pas si rare qu'elle avait rapidement appris à apprécier et à attendre avec impatience. Elle aurait été bien punie si, d'aventure, Mme Gardner avait décidé de rester à la maison ces jours-là !

Comme elle avait plus que jamais besoin de réfléchir, Eva décida elle aussi de sortir en ville et se laissa porter par le hasard des rues.

Elle ne pouvait plus le nier : l'hiver s'était bel et bien installé et à son contact, les températures avaient considérablement fraîchi, les obligeant tous à se cacher sous de lourds manteaux. Aujourd'hui cependant, les rayons du soleil, bien que légèrement floutés par le froid, diffusaient juste ce qu'il fallait de chaleur pour que la jeune femme apprécie sa marche.

À peine s'était-elle éloignée de la maison qu'Eva leva le nez en direction du ciel, s'étonnant une nouvelle fois de voir à quel point il était différent de celui qu'elle avait contemplé durant toute son enfance. Car ici, il n'était pas clair, propre et étincelant comme chez elle mais constamment triste et affadi par les fumées qui le contaminaient de toutes parts.

Par réflexe, elle fronça le nez.

En réalité, il n'y avait pas que le ciel qui était sale. Le reste, tout autour, l'était tout autant. Bien sûr, le quartier des Gardner était tout ce qu'il y avait de plus ravissant. Les rues étaient larges et la verdure, bien présente, lui donnait des airs faussement champêtres. Ces rues-là la ravissaient et elle pouvait y déambuler pendant des heures, admirant les façades, observant les parcs privés de derrière les clôtures, examinant sans honte les gens qu'elle croisait.

À cette heure-ci, les passants étaient majoritairement masculins mais au milieu d'eux se faufilaient parfois des petites marchandes de fleurs ou d'allumettes. Elles tentaient leur chance, cherchaient le contact, battaient le pavé avec espoir. Eva savait d'où elles venaient car poussant toujours plus loin en ville, elle avait vu la misère poisseuse de leurs rues étroites. Elle y avait croisé des enfants en loques, des enfants aux yeux de chat affamé. Elle avait eu la gorge serrée en voyant leurs petits pieds nus, tout abîmés et sales d'avoir trop trotté sur des sols inhospitaliers. Balayeurs, ramoneurs, cireurs de chaussures, colleurs d'affiches… tous se pressaient le long des rues, à la recherche d'un peu de travail, de quelques pièces dans une course éperdue qui n'avait qu'un seul prix, celui de leur survie. Avec son beau manteau et ses chaussures confortables, elle s'était alors sentie privilégiée. Privilégiée et malheureuse de ne rien pouvoir faire pour eux.

À deux pas de chez les Gardner, des belles demeures et des intérieurs soignés, Londres débordait d'histoires tristes, de destins brisés, de maladies et de pauvreté. Elle n'était plus belle, alors, mais devenait une ville pauvre, une ville crasseuse où il était bien difficile de rester propre lorsqu'on la parcourait et ce, que l'on soit parmi les pauvres comme parmi les plus riches des promeneurs.

Peu habituée à porter des couleurs claires, Eva avait rapidement compris que ses habitudes vestimentaires étaient finalement tout à fait adaptées aux affres de la vie londonienne. Car ici, la pluie n'était jamais bien loin et elle était généralement chargée d'une suie poisseuse qui laissait comme une multitude de petites taches d'encre sur les vêtements. Mieux valait alors porter les robes et les manteaux les plus sombres et, surtout, s'équiper d'un chapeau afin de protéger au mieux ses cheveux.

Cette suie, elle le savait, émanait principalement des usines implantées sur la rive droite de la Tamise mais provenait également des milliers de cheminées qui, allumées du soir au matin lorsque les températures baissaient, étaient elles aussi particulièrement gourmandes en charbon. Lorsque l'on avait pris conscience de ces réalités-là, il n'y avait finalement rien d'étonnant à voir Londres se transformer en un immense enfer urbain où la grisaille allait de pair avec la saleté.

Désormais familiarisée avec ce genre de désagréments, Eva ne pouvait s'empêcher de soupirer après les vertes étendues de son enfance où le soleil brillait franchement et où l'on pouvait respirer à pleins poumons sans craindre les miasmes ambiants. Mme Roberts l'avait néanmoins prévenue : le pire était encore à venir. L'hiver allait encore tout compliquer et amener avec lui des journées et des nuits de grand brouillard. « Et quand il tombe sur la ville, avait précisé la cuisinière avec un geste menaçant, on n'y voit rien à moins d'un mètre ! » Eva avait reçu l'interdiction formelle de sortir se promener en de telles circonstances et elle avait juré d'être sage.

L'attrait de l'extérieur n'était pourtant pas la seule raison à sa sortie. Si Eva connaissait depuis longtemps les bienfaits que la marche pouvait avoir sur un esprit encombré par trop d'idées, s'éloigner de la maison, et de l'aura sombre à laquelle elle l'associait de plus en plus souvent, lui permettrait de mieux réfléchir. Et de fait : plus les rues qui la séparaient de son adresse londonienne étaient nombreuses, plus elle se sentait libre et capable de pensées sensées.

Par où devait-elle commencer ? Peut-être par ce qu'elle avait appris depuis son arrivée à Londres ?

Voyons… Elle était arrivée avec l'idée bien ancrée que la mort de Constance n'était pas un accident. Depuis, on lui avait raconté que son amie, pourtant de nature sociable, s'était tenue à l'écart des autres domestiques, qu'elle entretenait des relations compliquées avec M. Gardner – certainement ce que Mme Mitchell appelait ses « débordements » – mais qu'elle appréciait Théo Carter, qu'elle semblait dépenser bien plus d'argent que ne lui permettaient ses gages de gouvernante et qu'elle était peut-être en relation avec une mystérieuse Martha Miller qui avait un lien obscur avec Amélia Lewis…

De guerre lasse, Eva, qui venait tout juste d'entrer dans un petit parc, se laissa tomber sur un banc. Tout cela ne la mènerait à rien, sinon à embrouiller ses idées. Sans doute se trompait-elle encore mais elle n'en était pas moins persuadée d'une chose : elle comprendrait forcément mieux si elle parvenait à savoir qui avait glissé ce carnet sous sa porte.

Attrapant ledit carnet – depuis ce fameux matin, il ne quittait jamais sa poche –, Eva en feuilleta tristement les pages. Elles étaient presque toutes vides, comme si le carnet, à peine commencé, avait été abandonné… Était-il possible qu'il en existe d'autres, plus complets ?

La jeune femme se figea soudainement, plus concentrée que jamais : son amie avait-elle été du genre à noircir des dizaines de carnets de ce type ? À bien y réfléchir, elle avait souvent vu Constance penchée sur des feuillets mais il s'agissait souvent de lettres ou de feuilles volantes, jamais de petits livrets comme celui-ci…

Elle se demanda soudainement comment et pourquoi ce carnet – ces carnets ? – n'avait pas été remis à la mère de Constance après le décès de cette dernière. Fallait-il en conclure que quelqu'un s'était servi dans les affaires de la gouvernante avant que ses effets ne soient ramassés et envoyés dans sa famille ? Si c'était le cas, seules deux femmes étaient susceptibles d'avoir réalisé ce ménage irrespectueux : l'intendante et Mme Gardner…

Mue par une volonté aussi forte que soudaine, Eva se leva aussi brusquement qu'elle s'était assise et refit le chemin en sens inverse avec une hâte qui était bien loin d'être dans ses habitudes. Cependant, elle n'aurait pu lutter contre la pulsion qui animait chaque atome de son être et ce, même si elle l'avait souhaité. Là, assise en solitaire dans le froid, elle avait été brusquement traversée par une révélation. Puisque les informations ne venaient pas à elle, elle irait les chercher à la source. Tout simplement ! Et à l'endroit même où elles se devaient d'être, soit chez la maîtresse de maison.

22

Depuis son arrivée à Londres, Eva était passée et repassée devant la porte du boudoir de Harriet Gardner mais n'avait évidemment jamais été invitée à s'y rendre. Dès lors, son imagination était allée bon train et de semaine en semaine, elle s'était souvent amusée à en imaginer le moindre détail, allant jusqu'à essayer de deviner le contenu de meubles et de tiroirs qui n'existaient peut-être que dans son esprit.

Si les détails variaient d'une fois à l'autre, lorsqu'elle pensait à la pièce dans sa globalité, elle imaginait quelque chose de très féminin et d'une grande fraîcheur. Des couleurs claires. Peut-être un camaïeu de bleu très pâle ou un vert d'eau. Il y aurait des étoffes soyeuses, des coussins moelleux et un petit quelque chose dans l'air qui serait doux. Doux comme devait l'être la vie de Harriet.

Le boudoir qu'elle découvrit ce jour-là – car c'était bel et bien là et nulle part ailleurs qu'elle s'était rendue sur la pointe des pieds – n'avait finalement que très peu de ressemblances avec la pièce qu'elle s'était construite en rêves.

Et pour cause ! Tous les murs de cette pièce étriquée – puisque se révélant étrangement plus longue que large – étaient tendus d'un rouge écarlate et les meubles, réalisés dans une essence de bois noir, donnaient une élégance vénéneuse à l'ensemble. Sur une console, à l'entrée, Eva reconnut les éventails de son employeuse et eut un instant de ravissement en contemplant un vase majestueux à leurs côtés et dont l'absence de contenu rendait la beauté encore plus flagrante.

Sur le même mur, à quelques pas de là, se trouvaient deux renfoncements distants d'un mètre l'un de l'autre et qui, du sol au plafond, étaient remplis de livres. Eva ignorait que Harriet disposait de sa bibliothèque particulière mais n'avait, à son grand regret, pas une minute pour s'y attarder. Elle aurait pourtant été bien curieuse de savoir quels titres la maîtresse de maison pouvait bien y garder jalousement. Des romans à l'eau de rose au contenu inavouable ?

Le mur du fond, quant à lui troué d'une grande fenêtre, donnait sur la rue et à gauche, une cheminée était encadrée par deux immenses fauteuils à oreilles. À l'extrémité, tout au fond, Eva aperçut une porte qui devait certainement déboucher sur une chambre mais décida de ne pas pousser son exploration aussi loin.

Si la décoration ne manquait ni de charme, ni de détails à examiner, c'était le secrétaire qui l'intéressait et, plus particulièrement, tous les documents et toutes les lettres qu'il était susceptible de contenir. Depuis bien longtemps, la jeune femme avait en effet compris que son employeuse consacrait chaque jour de nombreuses heures à sa correspondance et c'était toujours dans cette pièce qu'elle s'y adonnait. En amoureuse des lettres et de l'art épistolaire, Eva savait que les confidences naissent facilement sous la plume et si Harriet faisait partie de celles qui gardaient des doubles des lettres qu'elles écrivaient, ce joli meuble marqueté pouvait abriter bien des révélations…

Mettant de côté le malaise qu'elle éprouvait à l'idée de profaner l'intimité de son employeuse, Eva ouvrit le secrétaire avec des gestes fébriles et entreprit de passer en revue la correspondance de Harriet. D'emblée, elle sut que ce qu'elle faisait là était mal. Mais, comme victime d'une sorte de transe contre laquelle elle ne pouvait lutter, elle n'aurait pu faire marche arrière et ce, même si elle l'avait voulu. Tout sens commun ne l'avait pas fui pour autant et elle savait qu'elle était perdue si, d'aventure, quelqu'un entrait dans la pièce à ce moment précis. Persistait pourtant, plus forte que tout, cette intuition étrange, cette impression que la réponse à ses questions se trouvait quelque part au milieu de ces enveloppes classées par date. Elle était, de toute manière, allée bien trop loin pour reculer.

Il ne lui fallut pas longtemps avant de comprendre que Mme Gardner écrivait beaucoup à sa famille, découvrant un nombre impressionnant de missives venues des différents membres de la famille Carter.

Effleurant les courriers du bout des doigts, Eva retrouva également la lettre qu'elle avait elle-même écrite quelque temps auparavant, avant sa prise de fonction, et où elle avait entrepris de se présenter à ses employeurs, mais ne trouva pas de trace de celle qu'avait pu, en son temps, écrire Constance.

L'oreille aux aguets, Eva continua son exploration tout en veillant à ne pas déranger l'ordre dans lequel étaient rangés les documents de son employeuse.

Elle ouvrit quelques lettres correspondant à la période précédant la mort de Constance, à la recherche d'une phrase ou même d'une simple mention de la gouvernante, qu'elle soit positive ou non, mais sa lecture, si minutieuse fût-elle, ne lui permit pas de trouver quoi que ce soit susceptible de l'intéresser.

Elle ouvrit finalement une missive d'une certaine Judith Bonneville et découvrit qu'il s'agissait de la personne qui avait envoyé Amélia à Londres. La lettre écrite d'une plume élégante était relativement courte et n'était en réalité qu'une suite de remerciements et de compliments pour l'hôtesse si généreuse qu'était Harriet. Eva pesta intérieurement contre ces mondanités épistolaires, fort bien écrites mais qui ne lui apprendraient évidemment rien de nouveau.

Au moment où elle allait refermer le secrétaire – tenter sa chance était une chose, trop s'attarder en de tels lieux, une autre –, son regard fut happé par une liasse de feuillets qui, contrairement aux autres lettres rangées avec soin, ne comportait aucune enveloppe.

Délicatement, elle attrapa le tout premier d'entre eux et le parcourut d'un œil distrait, convaincue qu'elle y trouverait encore quelques platitudes… Mais ce qu'elle lut la stupéfia tant qu'elle faillit tout laisser échapper sur le sol.

Dans quelle affaire était-elle allée fourrer son nez ?

Cette lettre, tout comme les suivantes, n'était que des messages d'injures. Des lettres anonymes, évidemment. Des lettres affreuses où l'on traitait Mme Gardner de tous les noms et où, plus que tout, on lui enjoignait de tenir son débauché de mari loin des innocentes qui faisaient les frais de sa conduite innommable. Qu'il arriverait un temps où le secret éclaterait pour de bon et qu'alors, les masques tomberaient enfin.

Dix-huit heures sonnèrent soudain et Eva referma le secrétaire au moment même où Mme Gardner entrait dans son boudoir.

23

Sur le coup de la surprise, la jeune femme, qui n'avait guère eut le temps d'intégrer ce qu'elle venait d'apprendre ni d'en tirer la moindre conclusion, se glaça sur place. Le regard inquiet qu'elle coula en direction de son employeuse ne laissa alors que peu de doutes quant à sa culpabilité. La voix de Harriet, plus aiguë que jamais, vint alors briser le silence quasiment palpable de la pièce.

— Mademoiselle Phoenix ?

Plantée à l'entrée de son boudoir, elle avait le rouge aux joues et semblait sincèrement atterrée par le spectacle inédit qu'elle avait sous les yeux. Eva avait quant à elle pris la pâleur d'une morte mais n'en restait pas moins sur le qui-vive : si Mme Gardner ne lui avait pas barré la porte, elle aurait tout bonnement choisi la fuite plutôt qu'une confrontation qui promettait d'être brûlante.

Bien que perdue au milieu de pensées troublées, il lui restait néanmoins assez de sens commun pour remercier la Providence de la chance qu'elle lui avait accordée : à quelques secondes près, elle aurait été surprise le nez dans les lettres de Harriet – des lettres particulièrement compromettantes, s'il en était – et il aurait été alors impossible de faire croire à l'innocence de sa visite.

Remise de sa surprise et visiblement impatiente de comprendre la situation, la propriétaire des lieux reprit :

— Je ne sais que dire, vraiment ! Je suis atterrée de vous voir déambuler ainsi dans mes appartements, comme si vous aviez tous les droits ici ! Qui donc vous a donné l'impression que vous pouviez aller et venir comme bon vous semble dans toutes les pièces de la maison, surtout en mon absence ?

— Madame Gardner, je vous prie de bien vouloir excuser mon erreur, je…

— J'ai cru bien faire en vous attribuant l'une de nos chambres les plus spacieuses mais dois-je comprendre que cela ne vous suffit pas ? continua Harriet, sans sembler vouloir l'écouter. Il vous faut encore empiéter sur les pièces privées des autres ?

— En réalité, je cherchais de l'encre et une nouvelle plume pour écrire à ma mère et je pensais que, peut-être, vous en aviez ici…

Eva s'était exprimée vite et avait déclamé sa réplique d'une traite par peur d'être une nouvelle fois coupée dans son élan mais Harriet, loin d'être convaincue, la toisait à présent avec une condescendance clairement affichée.

— De l'encre et des plumes ? Vraiment ? Dans mon boudoir ? Vous auriez eu plus de chances d'en trouver en cuisine qu'ici.

— Je pensais que…

— Oui ? Que pensiez-vous, mademoiselle Phoenix ?

— Rien, Madame. Je n'ai pas réfléchi, sur l'instant.

— Pourquoi n'êtes-vous pas allée voir Mme Mitchell ?

— Je n'ai pas osé.

— Dois-je vous croire ? Vous n'avez pas osé demander de l'aide à une personne justement disposée à répondre à ce type de question mais vous avez apparemment trouvé assez de courage pour venir ici et, qui plus est, refermer la porte derrière vous afin de mieux dissimuler votre visite aux personnes susceptibles de passer à proximité ?

— Les plumes et l'encre sont à la bibliothèque, mademoiselle Phoenix.

Le cœur d'Eva rata un battement. Cette voix ! Elle aurait reconnu cette voix entre toutes ! C'était celle de M. Carter et, plus que jamais, il arrivait à pic !

Entré à la suite de sa sœur avec l'un de ses chiens dans ses bras, ce dernier n'exprima aucune surprise particulière face à l'incongruité de la situation. De sa voix apaisante, il tenta tout d'abord d'atténuer l'hystérie qui semblait peu à peu prendre possession de sa sœur en détournant son attention sur l'animal, en vain. Cette indignation, Eva la comprenait fort bien, au vu des lettres que la maîtresse de maison conservait dans son secrétaire. Néanmoins, sur l'instant, elle éprouvait plus de gêne à l'idée d'avoir été surprise que d'embarras à l'idée de son crime. La culpabilité viendrait sans doute plus tard, à tête reposée, mais pour l'instant, elle ne souhaitait qu'une chose : quitter la pièce, un projet qui semblait également être celui de son sauveur.

— Laissez-moi vous y conduire dès à présent, mademoiselle. Les choses seront plus simples si je vous montre moi-même où trouver ce dont vous avez tant besoin. Je comprends parfaitement votre empressement et aurais agi de même à votre place. Nous savons tous que les lettres pour les mères n'attendent pas ! Harriet ? Puis-je vous confier mon cher compère pendant ce temps ? Je vais le poser devant la merveilleuse flambée qui a été préparée pour vous. Je sais que vous ne lui en tiendrez pas rigueur, n'est-ce pas ? Les os de ce pauvre chien ne semblent pas aimer l'air humide de la capitale. À moins qu'il ne soit encore plus vieux que ce que je pensais ? Cela m'attristerait.

Bien qu'elle l'ait écouté sans l'interrompre, Harriet dirigea sa colère contre lui dès qu'il eut mis son projet à exécution.

— Théo ! J'ai peur de comprendre ! Vous n'allez tout de même pas laisser ce chien dans mon boudoir ? Vous savez à quel point cette bête m'insupporte ! Non, non, je ne le veux pas ici. Vous n'avez qu'à aller le mettre... Mettez-le dans le couloir ou, mieux encore, descendez-le donc au jardin !

— Vous n'y pensez pas ! Mon fidèle compagnon me suit partout où je vais et je n'ai présentement aucune envie d'aller me promener dans votre jardinet.

— Jardinet ! Vous exagérez Théo. Ce « jardinet », comme vous dites, a quand même été dessiné par l'un des plus grands paysagistes londoniens et il...

Théo éclata d'un rire excessif et totalement déplacé dans un tel contexte.

— Ah, Harriet ! On ne vous changera jamais ! C'est justement ce que je veux dire ! Ce « jardinet » n'a rien à voir avec un vrai jardin et vous le savez. C'est un dessin de jardin. Un jardin de livre d'enfants. N'insistez pas, nous n'irons pas.

D'un geste qu'il pensait discret, Théo fit signe à Eva de se déplacer dans sa direction, invitation à laquelle elle répondit d'un regard et d'un pas de côté. Malheureusement, Harriet intercepta ce petit dialogue muet et y trouva une nouvelle source d'agacement. À n'en point douter, elle n'en avait visiblement pas fini avec elle.

— Vous ! fulmina-t-elle tout en tournant de nouveau le regard vers son employée. Ne pensez pas que vous allez vous en sortir à si bon compte ! Où croyiez-vous aller ainsi ? Il ne me semble pas vous avoir dit que vous pouviez quitter la pièce ! Sachez, mademoiselle Phoenix, que je ne crois pas une seconde à vos excuses et qu'à présent, j'exige de connaître les vraies raisons qui vous ont poussée à venir ici !

— Allons, allons, Harriet…

Se rapprochant de sa sœur, M. Carter s'était soudain fait caressant et lui avait pris la main, comme pour mieux la convaincre de ne pas la lever sur son employée.

— Ne vous énervez pas ainsi, reprit-il tout en lui pressant tendrement les doigts, vous vous brouillez le teint comme disait mère. Et vous savez comme moi qu'elle avait toujours raison ! Mlle Phoenix vous a déjà expliqué la raison de sa présence ! De l'encre et des plumes, n'est-ce pas ?

— Oui, de l'encre et des plumes. Pour mes lettres. Des lettres pour ma mère.

— Vous voyez ? Rien de bien grave en définitive ! Mlle Phoenix a eu l'audace de venir dans cette pièce mais elle ne pensait pas à mal. Elle venait certainement juste d'y pénétrer quand nous sommes arrivés à notre tour. Ai-je tort, mademoiselle ?

— Non, en effet. Je venais juste d'entrer et je m'apprêtais d'ailleurs à revenir sur mes pas, ne voyant pas ce que j'étais venue chercher.

— Ce n'est pas l'impression que vous donniez ! Que cherchiez-vous vraiment ?

D'un pas en avant, Mme Gardner s'était détachée de son frère et semblait décidément prête à livrer bataille.

— Harriet, voyons ! Pourquoi tant de colère ? À vous entendre, on pourrait presque croire que vous avez des choses à cacher ! Si vous êtes à ce point inquiète au sujet de votre correspondance, offrez-vous l'un de ces secrétaires… Vous savez ? Ceux qui sont équipés de compartiments secrets ? Ainsi, vous serez certaine de protéger au mieux votre correspondance.

— Là n'est pas la question… Je n'ai rien à cacher, absolument rien à cacher, répéta-t-elle tout en semblant se calmer un peu. Le regard perçant et inquisiteur, elle n'était plus que raideur et restait là, congestionnée dans sa robe pourpre, ses lèvres fines se serrant encore davantage l'une contre l'autre.

Le rouge éclatant des murs, l'écarlate de cette robe et ces joues enflammées… Tout, dans cette atmosphère enfiévrée, donnait l'impression que la pièce était sur le point de prendre feu et ce fut avec un soulagement extrême qu'Eva se laissa entraîner dans le couloir par Théo.

Quelques mètres à peine les séparaient de la fameuse bibliothèque où Eva pénétra à sa suite.

De belles dimensions, la pièce était malgré tout très sombre à toute heure du jour et, en cela, bien peu accueillante pour ses éventuels visiteurs. Sa décoration d'un autre âge, ses meubles cossus, son silence et son air presque rigide ne la rendaient pas très chaleureuse, voilà pourquoi, malgré son attrait évident pour le contenu de ses rayons, Eva l'avait souvent évitée jusque-là.

Attendant que son sauveur daigne reprendre la parole, la jeune femme détacha son regard de la décoration austère pour mieux se concentrer sur les titres des volumes qui se trouvaient désormais à proximité de ses yeux. Jusqu'alors, elle s'était contentée de feuilleter des livres d'histoire, son domaine favori, mais découvrit avec stupeur que la bibliothèque des Gardner contenait également quelques romans récents. Si, d'aventure, elle devait être enfermée quelque part, ce serait là : avec de quoi lire à l'infini et autant d'opportunités de découvrir des histoires passionnantes.

Théo Carter l'observait certainement depuis un petit moment déjà quand elle se décida finalement à se tourner vers lui. En croisant ses yeux, elle fut une nouvelle fois surprise par la franchise de son regard. Quand elle y plongeait le sien, elle avait l'impression d'avoir accès à l'homme qu'il était vraiment et non pas à une personnalité montée de toutes pièces derrière laquelle il aurait pu se cacher. Contrairement à sa sœur ou même au mari de cette dernière, il se livrait apparemment sans fard, sans faux-fuyant, et ne cherchait pas à perdre son interlocuteur dans une nuée d'illusions.

Mais était-ce vrai ou avait-il tout simplement plus de facilités à mentir et à abuser son prochain ? En son temps, Constance lui avait visiblement fait confiance mais Constance n'était plus là pour expliquer la nature exacte de leur relation à Eva. Si tout en elle la poussait vers cet homme, décidément bien plus sympathique que sa sœur cadette, Eva s'exhorta finalement à plus de prudence et son regard se ferma un peu. S'il eut conscience de cette soudaine froideur, il ne le montra pas et, avec un ricanement qui tenait plutôt de l'enfant polisson que de l'homme mature, il commenta :

— Ma foi, vous l'avez échappé belle !

Loin de partager son amusement, elle se contenta de le remercier platement pour son assistance sans chercher à s'expliquer davantage. Eva comprenait peu à peu que se perdre dans les détails revenait souvent à se perdre tout court. Mieux valait éviter les complications supplémentaires et, surtout, ne pas éveiller ses soupçons.

— Me remercier ? Très bien ! Mais de quoi exactement ?

— Eh bien, de m'avoir permis de sortir du boudoir de Madame. Sans votre intervention, je pense que…

— Que ma sœur vous y aurait enfermée à jamais ?

— J'en ai bien peur.

— Ne vous inquiétez pas, j'aurais fini par m'inquiéter de vous ! Je serais parti à votre recherche dès que j'aurais éprouvé l'envie de discuter avec une personne sensée !

Et il rit de nouveau sous cape. Eva eut alors la confirmation de ce qu'elle suspectait depuis quelques minutes : loin de l'inquiéter outre mesure, toute cette histoire l'amusait profondément. Sans doute devait-il y voir une charmante diversion à la routine quotidienne. Eva aurait aimé s'en amuser également mais son statut de gouvernante, ajouté aux questionnements nés de ses dernières découvertes, l'empêchait évidemment de se laisser aller à de telles émotions. Plus que tout, elle avait également honte, honte d'avoir été surprise dans une activité aussi peu reluisante. Elle n'était ni assez naïve, ni assez confiante pour seulement oser croire que ses excuses avaient été crues. Personne ne pouvait être dupe : vivant chez les Gardner depuis plusieurs semaines, elle savait pertinemment où se trouvait l'encre… Soudain mal à l'aise, elle alla finalement à l'encontre même des résolutions qu'elle venait de prendre et s'abîma dans des explications qui n'avaient comme vocation que de combler le long silence qui s'installait entre eux :

— Je vous prie de croire que j'avais d'excellentes raisons d'être dans le boudoir de votre sœur, insista-t-elle de ce fait. Jamais je n'aurais osé y pénétrer si mon but avait été de satisfaire une basse curiosité.

C'était faux, bien entendu, et en même temps… Sa curiosité n'était pas personnelle, elle n'était pas allée fouiller pour son bien-être personnel ou pour apprendre des choses qui auraient pu lui servir par la suite. Depuis le tout premier jour, elle ne pensait qu'à Constance et toujours à Constance. Elle voulait comprendre et non pas nuire à son employeuse.

— Bien sûr, vous cherchiez… des plumes ! Pour écrire. Des plumes pour écrire à votre mère. J'avais compris.

— Pour tout vous dire, j'étais…

D'un geste, il lui fit signe de se taire :

— Écoutez, ma chère, ne vous sentez pas obligée de me donner des explications si vous ne le souhaitez pas. Je comprends, ne vous inquiétez pas. Je vous avoue que ce vous cherchiez réellement chez ma sœur m'est totalement égal. Ou plutôt non, figurez-vous que vous trouver dans ce boudoir a été le moment le plus agréable d'une journée qui avait été bien morose. De ce fait, les détails de votre expédition m'importent finalement peu, seul compte le résultat et je vous remercie pour cette charmante distraction.

— Puis-je vous demander pourquoi votre journée a été si morose ?

— Oh, ma foi, rien de bien original, éluda-t-il rapidement. Depuis ce matin, je n'ai fait que parler affaires puis j'ai déjeuné à mon club. On y trouve beaucoup d'hommes très vieux et très ennuyants. Je ne vous le conseille pas !

Même si elle l'avait voulu, elle n'aurait pas pu y mettre ne serait-ce qu'un pied… En s'imaginant assise au milieu de ces hommes d'affaires à la moustache conquérante, Eva pouffa mais n'ajouta pas un mot. Étrangement muette face à lui, elle ne savait plus vraiment quoi lui dire alors qu'elle aurait aimé paraître éloquente et intelligente à son côté. Il fallait qu'elle se rende sans tarder à cette triste évidence : le regarder dans les yeux semblait avoir une conséquence plutôt néfaste sur sa capacité à réfléchir. Les résultats d'une telle confrontation étaient indéniables : en sa présence, le cerveau qu'elle pensait avoir entre ses deux oreilles semblait se changer en une masse molle incapable d'aligner deux idées valables. Se détester pour cela n'arrangeait rien à ses affaires, bien au contraire.

Et le silence se prolongea.

Visiblement beaucoup moins perturbé qu'elle, Théo Carter ne semblait pas pressé de reprendre la parole ou, même, de clore leur échange. Il restait là, avec l'air tranquille d'un chat somnolent, le sourire au bord des lèvres, semblant goûter pleinement le moment... À moins qu'il ne se moque d'elle, tout simplement ? À la longue, Eva ne savait plus vraiment... Et ses pensées reprirent alors le chemin qu'elles avaient emprunté un peu plus tôt : fallait-il lui faire confiance ou non ?

De fait, elle sursauta presque en entendant finalement le son de sa voix.

— Mademoiselle Phoenix, avant de refermer le sujet pour toujours, j'aimerais vous dire une chose capitale...

— Laquelle ?

— Figurez-vous que vous me surprenez !

— Vraiment ?

— Vraiment ! Je vous avoue que je ne vous aurais jamais crue capable d'une telle audace ! Vous aviez l'air si sérieuse, si disciplinée, et vous voilà furetant dans ce que ma sœur considère comme son sanctuaire… Oui, vraiment ! Je ne m'y attendais pas !

— Je suis navrée de vous avoir déçu.

— Je n'ai pas dit ça !

Elle garda une nouvelle fois le silence, ne sachant que répondre. Il ne la félicitait quand même pas implicitement d'être allée chez sa sœur ?

— Je vais retourner aux côtés de Harriet, conclut-il finalement, comprenant peut-être qu'elle n'en dirait pas plus. Puis-je vous laisser à présent ?

Elle acquiesça mollement.

Avec une nonchalance désarmante, il prit alors congé. Au moment de sortir de la pièce, il lui lança néanmoins, un sourire en coin :

— Oh, et j'oubliais, Eva ! Les plumes et l'encre sont placées sur la desserte qui se trouve au fond de la pièce, juste à côté de la commode. J'imagine que cette information pourra vous être utile le jour où vous en aurez vraiment besoin ! Du moins, si vous ne le saviez pas déjà !

La fin de la journée se passa dans une atmosphère étrange. Après avoir été laissée par Théo, Eva était revenue en salle de classe avec ses élèves mais, au lieu de passer à la séance de piano prévue, elle leur avait laissé quartier libre, n'ayant pas le cœur à se plonger dans le bruit et les négociations sans fin qui ne manqueraient pas d'avoir lieu face à l'instrument.

Absorbée dans des travaux de couture que, l'esprit coupable, elle s'était finalement décidée à entamer, elle écoutait les enfants jouer tout en tendant l'oreille. Plus encore qu'à l'accoutumée, elle angoissait à l'idée d'entendre les pas de Harriet Gardner dans le couloir et aurait tout donné pour éviter une nouvelle confrontation ce même soir. Non, elle n'était absolument pas prête à affronter sa fureur. Le lendemain, et les combats qui iraient forcément de pair, arriveraient bien assez tôt à son goût. Peut-être parviendrait-elle alors à faire bonne figure mais pour le moment, elle était encore trop mortifiée par la scène du boudoir. Après un rapide repas avec ses élèves, elle rejoignit sa chambre avec un soulagement non feint. Devant elle s'étirait une longue soirée de tranquillité, sans heurt et sans surprise. Une soirée idéale pour se reposer et retrouver un semblant de sérénité.

Du moins l'avait-elle espéré…

À peine avait-elle mis les pieds dans son petit espace de liberté qu'elle remarqua un élément inhabituel dans le paysage de sa chambre et, plus précisément, sur son lit.

Un simple mot l'y attendait. Un message tracé avec application. Un commentaire qui disait :

La curiosité n'est pas forcément un vilain défaut.

D'un bond, Eva se leva du lit où elle s'était laissé tomber et alla fermer le verrou.

24

Tous ces questionnements et toutes ces recherches furent néanmoins mis de côté à l'approche des vacances de Noël. Refroidie par sa dernière mésaventure et par le message qu'elle avait trouvé dans sa chambre – elle ignorait qui en était l'auteur –, Eva ne fit plus aucune incursion hors des pièces qui lui étaient ouvertes et n'osa plus poser la moindre question à quiconque.

Si, contrairement à bien des employeurs, les Gardner n'étaient pas réputés pour être avares en congés, pour Eva, l'arrivée des vacances de Noël n'était pas synonyme de détente pour autant et c'était avec des regrets dont l'emphase était quelque peu exagérée qu'elle avait annoncé à sa mère ne pas pouvoir la rejoindre pour les fêtes. La légère peine qu'elle éprouvait à cette idée allait néanmoins de pair avec un certain soulagement : rester chez les Gardner serait finalement moins douloureux que se retrouver non pas chez elle, mais chez sa tante et, surtout, sans son père. Son égoïsme bien dissimulé derrière ses obligations d'employée, elle put alors se consacrer pleinement à ses tâches du moment.

Si, pendant quelques jours, elle avait réussi à éviter Mme Gardner avec brio – à moins que ce ne soit finalement cette dernière qui ait fait en sorte de ne pas croiser son chemin –, elle n'avait pu faire demi-tour ce matin-là quand, montant l'escalier, elle avait vu Théo Carter les descendre à toutes jambes. Un crayon derrière l'oreille et l'air soucieux de ceux qui ont la tête dans de grands projets, il s'était vaguement expliqué sur les grands rouleaux qu'il tenait sous le bras :

— Ce sont des plans. Des plans pour *Carter Park*. Je sens qu'il est temps d'ajouter des dépendances un peu plus modernes à cette vieille maison familiale. Eh oui, mademoiselle Phoenix, même les vieux célibataires comme moi doivent bien faire un peu de place au progrès !

— Vous ne semblez pas vieux du tout, commenta-t-elle alors, cherchant à se rendre agréable. Personne ne pourrait dire que vous êtes l'aîné en vous voyant aux côtés de Mme Gardner, finit-elle par ajouter, sans vraiment réfléchir à la portée de sa déclaration.

Il eut alors un grand rire franc et Eva se surprit à lui sourire en retour.

— Que dirait ma chère sœur si elle entendait cette conversation ? Elle qui est persuadée de faire plus jeune que son âge véritable, elle serait certainement vexée. Sûr et certain que vous n'auriez plus une journée de libre de sitôt à cause de cet affront !

Le sang quitta le visage d'Eva qui se pétrifia à l'idée d'aggraver son cas aux yeux de Mme Gardner. Chaque fois qu'elle croisait Théo Carter, elle avait tendance à oublier qu'il était le frère de cette dernière et qu'à ce titre, elle devait éviter les conversations trop familières, soit exactement le type de discussion qu'elle venait de lancer avec sa remarque inutile.

— Grands dieux, Eva, ne prenez pas tout au pied de la lettre ! Je plaisante, bien entendu, et je vous remercie du compliment ! la rassura-t-il immédiatement, se frappant légèrement le front du plat de la main. Bien souvent, en voyant Harriet, j'ai l'impression de voir ma propre mère, alors je suis pleinement satisfait de paraître plus jeune qu'elle !

Et partant de nouveau d'un grand rire, il ajouta :

— Après tout, j'ai toujours été l'enfant de la famille selon ses dires ! Il faut bien que ce statut ait quelques avantages !

Puis, redevenant subitement sérieux, il s'accouda à la rambarde de l'escalier et, à sa manière si brusque, demanda :

— Mais dites-moi, mademoiselle Phoenix, comment allez-vous depuis l'autre jour ? Vous êtes-vous remise de vos aventures en terres interdites ?

Un rayon de soleil égaré vint jouer dans ses cheveux et y jeta des reflets presque acajou. Un instant, l'œil d'Eva se laissa attirer par cette nuance inattendue, si bien qu'elle eut l'impression d'avoir laissé passer trop de temps avant que sa réponse ne fuse.

— Je vais parfaitement bien.

Fronçant les sourcils – la réponse ne le satisfaisant visiblement pas –, il descendit les trois marches qui les séparaient depuis le début de leur conversation et s'enquit soudain :

— Avez-vous tout ce qu'il vous faut ? Êtes-vous bien installée ici ? Êtes-vous vraiment heureuse parmi nous ?

Incapable de rester impassible devant une question si étonnante, la jeune femme sentit ses sourcils se froncer.

Heureuse ? Elle ne l'était assurément pas, trop préoccupée par des questions qui ne cessaient de se succéder dans son esprit, trop inquiète du lendemain, trop perturbée encore par sa nouvelle vie pour se sentir véritablement sereine et à sa place. Depuis son arrivée, elle avait souvent éprouvé l'envie de s'affirmer dans son nouveau rôle mais sa volonté flanchait en fonction des jours et elle se laissait souvent aller à un auto-apitoiement qui, s'il se révélait souvent bien confortable, n'en était pas moins déprimant. À son grand désarroi, elle avait également découvert que plus elle avançait, moins elle se sentait à l'aise et en sécurité dans une maison qui lui devenait de plus en plus hostile. Et cela se ressentait de plus en plus dans son sommeil et dans son humeur. Mais bien sûr, il était hors de question qu'elle passe pour une petite pleurnicharde aux yeux de Théo Carter !

— Tout va très bien, je vous assure ! Je n'ai pas à me plaindre.

— J'en suis ravi mais cela ne répond pas à ma question pour autant.

— Pourtant, il me semble bien que si.

— Je ne vous ai pas demandé si vous aviez à vous plaindre, je vous ai demandé si vous étiez heureuse, ici.

Le voir plisser les yeux de manière à mieux analyser sa physionomie termina de l'inquiéter et elle eut envie de fuir, de monter les escaliers en courant comme une enfant, de claquer la porte de sa chambre et de se jeter sur son lit jusqu'à ce que le sommeil l'emporte pendant quelques heures de répit. Soudain, une amertume terrible sembla venir prendre possession de son corps entier, si bien qu'elle ne put répondre à Théo avec la douceur dont elle s'était crue capable, un peu plus tôt :

— Et si je vous disais ce qui me préoccupe vraiment et ce qui me rend malheureuse au quotidien, pourriez-vous faire quelque chose pour moi ? Je crains bien que non…

— Ça, c'est à moi d'en juger, ne croyez-vous pas ? Alors, je vous écoute.

Ils s'affrontèrent du regard. Eva, regrettant d'en avoir trop dit, cherchait par tous les moyens une manière de botter en touche et d'orienter la conversation sur un sujet moins glissant. Quant à Théo Carter, il semblait prêt à tout entendre mais encore une fois, pouvait-elle lui faire confiance ?

— Ma sœur est-elle trop dure avec vous ? À moins que vos préoccupations ne soient toujours en lien avec votre amie, n'est-ce pas ? Vous étiez sans nul doute venue ici avec des questions et j'imagine que vous n'avez trouvé aucune réponse qui vous satisfasse.

— En réalité, il n'y a sans doute rien à trouver..., murmura Eva.

— Vraiment ? Alors pourquoi y a-t-il tant de déception et de tristesse en vous ?

— Je m'étais imaginé des choses mais nul ne veut m'en parler, ici.

— Voilà pourquoi vous en êtes réduite à chercher des choses par vous-même ?

— Je...

Théo Carter secoua la tête, l'air sombre.

— Je sais que vous n'avez pas accepté la mort de Mlle Pitt et je ne peux que le comprendre. Cependant, vous faites erreur en pensant que ma famille y est pour quelque chose. Il y a eu une enquête, mademoiselle Phoenix, tout a été éclairci et...

— Votre argent et votre réputation ne vous protègent pas de tout.

Eva voulut porter sa main à sa bouche, surprise elle-même par la virulence de sa réplique, mais c'était trop tard. Elle sut qu'elle l'avait touché au moment même où elle vit s'éteindre la lueur qui éclairait habituellement son regard.

— Je crains de ne pas comprendre où vous souhaitez en venir… Vous êtes certainement fatiguée, mademoiselle Phoenix. Aussi, ne vous tiendrai-je pas rigueur de…

Elle jugea son regard froid et son ton si condescendant qu'elle ne put se taire ainsi qu'elle avait espéré pouvoir le faire.

— Où je veux en venir ? Vraiment ? Eh bien, c'est plutôt simple ! Depuis que je suis arrivée, nul ici ne souhaite répondre à mes questions sur Constance. Soit on balaie le sujet d'un revers de la main, soit on me dit que cela porte malheur d'en parler. J'ai beau n'être qu'une petite provinciale qui ne connaît rien à rien, je trouve cela plutôt étrange…

— Croyez-vous ? Si cruel cela soit-il à entendre, la mort de la gouvernante d'Ophélie et de Victoria n'a pas forcément eu d'impact sur des personnes qui la connaissaient depuis seulement quelques mois. Le fait de ne plus vouloir revenir sur cet épisode douloureux me semble parfaitement compréhensible.

— Peut-être. Je suis capable de faire la différence entre mes sentiments et ceux d'autrui. Mais dans ce cas, pourquoi ne pas répondre à mes questions une bonne fois pour toutes ? Je ne serai pas revenue éternellement sur le sujet si on avait daigné m'aider dès le départ. Pour tout vous dire, seule une personne semble désireuse de communiquer avec moi, monsieur Carter. Et vous savez le meilleur dans l'histoire ? Je ne connais même pas son identité. On a déposé un carnet dans ma chambre, vous rendez-vous compte ? Mais il y a également eu un message. Est-ce vous ? Est-ce vous qui laissez de telles informations sur mon lit ?

— Moi ?

Il eut l'air si profondément choqué qu'elle fut certaine qu'il était innocent.

— Je n'ai jamais rien déposé dans votre chambre, mademoiselle Phoenix, et je suis surpris, oh oui, tristement surpris, que vous ayez pu penser une telle chose de moi.

— Qui, alors ?

— Qui ? À mon humble avis, quelqu'un qui s'amuse de vous. Le fait que vous posiez des questions délicates n'a échappé à personne, mademoiselle. Ici, les nouvelles vont encore plus vite que ce que vous pourriez imaginer. Autant vous le dire… C'est aussi pour cela que ma sœur a particulièrement mal vécu votre incursion de l'autre jour. On commence à se méfier de vous, on vous épie. Vous devriez faire très attention.

— C'est une menace ?

— Non, c'est un conseil.

Ils échangèrent un nouveau regard, plus glacial que jamais cette fois, avant qu'il ne poursuive finalement sa route sans même lui souhaiter une bonne journée.

Elle le regarda descendre avec une colère sourde au fond du cœur mais une colère mêlée à la tristesse d'avoir sans aucun doute perdu l'estime d'une personne qu'elle appréciait encore plus qu'elle n'aurait voulu l'admettre. Et pour cela, elle ne pouvait blâmer personne, sinon elle-même.

25

C'est dans ce triste contexte que le grand soir était enfin arrivé.

Sans être une jeune femme négligée pour autant, Eva n'avait jamais accordé une grande attention à sa toilette et bien souvent, quelques minutes lui suffisaient pour se préparer le matin. Si on n'attendait généralement pas d'une gouvernante qu'elle fût élégante, même un soir comme celui-là, la jeune femme apporta malgré cela un soin tout particulier à sa coiffure, tressant avec habileté ses épaisses mèches auburn. Une broche sur sa robe, un peigne délicatement ouvragé planté dans sa chevelure, et elle était prête.

Ce soir, son rôle serait délicat à tenir car elle devrait être présente tout en sachant se faire discrète.

En tant que gouvernante, elle aurait le droit de profiter pleinement des festivités, bien que cela ne soit pas au même titre que les autres convives qui, eux, n'auraient évidemment pas à surveiller d'élèves, ni même à les installer au moment de leur numéro de chant.

Victoria et Ophélie étaient, comme elle s'y était attendue, dans un état d'excitation extrême. Les joues rouges et déjà un peu décoiffée, la plus jeune sautillait frénétiquement sur place quand Eva fit son entrée dans la salle de classe. Les yeux de Victoria brillaient eux aussi d'un éclat enfantin mais, plus âgée et déjà consciente de son apparence, elle n'osait bouger un cil de peur d'abîmer sa magnifique robe rose pastel ou de déranger l'ordre de ses boucles blondes. Ainsi figée, elle avait tout d'une poupée de porcelaine et Eva dut faire de grands efforts pour garder son sérieux tant elle lui sembla comique dans son accoutrement de grande dame.

Il était encore tôt quand elles descendirent toutes trois les escaliers afin de se rendre dans la salle de réception. Eva n'y avait encore jamais mis les pieds et ce soir-là, elle découvrit avec intérêt une pièce immense et richement meublée.

Aménagée au premier étage de la maison, elle avait toujours été réservée aux plus grandes soirées organisées par la famille et si, en règle générale, les Gardner recevaient dans leur salle à manger, déjà suffisamment vaste pour accueillir une grande assemblée, la soirée du Nouvel An méritait plus de faste et, certainement, tout l'espace que leur offrait cette pièce.

Tournant la tête en tous sens, la jeune femme fut émerveillée par l'alliance d'or et de bleu roi qui couvrait les murs et s'étendait jusqu'aux rideaux dont les couleurs assorties chatoyaient elles aussi. Le long des murs, de grandes tables avaient déjà été dressées pour le buffet. Elles étaient encore presque vides mais dans quelques minutes à peine, leurs nappes immaculées disparaîtraient sous les mets les plus fins et les convives s'y presseraient certainement, avides de goûter à toutes ces douceurs.

Sur les murs s'alignaient également de grands miroirs aux cadres dorés, et dans le fond, Eva aperçut une alcôve qui invitait à la paresse avec ses sofas confortables et ses coussins moelleux.

Quand elle leva le nez au plafond, ce fut cette fois pour admirer les scènes bucoliques qui y avaient été peintes bien qu'à la simple lueur des bougies, elle eut bien du mal à en identifier les différents personnages.

Profitant de son instant d'inattention, ses jeunes élèves lui avaient échappé et se promenaient déjà entre les domestiques qui terminaient l'installation des tables. Elle s'apprêtait à les rappeler immédiatement puis décida finalement de leur accorder ces quelques minutes de liberté. Il faudrait bien assez tôt les rappeler à l'ordre et leur demander de se montrer sages et raisonnables.

Pendant ce temps, laissée face à elle-même, Eva oscillait plus que jamais entre excitation et appréhension. Elle avait toujours apprécié les événements qui la sortaient un peu de son ordinaire et n'avait jamais participé à une soirée aussi luxueuse, ce qui la mettait évidemment dans une agitation heureuse. D'un autre côté, elle avait peur de se sentir quelque peu déplacée au milieu de tous ces gens avec qui elle n'avait pas le moindre point commun. Tout, en elle, lui hurlait qu'elle n'avait rien à faire en un tel lieu. Cependant, elle était désormais assez au fait des choses et savait qu'elle n'avait aucune raison de s'en faire : il n'y avait guère de chances pour qu'elle soit au centre de l'attention générale, bien au contraire. Aux yeux de la plupart, elle aurait encore moins d'importance qu'un lustre ou qu'un fauteuil brodé.

Ils arrivèrent tous ensemble. Du moins, ce fut son impression première.

La salle de réception, encore vide quelques secondes plus tôt, se remplit subitement d'une vague de convives. Eva fut bientôt entourée par des nuées de dames aux plus beaux atours tandis que ces messieurs, plus discrets, s'étaient déjà réunis du côté des tables pour parler chevaux, finances et, à condition de se trouver à distance respectable de leurs épouses, femmes.

Eva échangea quelques mots rapides et polis avec une ou deux dames, déjà rencontrées dans le salon des Gardner, mais se retrouva vite seule au milieu de la foule. De loin, elle vit Victoria et Ophélie qui étaient en grande conversation avec une dame à l'opulente poitrine et, de côté, Mme Gardner qui riait derrière son éventail, visiblement très amusée par la répartie d'un jeune homme aux favoris roux. De là où elle était, Eva ne réussit pas à voir où était le maître des lieux mais son regard s'arrêta tout net sur Théo Carter qui avait lui aussi fait son apparition à l'entrée de la pièce.

Elle sut qu'il l'avait vue avant même qu'elle ne pose les yeux sur lui et, alors qu'il s'approchait, Eva lut, ou bien crut lire, une lueur particulière dans son regard, l'éclat d'une tendre admiration qui disparut pourtant si vite qu'elle pensa l'avoir imaginé. Et quand, au lieu de venir la voir comme il l'aurait habituellement fait, il se contenta d'un rapide hochement de tête à son égard, elle comprit quelle erreur elle avait faite un jour plus tôt, en sous-entendant le pire et en attaquant sa famille de manière directe.

Le cœur serré, elle le vit partir en direction d'un groupe d'hommes pour être finalement arrêté en route par Amélia Lewis dont la beauté était particulièrement impressionnante. Sans doute avait-elle passé de longues heures à perfectionner chaque détail de sa mise mais plus que ses atours, c'était son attitude tout entière qui était séduisante. Elle avait ce petit quelque chose de charmeur qui, à coup sûr, ferait se retourner tous les hommes sur son passage. Quant à ceux qui n'oseraient pas avoir un comportement aussi ouvertement intéressé, sûr qu'ils la suivraient malgré tout du regard.

Eva l'observa de loin, légèrement envieuse. Elle semblait si à son aise, si vive, si délicate qu'elle eut, en comparaison, l'impression d'être déjà vieille et sans attraits aucun. Elles ne venaient pas du même monde, certes, mais le gouffre entre elles n'était pas seulement dû à leurs conditions sociales respectives. La différence était plus profonde encore. Amélia était tout ce qu'elle n'était pas. Elle était légère, drôle, spirituelle. Un doux esprit, du moins en apparence, dans un corps fin et souple comme un roseau. De plus, elle avait certainement une dot particulièrement généreuse, un détail qui ne passait généralement pas inaperçu chez les candidats au mariage et qui participait sans nul doute à l'attrait qu'elle pouvait avoir pour les hommes.

Comment une gouvernante désargentée, peu habile en société et habillée simplement pouvait-elle lutter contre tant de qualités ? Qui se souciait de la beauté de son regard, de la douceur de ses traits, de sa culture et de son intelligence ? Froides comme un vent d'hiver, ces pensées amères vinrent éteindre l'éclat des yeux d'Eva et soufflèrent doucement sur son cœur embrasé. Si, d'aventure, elle avait osé imaginer avoir retenu l'attention de Théo Carter, son audace était morte de sa belle mort, ce soir. Elle n'était rien ni personne.

Elle se détourna brusquement, désireuse de quitter le centre de la pièce pour retrouver le calme d'un recoin où elle serait, pensa-t-elle, beaucoup plus à sa place.

Alors qu'elle fendait la foule de convives sans regarder où elle mettait les pieds, Eva faillit heurter Harriet Gardner de plein fouet. Elle était elle aussi magnifique dans sa robe de soie bleu nuit dont le large décolleté laissait apparaître la blancheur de ses épaules rondes. Ce soir, elle était si belle qu'elle aurait parfaitement pu faire de l'ombre aux jeunes femmes les plus séduisantes de l'assemblée si une certaine dureté dans son regard n'avait refroidi quiconque aurait eu envie de s'approcher d'elle. Car cette féminité exacerbée et ces atouts indéniables ne trompaient personne : soirée du Nouvel An ou non, mieux valait ne pas contrarier Mme Gardner et se tenir à une distance respectueuse.

Avec un signe autoritaire, elle arrêta Eva dans sa course avec un « Où sont mes filles ? » derrière lequel pointaient déjà des reproches. Déçue par elle-même, irritée par la foule bruyante, vexée par la froideur de Théo, Eva releva alors la tête avec une agressivité clairement affichée sur le visage, une attitude inattendue qui choqua visiblement son employeuse.

À cet instant précis, et même si c'était précisément la tâche qu'elle devait assumer, la jeune femme n'avait guère envie de s'occuper des demoiselles Gardner. Pire encore : elles pouvaient être au salon, dans leur chambre ou en train de chaparder on ne savait quoi en cuisine, elle n'en avait que faire.

— Je vous prie de répondre, mademoiselle ! Où sont-elles ?

Alors qu'elle cherchait ses mots, Eva remercia mentalement la bonne étoile qui semblait veiller sur elle car Ophélie et Victoria venaient justement de rentrer dans son champ de vision.

— Vos filles sont juste derrière vous, Madame, voyez ! Puis-je vous aider en quoi que ce soit ? Voulez-vous que j'aille les chercher ?

— Je voulais savoir si vous étiez prêtes pour votre tour de chant.

— Bien entendu, Madame. Est-ce pour maintenant ?

— Non, non. Je tenais juste à m'assurer que vous étiez dans les parages. Je ne voudrais pas être obligée de vous courir après le moment venu. Gardez un œil sur elles, je vous prie.

Après un dernier regard à la gouvernante, elle continua son chemin, majestueuse. Eva se demanda quel genre de pensées pouvait bien habiter son esprit à ce moment précis. Était-elle inquiète de voir la soirée se passer à la perfection ? Était-elle sereine, dans son élément ou, au contraire, organisait-elle cet événement plus par obligation que par réel plaisir ? Imaginer qu'une femme aussi ferme et intransigeante que Harriet Gardner puisse être écrasée sous le poids des traditions semblait presque impossible et pourtant, pourtant… Sous cette autorité se cachait certainement une femme avec ses faiblesses et ses incertitudes. Ses tourments, aussi.

Eva se repassa mentalement toutes les formules insultantes que Harriet conservait malgré tout parmi le reste de son courrier. Avait-elle une idée de leur auteur ? La jeune femme se demanda comment il était possible de parader ainsi tout en étant au cœur de telles horreurs.

Deux longues heures passèrent encore avant que la foule des convives, rassasiée et pleine d'entrain, accepte enfin de se diriger du côté du piano.

Quelques minutes plus tôt, Eva s'était affairée autour de l'instrument avec ses élèves, vérifiant la oiffure de l'une, nettoyant à la va-vite le visage de l'autre et s'amusant gentiment de leurs appréhensions. Dans leur angoisse, les deux musiciennes n'étaient que plus mignonnes et plus vulnérables, conditions idéales pour leur apporter l'affection qu'elles auraient peut-être rejetée en temps normal. Soudain rasséré-née à leur contact, Eva leur distribua maintes caresses et maints encouragements, tentant de leur démontrer à quel point il était inutile de s'inquiéter pour une simple représentation musicale.

Elle était en train d'arranger les jupes de la jeune pianiste quand, passant devant le halo de lumière, une ombre masculine vint assombrir les touches blanches et noires.

— Je suis venu encourager mes deux petites chipies !

Théo Carter. Évidemment.

Il occupait ses pensées depuis des heures et au moment où elle avait presque réussi à l'en écarter, au moins pour un temps, il réapparaissait subitement dans son champ de vision.

S'agenouillant de manière à se mettre à leur niveau, il félicita à l'avance ses deux nièces pour le joli moment qu'elles allaient leur offrir et les rassura quant à l'issue de la représentation :

— Ce sera forcément un succès ! Je suis certain que vous avez reçu les meilleurs conseils et maintenant, c'est à vous de donner le meilleur de vous-même !

Puis il posa les yeux sur Eva sans ajouter un mot, si bien que, comme à l'accoutumée, elle ne dit rien non plus.

Toujours présentes à leurs côtés, Victoria et Ophélie levèrent la tête vers eux, tentant visiblement de comprendre la conversation muette qui liait les deux adultes qui les surplombaient. Au grand soulagement de la gouvernante qui n'en pouvait plus de cette drôle de tension, Harriet Gardner, toute gonflée de sa soudaine importance, appelait ses convives à plus de silence et les remercia, à cette occasion, de leur présence :

— L'année a été longue et, comme vous le savez, particulièrement difficile pour nous. Heureusement, les épreuves de l'existence sont toujours adoucies par le souvenir de moments tels que celui-ci. Je vous suis donc à tous très reconnaissante d'avoir bien voulu répondre à notre invitation et c'est un réel plaisir de tous vous revoir en cette fin d'année. Mon mari et moi-même espérons que le plaisir est partagé !

À ces mots, elle fit un petit geste en direction de Samuel Gardner qui, apparemment peu désireux de prendre part au discours, n'avait pas bougé de son point d'observation. S'il ne lui rendit pas le sourire radieux, bien qu'un peu forcé, qu'elle lui adressa alors, il hocha la tête et, avec un demi-tour sur lui-même, toisa l'ensemble de l'assemblée.

— Avant l'arrivée du dessert, reprit sa femme, j'aimerais vous proposer un petit tour de chant et comme vous le voyez, ce sont mes chères filles qui vous l'offriront ce soir. Alors si vous le voulez bien, à présent, écoutons-les !

Son sourire toujours figé aux lèvres, Mme Gardner regardait ses filles droit dans les yeux, leur intimant de commencer immédiatement leur chant. Néanmoins, elle se rendit rapidement compte que ce n'était pas son regard à elle qu'elles cherchaient mais bien celui d'Eva. Ce qu'elle prit comme un affront à sa propre autorité n'était finalement qu'une simple habitude scolaire : c'était toujours la gouvernante qui donnait le départ lors de leurs répétitions et ce serait encore elle qui leur ferait signe de commencer ce soir-là.

Concentrées comme jamais elles ne l'avaient été, Ophélie et Victoria furent parfaites. En vraies petites musiciennes, elles ravirent tous les invités et ce fut avec une grande fierté qu'Eva les vit se pendre à ses jupes dès que les applaudissements eurent cessé. Encore intimidées et à la fois exaltées par leur prestation, elles voulaient ses félicitations plus que toutes autres. Eva avait bien remarqué une fausse note en cours de morceau et Ophélie avait inversé deux mots dans les paroles mais qu'importait la perfection après tout : Harriet Gardner semblait particulièrement satisfaite par la représentation de ses filles et c'était tout ce qui comptait pour l'instant.

La soirée reprit son cours et avec elle, la valse des invités. Théo Carter restait introuvable et Eva, qui le cherchait du regard sans même s'en apercevoir, commençait à franchement trouver le temps long. Elle avait eu le bonheur de voir Tom l'espace de quelques instants mais ce dernier, une fois sa tâche accomplie, s'était bien vite retranché en cuisine où l'ambiance était, selon ses dires, complètement survoltée.

— J'ai peur que Mme Roberts finisse par imploser entre deux casseroles, tellement elle est rouge, mais à part son teint inquiétant, elle est de la meilleure humeur, croyez-moi !

Eva avait souri en imaginant son amie aux quatre cents coups. En haut, l'heure était aux réjouissances et aux rires mais elle savait bien qu'en bas, un véritable combat contre la montre était engagé. Puis, Tom avait de nouveau disparu et encore une fois, Eva se retrouvait totalement seule. Épuisée par le bruit, la multitude de visages inconnus et par l'obligation de garder la contenance froide et sévère qu'on attendait d'une gouvernante, elle ressentit soudainement une grande fatigue associée à un pressant besoin de s'isoler.

Un temps, elle pensa à descendre en cuisine où elle retrouverait des visages amis. Là-bas, elle pourrait se détendre et, peut-être, soulager la tension de ses épaules en dégustant une tasse de thé. Elle rejeta pourtant bien vite cette idée, devinant qu'au milieu du ballet des assiettes et des plats, sa présence serait avant tout une source de gêne pour les domestiques. Malgré sa lassitude, elle ne tenait absolument pas à être dans les pattes de Mme Roberts lorsque cette dernière se déciderait à mettre la dernière touche à la pyramide des desserts !

Un peu languissante, elle s'éloigna de l'entrée et traversa la salle en évitant, tant bien que mal, les groupes d'invités qui discutaient avec passion de sujets insignifiants. La réalité était absolument conforme à ce qu'elle s'était imaginé en début de soirée : à quelques exceptions près, et elles étaient rares, sa présence passait absolument inaperçue. Être invisible n'était pourtant plus vraiment un regret : quand on est transparente, on peut outrageusement observer le reste du monde sans crainte de se faire remarquer. Et dévisager, examiner, épier… Eva ne s'en était jamais privée.

Partout, à perte de vue dans la salle, elle voyait de la soie, du taffetas, de la dentelle. Elle admirait les jeunes femmes qui arboraient de délicieuses robes en satin jaune pâle ou en rose tendre. Elle contemplait avec attention leurs aînées, altières et sophistiquées dans leurs robes aux teintes plus sombres, rivalisant de féminité, ensorcelant quiconque les approchait.

Eva observait mais son œil inexercé se laissait abuser par ce déluge de rubans, de volants, de tissus savamment plissés. Elle les trouvait toutes exquises, à leur manière. Qu'importe si derrière ces fards, les peaux étaient sans éclat. Qu'importe si ces prodigieuses avalanches de boucles n'étaient dues qu'à des poignées et des poignées de faux cheveux. Qu'importe si sous ces corsets, les poitrines étaient plates et les hanches sans formes. Eva ne voyait aucun artifice et se laissait séduire par le spectacle, se sentant d'autant plus humble et insignifiante dans sa robe gris perle d'une triste simplicité.

Sans s'en rendre compte, elle se trouvait désormais tout au fond de la pièce, là où l'air était moins lourd et la foule un peu moins dense. Surprise par ce calme relatif, elle coula alors un regard entre les rideaux qui, à moitié tirés sur la vaste alcôve, cachaient en partie les deux femmes qui conversaient à l'intérieur. Eva aurait tout donné pour pouvoir prendre leur place et s'y blottir à l'abri des regards mais les deux bavardes qui caquetaient comme des oies ne semblaient absolument pas prêtes à quitter les lieux, bien au contraire !

Souhaitant malgré tout profiter de ce petit moment de détente, Eva osa s'installer sur l'un des fauteuils qui avait été abandonné à deux pas de ladite alcôve. Pendant quelques secondes, elle se laissa aller contre le dossier et se retint de soupirer d'aise tant elle avait besoin de repos. Ses pieds, qui s'étaient faits douloureux, semblaient tout particulièrement apprécier cette pause et lui rappelaient à quel point la journée avait été longue entre les leçons puis les inévitables petits services qu'elle avait rendus pour prêter main-forte, sans parler de la soirée durant laquelle elle ne s'était pas assise une minute.

Inquiète de ne plus avoir le courage de se relever si elle restait trop longtemps assise, Eva allait se remettre debout lorsqu'elle entendit le nom de Constance dans la bouche des commères qui se trouvaient de l'autre côté du tissu épais.

Jusque-là, elle s'était contentée de les ignorer et n'avait, à vrai dire, même pas pensé à tendre l'oreille pour entendre leur conversation. Elle se doutait bien de ce dont il devait être question, là derrière : principalement des commérages et des médisances. Mais c'était autre chose, que d'entendre prononcer le nom de son amie… Après un instant de stupeur, elle en était quasi certaine, ces deux femmes avaient bien parlé d'une certaine Mlle Pitt et le doute n'était pas permis.

Après un gloussement à peine contenu, l'une d'elles reprit la parole :

— Je plains Harriet. Oh oui, je la plains ! Quel dommage d'avoir été mariée à un homme tel que lui…

— Ma chère, vous êtes trop bonne ! Harriet n'est pas le moineau innocent que vous sous-entendez.

— Oh, Elisabeth ! Insinuez-vous qu'elle a pris part à ces… Ces… Enfin, vous voyez ? Ces histoires ?

— Mais non ! Bien sûr que non ! Jamais une femme de sa condition ne se rendrait coupable de tels crimes ! Mais vous voulez savoir ce que j'en pense ? Je crois qu'elle ne l'en a pas moins protégé. Du moins, c'est ce que l'on dit.

— Mme White pense qu'au contraire, Harriet ne sait rien. C'est d'ailleurs l'opinion partagée par la plupart d'entre nous et…

— Balivernes ! Comment pourrait-elle ignorer ce que nous savons tous ?

— Ma foi… Peut-être parce que ce sont toujours ceux qui sont les plus concernés par une affaire qui apprennent tout en dernier ?

— Mmm… Peut-être. Ou alors, elle a choisi de fermer les yeux, ce qui est, à mon sens, un signe de lâcheté.

— Ou la preuve d'un certain bon sens car, dites-moi, que pourrait-elle faire d'autre ? Elle est impuissante. Il a toujours été ainsi et ce, même avant leur mariage, si j'en crois les paroles de certaines.

— Assurément. Cela n'est pas nouveau.

— À sa place, je ne sais pas comment j'aurais réagi. Et vous ?

— Moi ? Je n'ai jamais eu à me poser ce genre de question. Dieu merci, j'ai eu la chance d'avoir un mari aussi séduisant que moral. Qu'il repose en paix !

— À mon sens, il n'y a rien à faire, poursuivit la première. Non, rien à faire. Si ce n'est se montrer discrète, ainsi qu'elle l'a fait depuis le début. Si elle sait tout, ne serait-ce qu'une infime chose, j'imagine qu'elle a dû penser que cela lui passerait, que son mari vieillirait et qu'il…

Son interlocutrice ricana, visiblement fort amusée par cette idée.

— Si vous dites vrai, quelle naïveté de sa part ! Cela ne lui passera jamais. Avez-vous appris ?

— Dites-moi ?

— Le mois dernier encore, il paraît qu'il s'est montré étrangement insistant avec la fille d'Emilia.

— La fille d'Emilia Smith ? Mais elle a tout juste quinze ans !

— Pensez-vous que cela l'arrête ? Bien au contraire ! Il les aime jeunes ! J'ai entendu dire que son comportement était particulièrement gênant et que la soirée a tourné court.

Il y eut un moment de silence puis l'une des femmes, visiblement la plus jeune, relança la conversation sur un ton conspirateur :

— Mais cette gouvernante… Elle n'était pas si jeune, n'est-ce pas ?

— En effet. Mais peut-être n'avait-il rien d'autre sous la main ? On m'a dit que leur intendante veille au grain désormais et choisit son personnel selon des critères très précis.

La suite ne fut qu'une série de questionnements sibyllins, accompagnés de couinements réprobateurs qu'Eva aurait jugés agaçants si elle n'avait pas été aussi choquée.

— Et pensez-vous qu'il soit allé jusqu'à…

— Oh ! Vous pensez vraiment qu'il l'a… ?

— Mais oui !

— Vraiment ?

— Qui d'autre ?

— Elle ?

— Elle ? Et pourquoi ?

— Par jalousie ?

— Jalouse ! Je ne pense pas. Pourquoi l'aurait-elle été alors qu'elle supporte cela depuis des années ? Peut-être même depuis le début de son mariage ?

Pourquoi aurait-elle subitement fait passer sa rage sur cette gouvernante ?

— Je ne sais pas. Peut-être cette femme avait-elle quelque chose en plus ? Ou peut-être l'avait-elle menacée de tout raconter ? À ce qu'on dit, les autres n'étaient que de jeunes péronnelles sans cervelle et faciles à manipuler. Cette gouvernante était peut-être plus futée.

— Je ne peux y croire. Si cela est le cas, je veux dire… S'ils sont responsables, l'un ou l'autre de cette mort, eh bien…

— Eh bien quoi ?

— Eh bien, nous ne devrions pas être là ! C'est immoral.

— Et pourquoi donc ? Les Gardner organisent les plus belles fêtes de Londres ! Nous avons la chance d'y être invitées et aurions bien tort de ne pas en profiter !

— Mais quand j'y pense, je…

— Alors n'y pensez plus, c'est plus simple.

L'une des deux poussa un profond soupir puis la conversation reprit :

— Quelle triste histoire, vraiment ! Enfin, heureusement, tout se termine plutôt bien.

— Oui, enfin, pas forcément pour tout le monde !

— Certes ! Mais cela aurait pu être pire et il faut croire que cette fois encore, la maison Gardner a trouvé un moyen radical pour se défaire d'un problème embarrassant !

— Rappelez-moi de leur demander conseil la prochaine fois qu'une domestique me complique l'existence. Peut-être pourront-ils m'aider à tordre le cou aux éventuelles complications !

— À moins qu'ils ne vous permettent de régler leur compte à tous vos ennuis !

Ces répliques d'un mauvais goût certain furent encore soulignées par des rires tonitruants qui sonnèrent bien désagréablement à l'oreille d'Eva.

Avait-elle bien entendu ? Devait-elle prêter foi à ces déclarations frivoles, déblatérées sur un ton léger, ou tout cela n'était-il en réalité qu'une petite plaisanterie cynique et sans fondement ? Des racontars d'alcôve sans queue ni tête ? De quels débordements, exactement, Samuel Gardner s'était-il rendu coupable ? Était-il allé plus loin que la simple dispute à laquelle Mme Winter avait fait référence ?

Les deux femmes abandonnèrent finalement le sujet pour revenir sur la soirée, « absolument délicieuse » selon elles, et Eva ne chercha plus à suivre leur conversation. Elle se sentait soudain extrêmement mal, au bord de l'évanouissement et, déjà, des taches sombres dansaient devant ses yeux. Elle essuya discrètement ses paumes, devenues humides sous le coup de l'émotion, et se leva aussi rapidement qu'il le lui fut possible. Il fallait qu'elle quitte cette pièce et au plus vite !

Une fois debout, elle eut bien du mal à se retenir de courir. Dans son trouble, elle avait l'impression que la pièce s'étirait à l'infini et qu'elle passerait le reste de sa vie à essayer d'atteindre le couloir, en vain.

Les robes, qu'elle avait admirées quelques minutes plus tôt, n'attiraient plus son regard et celles qui les portaient n'étaient plus des exemples de bon goût féminin mais de simples obstacles à contourner sans délai.

Sortant avec bonheur de la salle surchauffée, elle s'éloigna à pas rapides vers la montée d'escalier. Alors seulement, elle se sentit à nouveau en proie à un vertige impossible à combattre et s'appuya des deux mains à la rambarde, soudain incapable d'aller plus loin. Une volée de marches la séparait de sa chambre mais dans sa faiblesse, c'était tout un monde qui se dressait entre son lit et elle…

Et c'est exactement à ce moment-là, pensa-t-elle soudain, que Théo Carter devrait arriver pour lui demander ce qui lui arrivait. Il écouterait avec son air attentif, prendrait l'air navré puis, lui offrant son bras, il la ramènerait courtoisement jusqu'à sa chambre. Il ne partirait qu'après avoir veillé à ce qu'elle soit bien installée et saurait trouver les mots pour la calmer…

Mais Théo Carter ne vint pas et Eva resta seule dans le couloir, incapable de décider quoi faire. Elle vit un gentleman passer à côté d'elle mais s'il la remarqua, il ne fit aucun geste pour venir l'aider malgré sa détresse évidente, ce qui la chagrina plus que de raison.

Devait-elle appeler tout bonnement à l'aide ? S'asseoir à même le sol ? Revenir dans la salle de réception ou essayer de rejoindre sa chambre tant bien que mal, au moins le temps de reprendre ses esprits ?

De là où elle était lui parvenait le brouhaha assourdi des conversations qui ne faiblissaient pas, malgré l'heure de plus en plus tardive. Ces gens se décideraient-ils un jour à rentrer chez eux ?

Descendant du second, Charlotte fit subitement son apparition, les bras chargés de serviettes à laver. Si elle poursuivit son chemin sans mot dire, ce ne fut en réalité que pour mieux revenir vers Eva à qui elle apporta immédiatement son aide.

Les deux jeunes femmes remontèrent lentement à l'étage puis, sans lui demander une seule explication, la caméristе aida la jeune femme à passer ses vêtements de nuit puis fit mine de commencer à brosser sa longue chevelure. Ce fut à ce moment qu'Eva, sortant de sa torpeur, réagit enfin :

— Je vous en prie, Charlotte, ne faites pas cela ! Je ne suis pas Mme Gardner et vous n'avez pas à…

— Et moi, je ne suis pas une de vos petites élèves ! Laissez-moi vous démêler tout ça. Vous avez de bien plus beaux cheveux que Madame, laissez-moi au moins en profiter ! Oh ! Mais votre brosse à cheveux est vraiment charmante !

Eva allait répliquer une nouvelle fois puis décida de se laisser faire, pour une fois. Après tout, profiter des gestes doux et expérimentés de Charlotte était particulièrement agréable et chaque passage de la brosse à cheveux sur son crâne lui faisait un bien fou. Elle se rappela les soirées où, enfant, sa mère prenait le temps de lui donner les cent coups de brosse que préconisait sa propre mère en son temps. Ces sensations la ramenèrent à son enfance, une période douce où les problèmes, lorsqu'ils se présentaient, ne duraient jamais longtemps. Ainsi, malgré l'horreur qu'avait éveillée en elle la conversation surprise dans l'alcôve, Eva se sentait tout doucement sombrer dans le sommeil quand elle eut une révélation soudaine qui la fit bondir de son lit, les yeux effarés :

— Les filles ! Mon Dieu ! J'étais si mal que je n'ai pensé qu'à moi, mais je suis censée m'occuper d'elles ! Je ne peux pas aller me coucher ainsi ! Il faut que…

— Ne vous inquiétez pas, mademoiselle, la coupa Charlotte tout en la ramenant d'autorité dans son lit. En descendant en cuisine tout à l'heure, j'ai glissé quelques mots à la nurse qui était en bas. J'ai dit que vous étiez au plus mal. Elle est de ce fait allée chercher Ophélie et Victoria sur-le-champ. À l'heure qu'il est, elles sont sans doute en train d'aller au lit elles aussi.

— Vraiment ? Je ne sais comment vous remercier. Vous êtes un ange !

Pour toute réponse, Charlotte rit doucement et reprit son brossage.

— Je crains que Mme Gardner ne m'en veuille beaucoup, souffla finalement Eva, toujours inquiète malgré les paroles rassurantes de la caméariste.

— Cela m'étonnerait fort, et pour cause ! Madame profite de sa soirée et semblait de la meilleure humeur la dernière fois que je l'ai vue. Vous n'avez rien à craindre. Auquel cas, je lui expliquerai la situation. Ses filles étant en sécurité, elle ne pourra que comprendre.

Touchée par la bienveillance et la douceur de Charlotte, Eva eut envie de lui poser mille questions.

Pourquoi se montrait-elle si gentille avec elle ? Pourquoi prenait-elle soin d'elle alors qu'elle aurait pu se contenter de la laisser se reposer ? Était-elle son alliée secrète ? Celle qui tentait de lui donner les indices dont elle avait besoin pour atteindre la vérité qu'elle recherchait depuis son arrivée ?

— Charlotte ?

— Oui, mademoiselle ?

— Dites-moi… Est-ce qu'il vous arrive de vous promener dans la maison, en pleine nuit ?

Contrairement à ses craintes, Charlotte ne parut guère surprise par la question.

— Il m'arrive d'être appelée très tard par Madame, répondit-elle simplement. Cependant, en pleine nuit, je dors. Comme tout le monde ici.

— Si vous aviez quelque chose d'important à me confier, vous me le diriez, n'est-ce pas ?

— J'avoue ne pas bien comprendre…

Après avoir suspendu son geste, Charlotte cessa tout bonnement de lui brosser les cheveux et Eva, se levant, put dès lors la regarder droit dans les yeux.

— En êtes-vous certaine ? Est-ce vous qui…

— Mademoiselle Phoenix, soupira Charlotte tout en levant les yeux au ciel, je pense que vous êtes fatiguée. Visiblement, vous êtes à bout de nerfs. Reposez-vous, je vous prie, car vous devrez de nouveau vous occuper de vos élèves dès demain. Je vous souhaite une bonne nuit.

Et, sans plus de longs discours, la camériste quitta la chambre.

26

Janvier 1866

L'année 1866 s'était installée, l'effervescence du Nouvel An était peu à peu retombée et, après des jours de préparatifs enthousiasmants pour certains et éreintants pour d'autres, le quotidien avait fini par reprendre ses droits chez les Gardner.

L'hiver était alors à son paroxysme et dehors, la neige tombait sans discontinuer. Au petit matin, Londres avait tout d'un paysage de contes de fées avec ses rues immaculées. Tout semblait plus beau, plus propre, mais après seulement une petite heure d'activité, la neige se transformait en une boue grisâtre qui collait aux chaussures et aux cœurs de ceux qui devaient la traverser.

Chaque jour, Tom revenait de ses courses en ville épuisé, glacé jusqu'aux os, et sa bonne humeur, qui avait pourtant été sa première qualité, s'étiolait peu à peu. Confinée en salle de classe tout au long de la journée à cause du mauvais temps, Eva avait de moins en moins l'occasion de le croiser et quand ils se retrouvaient face à face, le jeune homme semblait désireux d'éviter les longues conversations. Depuis quelques semaines, il avait étrangement pris l'habitude de rester seul et semblait toujours en proie à des réflexions compliquées sur des sujets qu'il ne partageait avec personne. La jeune femme l'avait trouvé préoccupé à bien des reprises sans cependant oser lui demander la raison de son trouble.

Cependant, malgré un changement d'attitude notable et somme toute assez inquiétant, personne ne s'attendait à ce que Tom disparaisse en l'espace d'une nuit, et Eva moins que tout autre. Pourtant, ce matin-là, tous durent se rendre à l'évidence : Tom était parti. En l'apprenant, la jeune gouvernante se tordit les mains de détresse sans prendre garde à Laura qui ne perdait pas une miette du spectacle.

Dans un premier temps, les Gardner ne commentèrent pas cet étrange départ. S'il avait toujours occupé son poste avec le plus grand sérieux, quelque chose dans le caractère de Tom laissait à penser qu'il était tout à fait capable de s'évaporer l'espace de quelques heures. Le fait qu'il ait laissé au moins la moitié de ses affaires sur place était également encourageant : un domestique ne quittait jamais son poste en abandonnant ses effets personnels derrière lui car il avait généralement trop peu pour oser perdre autant. Eva tentait de s'en convaincre, d'autant plus qu'il lui avait promis, seulement quelques jours plus tôt, de lui raconter un fait intéressant.

— Vous verrez, ma chère ! avait-il claironné avant de quitter la cuisine de son éternel pas volontaire. Cela devrait vous intéresser et alors, vous verrez peut-être les choses autrement.

Elle n'avait pu en savoir plus sur l'instant, Tom souhaitant visiblement choisir son jour pour délivrer ses précieuses informations. Dorénavant, elle se trouvait donc doublement démunie et nul, à son air catastrophé, ne pouvait l'ignorer.

Et si Tom n'avait pas choisi de laisser ses affaires ? Et s'il avait tout simplement été dans l'impossibilité de revenir ? Fallait-il penser au pire ?

Partagée entre plusieurs sentiments, Eva ne savait que penser et, du haut de son premier étage, regrettait de ne pas pouvoir suivre les conversations qui devaient forcément aller bon train à l'office. Le matin même, elle avait eu la surprise de voir bon nombre de visages se tourner vers elle à l'annonce de la disparition de Tom, comme si on la soupçonnait d'être dans le secret… Elle n'avait pas longtemps entretenu le mystère : elle ne savait rien.

Après trois jours sans nouvelles, Samuel Gardner descendit tout bonnement à la cuisine, juste au moment du repas des domestiques. À sa vue, tous se levèrent d'un bond.

Qu'il était étrange de voir un tel homme dans un décor aussi familier que la cuisine ! Aux yeux de son personnel, il semblait venu d'un autre monde et était totalement déplacé dans leur univers. D'ordinaire, c'était la maîtresse de maison qui s'occupait des éventuelles questions en lien avec les domestiques – du moins celles dont Mme Mitchell ne se chargeait pas – et sa présence était donc d'autant plus insolite aux yeux de ces derniers. Elle prouvait également que l'heure était grave.

Ainsi, ce fut dans un silence de mort qu'il prit finalement la parole.

— Bonjour à tous. Vous vous doutez certainement des raisons de ma venue ici. M. Evans ne s'est pas présenté à son poste depuis plusieurs jours et si, dans un premier temps, j'étais prêt à faire preuve de mansuétude à son égard, je considère que son absence inexpliquée n'a que trop duré. Mme Mitchell m'a assuré qu'il n'avait pas vidé sa chambre avant de nous fausser compagnie et même si elle compte sur un éventuel retour de l'absent, à mes yeux, les choses sont claires et j'ai prié M. Price de lui trouver un remplaçant au plus vite. Si jamais l'un de vous souhaite me communiquer la moindre information sur M. Evans, qu'il parle maintenant ou qu'il vienne me trouver dans les meilleurs délais. Et si, d'aventure, vous le croisiez de nouveau ici, je vous ordonne de venir m'en parler dans la minute.

M. Gardner se tut aussi soudainement qu'il avait pris la parole et le silence retomba sur la petite assemblée qui n'avait pas osé se rasseoir. Dans les assiettes, les plats refroidissaient mais personne ne semblait décidé à ajouter quoi que ce soit. Mal à l'aise, Eva n'osait bouger ou même relever les yeux de peur d'attirer l'attention sur elle.

Toujours aussi froid, M. Gardner laissait en effet son regard errer de visage en visage mais ne s'arrêta sur aucun d'entre eux en particulier et encore moins sur elle. Sans doute parce qu'à ses yeux, ils n'étaient qu'une masse informe au sein de laquelle il ne distinguait pas les individus. Il n'avait donc aucune raison de les considérer autrement que comme un groupe et d'accorder une attention spécifique à l'un ou l'autre.

— Bien ! conclut-il suite à ces longues secondes d'observation.

Et sans rien ajouter de plus, ni parole encourageante, ni blâme, il tourna les talons.

Les domestiques laissèrent ses pas décroître dans l'escalier et se détendirent à mesure qu'ils les entendaient s'éloigner. Dès lors, chacun se rassit avec un soupir de soulagement et le repas reprit son cours.

— On doit s'inquiéter ? demanda une petite bonne dont Eva ne parvenait jamais à retenir le nom.

— Vous avez entendu Monsieur, répondit le majordome, l'affaire est close.

— S'il est parti, c'est qu'il a sans doute quelque chose à se reprocher, commenta l'une des domestiques préposées au linge et qu'Eva ne voyait qu'à de rares reprises. On ne quitte pas son poste du jour au lendemain sans bonnes raisons. Soit il a eu un problème, soit il est mort.

— Rien que ça ! ricana l'un.

— Ma foi, c'est certain ! répondit une autre. Il s'est forcément fourré dans une sale histoire. Maintenant, je peux bien le dire sans honte : je me suis toujours méfiée de lui. Son petit minois ne change rien à l'affaire !

— Vous dites des bêtises ! vociféra alors la cuisinière qui ne perdait rien de la conversation. Tom était un brave garçon. Il *est* un brave garçon. Je ne peux pas croire qu'il lui soit arrivé quelque chose. Il ne le mérite pas.

— Un brave garçon ? On aura tout entendu !

— Ah oui ? Eh bien dites-moi ? Qu'aviez-vous à lui reprocher ?

La bonne, sommée de répondre, garda un silence gêné pendant quelques secondes puis, cherchant une amie du regard pour être soutenue, se tourna de nouveau vers Mme Roberts en soufflant :

— Tout le monde sait de quoi je parle…

La cuisinière fronça les sourcils.

— Éclairez-moi sur ce chapitre car je ne vois pas vraiment, pour ma part !

— Il aide Monsieur ! Il règle les problèmes.

Un vent de surprise sembla souffler sur l'assemblée qui se scinda dès lors en deux groupes : ceux qui savaient et qui comprenaient très bien où la bonne voulait en venir et ceux qui, moins au fait, avaient complètement perdu le fil.

— Vous êtes une menteuse, Lianna, déclara Mme Roberts sans perdre contenance. Et je n'accorde pas plus d'importance aux menteuses qu'elles ne le méritent. De ce fait…

— Mais je ne suis pas une menteuse !

Ladite Lianna semblait désormais totalement déboussolée et outrée que l'on puisse l'affubler d'un tel qualificatif.

— Il aide Monsieur à mettre les filles qu'il engrosse dehors ! Tout le monde le sait ! Alice Morland, Margaret Dashwood, Eleanor et Lydia Miller !

Lydia Miller… Miller…

L'esprit d'Eva se mit à tourner à mille à l'heure, lui donnant l'impression d'avoir littéralement quitté son corps. Se pourrait-il que cette Lydia soit apparentée à la Martha Miller dont elle avait trouvé le nom dans le carnet de Constance ?

— Alice est retournée chez ses parents du jour au lendemain, reprit la bonne. Margaret et Eleanor ont tout simplement disparu du paysage, et Lydia… Eh bien, la pauvre petite n'a rien trouvé de mieux que de se jeter d'un pont !

— Ne me dites pas que c'est Tom qui l'a poussée !

Eva n'avait pas pu se retenir de poser la question qui lui brûlait les lèvres.

— Non, bien sûr que non. Je…

— Lianna !

La bonne leva les yeux et rentra les épaules à la vue de Mme Mitchell qui venait d'apparaître dans l'encadrement de la porte.

— Bureau ! Immédiatement !

Penaude, Lianna quitta la pièce et Eva, glacée de l'intérieur par ce qu'elle venait d'apprendre, n'était finalement plus vraiment pressée de savoir quel sort avait bien pu être celui de Tom, surtout s'il était bien coupable des méfaits dont on venait de l'accuser ouvertement.

Le petit groupe qui s'était formé en cuisine pour le repas se dispersa rapidement et la gouvernante remonta à l'étage.

Dans l'esprit d'Eva, les différentes pièces du puzzle qui se mettaient doucement en place lui dessinaient une réalité bien peu réjouissante et qui lui faisait même craindre pour sa propre vie. Car elle en était persuadée désormais : les femmes de l'alcôve avaient dit vrai. Il y avait bien un problème dans cette famille et celui-ci était tout entier concentré en la personne de M. Gardner. S'il semblait s'être fait une réputation de satyre chez ses pairs, sa renommée était tout aussi sombre chez les domestiques qui faisaient également l'objet de ses assauts. Si elle n'avait peut-être pas tout à fait correspondu aux préférences du maître de maison, Constance avait forcément été une de ses victimes. Restait à savoir exactement pourquoi, et comment.

Désormais, Eva n'avait plus qu'une solution : oser aller voir Amélia.

27

Toute la matinée, Eva avait cherché à croiser la jeune invitée des Gardner et toutes les excuses avaient été bonnes pour s'éclipser hors de la salle de classe.

Elle était descendue au rez-de-chaussée, avait à plusieurs reprises lentement longé la salle à manger et s'était faufilée plusieurs fois jusqu'à la bibliothèque en prétextant avoir urgemment besoin d'un ouvrage dont elle aurait été bien en peine de donner le titre, si tant est qu'on le lui ait demandé. S'il lui arrivait de croiser un domestique lors de ses courtes escapades, elle cherchait toujours à justifier sa présence. Comme toutes les personnes peu habituées aux mensonges, Eva se perdait en longues explications que personne ne souhaitait écouter.

Ce n'est qu'au moment du déjeuner qu'elle apprit que celle qu'elle cherchait était sortie au petit matin et qu'elle n'était, du moins à la connaissance de Mme Roberts, toujours pas rentrée.

Déçue, elle n'eut d'autre choix que de prendre son mal en patience et tenta de contenir la fébrilité qu'elle sentait poindre en elle. Elle aurait aimé avoir la liberté de la contacter sans passer par la ruse ou la dissimulation mais sa situation ne lui permettait évidemment pas de partir à sa recherche ou même de lui faire envoyer un billet. Elle n'avait aucune, mais vraiment aucune bonne raison avouable de la convoquer.

Ses élèves firent les frais de son agacement et enchaînèrent les exercices de lecture, les dictées, les récitations. Malgré un air constamment sévère et des objectifs toujours plus hauts, Eva était particulièrement satisfaite de leurs progrès et ne se formalisait plus de l'air morose de Victoria ou des hauts cris d'Ophélie. Ces derniers temps, elle avait remarqué qu'une froide indifférence était toujours plus efficace que les tendres encouragements dont elle les avait gratifiées dans un premier temps. Cette première expérience en tant que gouvernante avait mis à mal ses croyances et ses belles pensées sur l'éducation et si elle tremblait parfois devant sa propre intransigeance, elle restait persuadée d'agir pour le mieux.

Cette fois-là, ce fut néanmoins avec un énervement non dissimulé qu'elle avait fini par relâcher ses élèves en fin de journée. La tension qu'elle éprouvait l'avait plongée dans un état d'agitation intense qui avait rendu cette journée, somme toute assez banale, terriblement longue.

Retranchée dans sa chambre, elle se posta devant sa coiffeuse et entreprit de défaire son éternel chignon afin de s'occuper les mains avant de redescendre au salon où, elle l'espérait, Amélia serait présente. Il était étrange de rechercher la présence de celle qu'elle n'avait fait que fuir ou redouter depuis leur toute première rencontre mais elle ne pouvait plus reculer, désormais.

D'épaisses mèches auburn cascadèrent sur ses épaules et jusqu'en bas de son dos. Elle y plongea les doigts et, les mains posées de chaque côté de son crâne, entreprit de masser doucement sa tête surchauffée. Ces gestes, elle les tenait de son père quand, venu soulager ses insomnies d'enfant, il restait à ses côtés jusqu'à ce qu'elle finisse enfin par s'endormir. Il lui enveloppait alors la tête de ses grandes mains d'homme et semblait en retirer toutes les peurs, toutes les angoisses et toutes les questions qui s'y entassaient déjà en trop grand nombre. Avec tendresse, et un peu de honte, Eva réalisa qu'en faisant ainsi appel à lui, elle l'avait souvent privé des longues nuits de sommeil dont il devait pourtant avoir cruellement besoin. Puis elle revit son sourire patient et ses geste calmes et comprit qu'il lui avait donné ce temps avec la tendresse et l'amour qu'il lui avait témoignés depuis aussi longtemps qu'elle était capable de s'en souvenir.

Aujourd'hui, elle était adulte et plus personne ne se souciait de savoir si elle arrivait à trouver le sommeil ou non. Plus personne ne veillait sur elle. Plus personne ne s'occupait de la débarrasser de ses mauvaises pensées. L'envie d'un contact physique rassérénant, ne serait-ce qu'une main posée sur la sienne ou qu'un baiser sur le front, vint de nouveau la hanter alors que ses propres yeux, braqués sur le miroir, l'observaient avec curiosité. Ce soir, plus que jamais, elle avait besoin que quelqu'un la prenne dans ses bras. Elle avait besoin d'une main fraîche sur son front brûlant ou bien d'une caresse encourageante. C'était finalement ça, la vraie solitude, réalisa-t-elle tout en poussant un soupir à fendre l'âme. Vouloir être regardée, touchée et n'avoir pour seule compagnie que son propre reflet dans le miroir. Mais ce serait sa vie, dorénavant, et elle devrait s'y faire, coûte que coûte.

Revenant au présent, Eva se recoiffa aussi vite qu'elle le put et finit par redescendre au salon.

Ce fut avec le cœur battant qu'elle vit Amélia entrer aux côtés des invités du soir. Elle se retrouva alors face à un problème de taille : comment allait-elle pouvoir l'aborder sans attirer l'attention de tous ?

L'arrivée subite de Samuel Gardner, qui entra presque instantanément avec les autres hommes, ne lui permit pas d'y réfléchir plus longuement et ne la mit que plus mal à l'aise encore. Un instant, et même s'il ne l'avait jamais fait, elle eut peur qu'il ne vienne lui faire la conversation. Alors, elle aurait eu bien du mal à conserver ce sang-froid qu'elle perdait de plus en plus souvent, ces derniers temps…

Elle le regarda aller se poster à l'autre bout du salon, conformément à ses habitudes, et remarqua avec une certaine douleur que Théo Carter ne faisait pas partie de l'assemblée.

Déjà, Mme Gardner, qui l'avait à peine saluée – c'était à se demander pourquoi elle tenait à ce que la gouvernante de ses filles soit présente au salon… –, retrouvant sa posture habituelle, commençait à se plaindre de sa fatigue terrible :

— L'année commence à peine et je suis déjà épuisée, commença-t-elle en se coulant mollement au fond d'un fauteuil. Tous ces bals, toutes ces soirées ! À la longue, c'est toujours la même chose, et c'est si fatigant !

La réflexion, lancée sur un ton faussement détaché, n'avait en réalité été faite que pour le plaisir d'attirer l'attention générale sur sa personne. Et de fait, elle semblait tout particulièrement triste et déprimée comme si elle avait atteint ses limites en matière de déception et de contrariété.

Mme Buckley, qui passait la soirée avec eux, eut la gentillesse de répondre à cette invitation muette et s'inquiéta poliment du mal-être de son hôtesse. Dotée d'une chevelure d'un châtain terne, d'un teint très pâle et d'une grande bouche dans laquelle les dents semblaient être présentes en quantité considérable, elle avait néanmoins des yeux admirables. Expressifs, très rieurs et parfois même charmeurs, ils ne pouvaient pourtant contrebalancer le disgracieux déséquilibre de ses traits. Ainsi, Mme Buckley passait généralement pour une femme sans intérêt.

Moquée par certaines, elle n'en était pas moins une femme cultivée et d'une humeur enthousiaste, ainsi qu'Eva put en juger. Prenant la discussion à cœur, elle sembla vouloir trouver de nouvelles occupations à Harriet afin qu'elle se change les idées en douceur et découvre de nouvelles choses. Pourquoi ne pas occuper son temps libre en organisant des visites à partager entre dames ? Elle revenait justement d'une excursion à Sydenham Hill ! Là où le *Crystal Palace* avait été déplacé plus de dix ans auparavant. Une exposition permanente y était toujours proposée aux visiteurs et selon ses dires, elle valait tout particulièrement le déplacement.

— Ma chère Harriet, je suis sûre que vous adorerez les lieux ! Penge Place est idéal pour qui veut changer un peu d'air ! Vous y oublierez l'air lourd des bals et des soirées interminables, vous verrez.

Harriet soupira, excédée.

— J'ai *Crystal Palace* en horreur.

Elle s'abîma ensuite dans une longue réflexion qui, au vu de son air de plus en plus sombre, n'avait visiblement rien de réjouissant. Peut-être repensait-elle au temps où, précisa-t-elle, elle avait visité le fameux édifice, alors érigé au cœur de *Hyde Park* pour l'exposition universelle de 1851. Pendant six mois, avait-elle expliqué d'une voix rendue amorphe par l'amertume, les Londoniens s'étaient pressés dans cet édifice à l'architecture étrange, toute faite de verre, de fonte et de bois et, évidemment, elle n'avait pas échappé à la règle.

Eva tenta de l'imaginer alors, plus jeune, plus joyeuse et virevoltante dans sa robe de soie. Sans doute avait-elle découvert avec enthousiasme les machines, les sculptures, les beaux-arts et l'ensemble des merveilles qui y avaient été exposées. À l'exemple de la reine, qui, disait-on, avait honoré les lieux de sa présence plus de quarante fois, Harriet était certainement passée d'une section à une autre afin d'en explorer toutes les facettes.

Connaissait-elle déjà à l'époque les premières désillusions de son mariage ? Aimait-elle son mari plus que tout ou s'était-elle laissé épouser sans réaliser qu'elle serait liée à un inconnu durant le reste de son existence ?

La bouche de Harriet prit un pli amer et elle releva les yeux sur son mari qui, comme souvent, regardait ailleurs. Ce qui était certain, songea Eva, c'était que quels que soient ses sentiments d'alors, ces derniers étaient morts depuis longtemps car il n'y avait rien au fond de ce regard, rien que du froid et un dépit profond. Sans doute avait-elle été touchée, par le passé, par les évidentes frasques de son mari mais ce qui l'atteignait jadis ne la touchait plus aujourd'hui. Plus que dans son regard, Eva le vit dans la posture que la maîtresse de maison prit en se détournant finalement. Cette posture, c'était celle d'une femme seule, non pas d'une femme aimante, passionnée et prête à se faire justice.

Mme Gardner rejeta la proposition de Mme Buckley ainsi que les suivantes et ce, avec une mauvaise foi particulièrement agaçante pour ses compagnons.

N'y tenant plus, son mari finit par prendre la parole et proposa suavement :

— Ma chère, si la vie à Londres vous est à ce point intolérable, je ne vois pas d'inconvénients à ce que vous vous retiriez là où vos goûts vous porteront. Vous parliez, il y a encore peu de temps, de retourner en Écosse. Pourquoi ne pas profiter de votre lassitude pour faire de ce petit projet une réalité ? Vous avez ma bénédiction.

— Vous joindriez-vous à moi, mon ami ?

— Mes responsabilités ne me permettent malheureusement pas de m'éloigner aussi longtemps de la capitale. Si vous partez, vous partirez seule. À moins que vous ne décidiez de partir avec vos filles ? Bien entendu, mademoiselle Phoenix vous accompagnerait, n'est-ce pas ?

Une fois n'était pas coutume, M. Gardner se tourna vers Eva – preuve qu'il savait pertinemment qu'elle était dans la pièce, même s'il feignait le contraire – mais sa question n'appelait évidemment aucune réponse. Notant que c'était la première fois qu'il s'adressait plus ou moins directement à elle, la jeune femme n'eut de toute manière pas le temps de caresser l'idée d'un voyage car Mme Gardner revenait déjà sur ses déclarations.

— Dans ce cas, inutile d'en parler, je ne partirai pas. Je n'ai aucune envie de m'éloigner de la capitale pour l'instant et je ne pense pas qu'un tel voyage serait bénéfique pour Victoria et Ophélie. Non. Je vais rester et faire face comme je le dois et comme je l'ai toujours fait.

Voyant que son mari ne rebondissait pas sur sa remarque, ce fut avec son sourire le plus doux et le plus hypocrite qu'elle ajouta :

— Je n'aurais de toute manière pas eu le cœur à m'éloigner de vous et de notre maison durant une si longue période. Les voyages, c'est bon pour la jeunesse ! Les mères de famille telles que moi ne quittent jamais le navire. Surtout en plein naufrage !

— Harriet ! Cessez, je vous prie !

Les époux échangèrent un regard et l'ambiance changea, devenant plus lourde, aussi chargée qu'un ciel d'orage prêt à éclater.

— Ajouté à tout cela, nous avons perdu notre valet, poursuivit alors Harriet, de manière abrupte.

— Quel ennui ! Que lui est-il arrivé ? s'enquit une Mme Buckley toujours aussi complaisante.

— Je ne sais pas. Je ne sais pas du tout. D'ailleurs, je ne sais rien de ce qui se passe sous mon toit.

— Vous a-t-il volé ?

— Non, Dieu merci. Du moins, pas à ma connaissance.

— Dans ce cas, tout va bien, Harriet. Vous trouverez un autre valet, le personnel en quête d'un poste de qualité ne manque pas et…

— Ma gouvernante qui passe par la fenêtre, la coupa Harriet, mon valet qui ne donne plus signe de vie et qui doit certainement, à l'heure qu'il est, être dans le fossé… Quoi d'autre encore ? Cela commence à faire beaucoup ! S'il n'y avait que moi, cela pourrait encore aller, mais mes filles ! Je ne veux pas que notre réputation en pâtisse et…

— Oh, vous exagérez, ma chère. Votre nom n'est nullement entaché par des histoires qui, de toute manière, ne vous regardent en rien.

— Ne me ménagez pas, je sais que les gens parlent.

— Les gens parlent toujours, quoi qu'on fasse. Vous n'y pouvez rien.

Harriet Gardner ouvrit la bouche pour répondre puis tout sembla devenir noir dans son esprit car ses yeux se brouillèrent, ses lèvres tremblèrent et elle gémit :

— J'ai encore reçu une lettre, ce matin. Une lettre de menaces, je…

Et elle éclata en sanglots bruyants.

Mme Buckley l'attrapa par le bras afin de la faire sortir doucement et les hommes, menés par un M. Gardner visiblement très agacé, sortirent presque immédiatement pour rejoindre la bibliothèque où ils s'enfermèrent jusqu'à très tard.

Eva n'aurait pu trouver meilleure occasion, même si elle l'avait voulu, car elle se retrouvait soudainement seule avec Amélia qui, toujours en retrait, secouait la tête avec un étrange sourire aux lèvres.

Voyant qu'Eva l'avait remarquée, elle haussa les épaules avec dédain avant de murmurer :

— Cette pauvre Harriet perd tout sens commun. Elle s'écroule, littéralement.

— Pourquoi ai-je l'étrange impression que cela vous ravit ?

— Peut-être parce que cela est vrai ? Vous avez un drôle d'air, mademoiselle Phoenix ! Est-ce si étonnant ?

— Je… Je ne sais pas.

— Notre pauvre Mme Gardner a subi des années de contrariétés et elle semble avoir atteint ses limites. La mort de votre amie y est sans doute pour beaucoup !

Le cœur d'Eva fit un bond.

— Vous savez quelque chose au sujet de Constance ?

— Au sujet de Constance ? Mais je sais tout ! Oui, je sais tout sur elle !

— Mais qui êtes-vous ? lui demanda alors Eva, après un court silence. Qui êtes-vous vraiment ?

— Qui je suis ? Mais vous le savez ! Du moins, vous avez certainement lu mon nom dans le carnet que je vous ai fait passer, l'autre nuit, pour vous mettre sur la piste. Je suis Martha Miller, ajouta-t-elle après lui avoir jeté un regard théâtral. Je suis Martha Miller et je suis venue venger ma sœur Lydia.

28

— Est-ce que vous imaginez ce que cela a pu être pour moi, de me retrouver au cœur même d'une maison où le destin de ma sœur a basculé pour de bon ? De côtoyer ces gens au quotidien et de si près ?

La jeune femme n'avait pas proposé à Eva de s'asseoir mais le contexte étant ce qu'il était, Eva avait décidé de ne pas s'embarrasser de politesses superflues. Sitôt arrivée dans la chambre d'Amélia – qui était certainement deux fois plus spacieuse que la sienne et richement décorée –, Eva s'était donc coulée dans un fauteuil duquel elle n'était pas près de se lever. Qu'importe ce que celle qui se tenait devant elle avait à lui avouer : elle ne quitterait pas cette pièce avant de savoir la vérité.

De fait, elle ne prit même pas la peine de répondre à la question d'Amélia, comprenant très bien qu'aux yeux de cette dernière, elle avait en quelque sorte disparu depuis longtemps. Amélia voulait raconter son histoire et nul n'aurait pu l'arrêter.

— Quand je suis arrivée chez les Gardner, quand on m'a cédé cette si jolie chambre… Eh bien, j'ai cru mourir de chagrin. C'est étrange, n'est-ce pas ? J'aurais dû avoir peur ou bien être habitée par une haine farouche mais je n'avais que de la peine. De la peine et une terrible envie d'obtenir réparation. La première nuit, je n'ai pas dormi et si j'ai dormi la seconde, c'est simplement parce que j'étais épuisée. Puis, l'habitude aidant, j'ai fini par prendre mes marques.

Amélia poussa un gros soupir, comme si elle se souvenait des sentiments qui l'avaient assaillie durant ces premiers jours, puis braqua de nouveau les yeux sur Eva :

— Quand je suis arrivée, votre amie était là depuis seulement un mois. D'emblée, j'ai compris qu'elle était comme moi…

— Comme vous ? C'est-à-dire ?

— Eh bien… Qu'elle cherchait quelque chose ! Qu'elle n'était pas seulement là pour occuper un poste vacant et enseigner à des enfants à compter ou à lire. Elle n'a rien dit, évidemment, mais il faut croire qu'entre âmes égarées, on se comprend. Cependant, je vais être honnête : malgré mes doutes, j'étais encore très loin de me douter à quel point notre quête était similaire…

— Expliquez-vous, Amélia, je vous en prie… J'aimerais comprendre !

— Martha. Appelez-moi Martha.

Eva hocha la tête.

— Vous voulez comprendre ? Eh bien, je vais tout vous expliquer mais pas de hâte.

La jeune femme leva la tête, semblant écouter les bruits de la maison, puis revint à Eva, rassurée par le silence ambiant.

— À mon humble avis, nous ne serons pas dérangées avant un long moment. Ils sont tous trop occupés par leurs propres problèmes pour seulement penser à nous. C'est ainsi, chez ces gens-là. Ils sont intimement persuadés que le monde tourne autour d'eux. Dès qu'un sujet ne les concerne pas directement, ils s'en désintéressent rapidement. Ils se souviendront de nos existences demain, quand ils daigneront relever la tête de leurs préoccupations personnelles.

— Vous êtes bien amère.

— Oh, détrompez-vous, Eva. Je suis tout sauf amère. En réalité, je suis bien au-delà de cela. Je suis dans une rage extrême mais j'ai mes raisons…

La gouvernante observa son interlocutrice, interloquée. La femme qui se tenait devant elle était en tout point similaire à celle qu'elle avait vue le soir de son arrivée à Londres. Belle, distante et résolument calme. Peut-être y avait-il un léger changement dans sa physionomie, quelque chose au fond de ses yeux qui était désormais plus revendicatif que charmeur, mais c'était bien tout. Il lui était difficile de croire qu'elle avait joué un rôle et endossé une personnalité bien loin de celle qui était la sienne.

— J'avais dix-sept ans le jour où ma grande sœur Lydia est partie travailler chez les Gardner, reprit Martha sans sembler attendre la moindre réponse de sa part. Nous ne vivions pas à Londres, avec ma mère, mais assez près de la ville pour la connaître un peu et pour nous réjouir d'une telle opportunité. Imaginez-vous ! Ma sœur allait intégrer une grande maison londonienne ! Pour des gens comme nous, c'était une grande fierté.

— Votre sœur est venue travailler chez les Gardner ? Mais, vous… Enfin, vous…

— Je ne viens pas d'une famille riche. Ma mère était et est toujours servante chez une grande dame. Mme Judith Bonneville. Ma bienfaitrice. Nous n'avons jamais été riches mais après la mort de mon père, cette dernière nous a pris sous son aile, ma mère, ma sœur et moi. Elle a offert une bonne place à ma mère et s'est prise d'affection pour ses enfants, si bien que Lydia et moi avons reçu une éducation très soignée, d'autant plus pour des jeunes femmes de notre rang. Donc non, Eva, contrairement à mes dires de l'autre soir, mon enfance n'a pas été bercée par les visites de musées et de grands monuments comme j'ai essayé de vous le faire croire. Tout ce que j'ai pu en voir, c'était dans les livres, tout comme vous.

— Je ne peux le croire ! Vous êtes si à l'aise, si…

— C'est pourtant vrai. Et pour le reste, croyez-moi : pour avoir l'air assuré, il suffit de se persuader qu'on l'est véritablement et alors, le plus difficile est fait. Pour moi, c'est très simple. En me voyant tournoyer gaiement dans le salon de Harriet, qui aurait pu croire que je suis la fille d'une bonne à tout faire ? Personne, je le crois bien… Mais passons.

— Continuez votre histoire, je vous prie.

Le visage de Martha s'adoucit un peu alors qu'elle reprenait :

— Figurez-vous que ce furent de merveilleuses années. J'ai beaucoup lu, beaucoup appris et Madame espérait faire de moi une institutrice ou peut-être même une gouvernante. Tout comme vous, n'est-ce pas amusant ? Ma sœur, elle, appréciait moins les études, si bien que nous nous sommes mis en tête de lui trouver une place. Mais une bonne place, bien entendu ! Dans une grande maison. Cela n'a pas été difficile pour elle : elle était aussi jolie que serviable et pleine d'énergie. Elle a vite trouvé un poste vacant et a passé l'entretien avec brio. Nous étions heureuses qu'elle intègre la maison des Gardner. Madame, qui connaissait un peu Harriet, avait appuyé ce choix et en était également ravie.

Un silence se fit soudainement, comme si Martha prenait une nouvelle fois la mesure dramatique de ce départ.

— Durant les mois qui ont suivi, nous ne nous sommes vues que très rarement et nous n'avions que très peu de nouvelles. Lydia ne répondait presque jamais à mes lettres mais ma foi, je ne m'inquiétais guère, pensant qu'elle avait beaucoup à faire et d'autres choses à penser qu'aux lettres de sa sœur…

Eva avala difficilement sa salive. Les mots de Martha faisaient à ce point écho en elle qu'elle en perdait la capacité de parler.

— Un matin d'octobre, alors que tout allait pour le mieux, maman et moi avons reçu une lettre d'une certaine Mme Mitchell… Cette lettre nous annonçait le décès de Lydia. Selon cette inconnue, ma sœur avait quitté son poste du jour au lendemain, sans raison apparente, et avait été retrouvée dans la Tamise. On nous envoyait les plus sincères doléances et on nous informait qu'un colis contenant ses dernières affaires nous reviendrait dans les meilleurs délais. Fin de l'histoire. Cependant, ce que Mme Mitchell ne savait pas…

— Quoi ? interrogea Eva, pendue aux lèvres de Martha. Qu'est-ce qui avait bien pu échapper à Mme Mitchell ?

— Une lettre, tout bêtement ! Lydia nous avait envoyé une lettre juste avant de mettre fin à ses jours. Elle venait en effet d'apprendre qu'elle était enceinte et déshonorée. Honteuse, seule et bientôt sans travail, elle a préféré en finir plutôt que de rentrer auprès de nous. J'imagine qu'elle ne se sentait plus à la hauteur de nos attentes et qu'elle craignait plus que tout de croiser nos regards déçus… Quand nous avons reçu ses confidences, elle était morte depuis des jours et enterrée dans une fosse commune, au milieu d'autres corps dont nous ignorons tout. Ma mère ne s'en remettra jamais, conclut rapidement la jeune femme.

Martha, désormais assise sur son lit, garda un instant le silence puis, comme incapable de se taire à présent qu'elle s'était lancée, secoua la tête de dépit tout en marmonnant des regrets à peine audibles.

— Et dans cette lettre ? osa finalement demander Eva. Est-ce qu'il y avait des détails intéressants ? Du moins, des détails qui vous auraient permis de mieux comprendre ?

— Dans la lettre ? Oh, Lydia nous apprenait l'innommable. L'impensable. Ou comment elle avait fini par céder aux assauts insistants de cet infâme Samuel Gardner.

Les poings serrés, Martha regardait à présent Eva avec une telle hargne au fond des yeux que cette dernière craignit un instant pour sa propre sécurité.

— Ce qu'il lui a fait subir est un véritable scandale ! Ma sœur était une âme pure, une jeune fille de valeur, d'une innocence et d'une gentillesse immenses ! Savoir qu'elle a souffert entre ses sales pattes et qu'il l'a poussée vers la tombe…

— Mais qu'avez-vous fait en recevant cette lettre ?

— Après avoir pleuré toutes les larmes de mon corps ? Eh bien, j'ai écrit sans attendre à cette Mme Mitchell pour essayer d'en savoir plus sur le sujet. Tout cela était terriblement délicat à aborder mais je ne pouvais faire comme si je n'avais rien reçu…

— Qu'a-t-elle répondu ?

— Étant donné le contenu de sa première lettre, je m'attendais évidemment à une réponse pleine de dédain ou d'indifférence mais je n'étais pas préparée à recevoir des mots aussi durs.

— Elle n'a pas exprimé de regrets quant à la mort de Lydia ? Elle n'a même pas cherché à vous consoler un peu ?

— Absolument pas ! Pire encore ! Elle a osé m'écrire que ma sœur était une idiote, une menteuse, une petite traînée, une véritable faiseuse d'histoires et qu'elle avait de toute manière été indigne de travailler dans une maison comme la leur. Elle n'a pas écrit que sa mort était une bonne chose mais seul le bon sens l'a sans doute empêchée d'aller si loin. Alors… Alors j'ai décidé de ne rien attendre d'elle et de procéder autrement. Il fallait que j'intègre cette maison, que j'arrive à faire éclater la vérité.

De nouveau campée sur ses pieds, Martha semblait animée par une flamme brûlante qu'elle ne contenait que par souci de discrétion. Si elle avait osé, pensa Eva, elle aurait hurlé de colère.

— Après avoir essayé de me calmer, Madame s'est résolue à m'apporter son aide. Je pense que d'une certaine manière, elle se sentait coupable. N'avait-elle pas doublement approuvé ce choix ? Elle a écrit à Mme Gardner en faisant valoir son ancienne amitié avec feu sa mère. Harriet, qui l'a perdue jeune et qui reste malgré tout très attachée à son souvenir, ne s'est pas laissé prier. De fille de bonne, je suis devenue une nièce bien née. En moins de temps qu'il n'en faut pour le dire, j'étais ici.

— Et vous avez parlé à M. Gardner ?

— J'ai surtout pris le temps de me fondre dans le paysage. Il était hors de question que je joue cartes sur table dès le départ et, surtout, hors de question que l'on découvre trop vite ma véritable identité.

— Pourtant, Charlotte…

— Oui, je sais. Triste erreur. Cette lettre déposée ici à mon nom véritable a failli me perdre mais pour une raison que j'ignore, Charlotte n'a pas ébruité la chose. J'en viens à me demander si elle a fait le lien entre mon nom et celui de Lydia…

Martha fronça le nez puis secoua la tête :

— Sans doute que non. Ces caméristes sont tellement futiles et tellement occupées par leurs fanfreluches qu'elles ne font pas attention à ce type de détail.

Cela, Eva n'en était pas totalement certaine. Derrière ses sourires et son air léger, Charlotte lui avait paru tout sauf futile.

— Au cours des premières semaines, j'ai essayé de me lier à Harriet mais elle est si difficile à comprendre que cela n'a pas été chose aisée. Parfois, elle était très agréable avec moi et presque maternelle. À d'autres instants, elle m'adressait à peine la parole et à toute minute, je craignais de me faire renvoyer d'où je venais. Je me suis alors tournée vers son frère. Ce cher Théo est si sympathique ! Si agréable ! Si souriant ! J'aurais vraiment pu l'apprécier. Quel dommage qu'il se soit fait complice de toute cette mascarade !

Alors, les doutes qu'Eva avait à son sujet étaient bel et bien fondés. Théo Carter savait tout et, par amitié pour son beau-frère, l'aidait à cacher ses méfaits. Bien qu'elle le sût déjà au fond d'elle, le cœur d'Eva se serra davantage à cette idée.

— Mais il n'a jamais rien dit, jamais il n'a avoué, ajouta Martha. Je l'ai enjôlé, cajolé, amadoué : rien.

J'aurais presque pu croire le cas de ma sœur isolé si je n'avais pas croisé la route de Constance.

Eva, qui pensait toujours intensément à Théo Carter, sursauta :

— Constance ?

— Oui. Si elle ne m'avait pas surprise en train de fouiller dans le bureau de Harriet, je crois que je n'aurais jamais su qui elle était vraiment et ce qu'elle était venue chercher. Car elle avait elle aussi une idée derrière la tête en venant ici. Vous ne le saviez pas, n'est-ce pas ?

Agacée d'avouer aussi clairement sa naïveté, Eva répondit d'un simple mouvement de tête.

— Quand j'ai compris qu'elle aussi en voulait à ce cher Samuel, mon sang n'a fait qu'un tour !

— Ne me dites pas qu'elle a été aussi…

— Non ! C'est plus compliqué encore ! Mais je ne veux pas prendre la responsabilité de tout vous raconter. Ce n'est ni mon rôle, ni mon devoir.

— Ah non ! fulmina la jeune femme. Vous n'allez certainement pas me laisser dans l'incertitude !

— Bien sûr que non, Eva. Je vais vous remettre quelque chose qui devrait vous apprendre ce que vous recherchez avec tant d'ardeur. Mais avant…

— Oui ?

La jeune femme lui fit signe de se rapprocher d'elle afin qu'elles soient à la même hauteur. Quand cela fut chose faite, les yeux de Martha la prirent en otage avec une intensité telle qu'Eva n'aurait détourné son regard pour rien au monde.

— Vous devez me jurer que vous ne parlerez de tout ça à personne. Que vous garderez mon secret. Personne ne doit savoir qu'Amélia n'est qu'une invention.

— Je vous le promets.

— Vous m'êtes sympathique, Eva. Je vous observe depuis un long moment. Mais je n'hésiterai pas à vous porter préjudice si j'apprends que vous n'êtes pas digne de confiance. Est-ce clair ?

— Très clair.

— Bien.

Martha lui tourna alors le dos, le temps d'aller ouvrir son secrétaire. Quelques secondes lui suffirent pour sortir une petite liasse de papiers ainsi qu'un fin carnet qu'elle lui tendit d'un geste sûr.

— Voici, Eva. Le second carnet. Comme je vous l'ai dit, c'est moi qui ai glissé le premier sous votre porte, une nuit. J'ai compris votre manège et su que vous cherchiez à en savoir plus sur Constance mais je ne pouvais vous aider sans prendre un risque pour ma propre position. En vous donnant ce carnet, j'espérais vous faire comprendre que vous n'étiez pas seule. La curiosité n'est pas forcément un vilain défaut, ainsi que je vous l'avais également écrit…

— Vous n'êtes pas seule non plus, Amél… Martha. D'autres jeunes femmes ont connu un sort aussi triste que votre sœur et…

— Je sais. Je l'ai appris, depuis. Mais plus personne n'est là pour le dire.

— J'aimerais vous aider…

— Nous verrons cela. Pour l'instant, contentez-vous de faire un peu de lecture et nous en reparlerons. Je suis heureuse de vous avoir raconté tout cela. Vous n'êtes pas la petite oie blanche, venue de sa campagne et ignorante en toutes choses que je pensais, Eva. Et cela me ravit.

Un sourire en coin était venu illuminer le visage de Martha, et Eva, comprenant qu'elle ne faisait que la taquiner, ne s'offusqua pas d'une telle familiarité.

— Retournez dans votre chambre. Il est extrêmement tard et demain, vous devrez vous occuper de vos élèves comme si de rien n'était. Je doute que vous parveniez à dormir mais essayez au moins de vous reposer un peu, une fois que vous aurez tout lu.

— Une dernière chose, Martha…

— Oui ?

— Qu'allez-vous faire contre M. Gardner ?

Martha pencha la tête sur le côté, comme si la question était la plus incongrue qu'on lui ait posée, puis répondit :

— J'étais venue voir si ce que ma sœur avait raconté était vrai. J'en ai désormais la confirmation.

— Et ?

— J'ai essayé de faire parler Théo. J'ai essayé de faire parler Harriet. Je lui ai même envoyé des lettres injurieuses et des lettres de menaces pour la faire réagir ou, au moins, pour craqueler le vernis. Jusque-là, il n'y avait eu aucune réaction de sa part. Mais ce soir, ah, ce soir… Les affaires reprennent, comme disait mon cher père !

— Que dois-je comprendre ?

— Rien, si ce n'est que je réunis peu à peu des preuves. Constance avait juré de m'aider mais elle n'en a pas eu le temps. J'ai un temps eu peur que sa chute n'entraîne la mienne mais force est de constater qu'elle n'avait rien dit à personne à mon propos.

— Vous pensez qu'on l'a fait taire ?

— Oh, c'est fort possible. Mais pour cela comme pour le reste, je n'ai pas de preuves tangibles. De ce fait…

— Vous allez repartir ?

— Oh non, pas tout de suite !

Martha éclata d'un rire clair avant de poursuivre :

— Je vais nous débarrasser de M. Gardner, avant. La fameuse lettre que Charlotte a entr'aperçue il y a quelque temps avait été déposée par un de mes contacts pour plus de discrétion. Si cela a été malheureux qu'elle la voie, il aurait été beaucoup plus malheureux que Harriet prenne connaissance de son contenu…

Craignant d'avoir mal compris, Eva n'articula pas un mot de plus et se laissa gentiment repousser dans le couloir. Là, à la lumière vacillante de la bougie que Martha n'avait pas omis de lui donner pour qu'elle retrouve son chemin plus facilement, la jeune femme ne put retenir un petit gémissement de surprise en jetant un coup d'œil aux documents qu'elle tenait en main.

Si l'auteur du carnet était bien Constance, les lettres qui lui avaient été confiées n'étaient autres que de la main… de son propre père.

29

15 décembre 1838

Martin,

J'ai été ravi de recevoir une réponse positive de votre part à mon dernier courrier. Je savais que vous seriez sensible à ma proposition et que je pourrais compter sur votre compassion et votre désir d'aider votre prochain. Savoir que toute cette triste histoire pourrait trouver une fin heureuse me remplit de joie et j'imagine que vous partagez mon enthousiasme. Je vous écris à nouveau dès que j'aurai de nouveaux détails à vous fournir.
D'ici là, je reste votre ami dévoué et vous envoie à vous, comme à votre chère Edith, mes salutations les plus amicales.

Thomas Phoenix

24 décembre 1838
Cher ami,

Vous tenez entre les mains la lettre que vous attendiez tant : l'affaire est entendue ! Je vous tiens très rapidement au courant quant aux dernières directives mais vous pouvez d'ores et déjà considérer que le rêve de votre vie est sur le point de se réaliser. Rassurez Edith sans attendre : il n'y aura guère plus longtemps à attendre et je serai bientôt à vos côtés avec un cadeau de Noël très particulier !

Thomas Phoenix

Eva caressa les feuilles de papier du bout des doigts, émue. Ces quelques mots avaient été écrits il y avait une éternité de cela mais le temps passé ne les rendait pas moins réels et ils la ramenaient directement à celui qu'elle avait perdu, auquel elle avait choisi de moins penser mais qui lui manquait tant, quoi qu'elle fasse…

Malgré l'importance qu'elles avaient à son cœur, ces lettres ne lui avaient pourtant rien appris. Pire : elles n'avaient fait qu'ajouter de nouveaux questionnements à ceux qui l'habitaient déjà. Autant d'interrogations qui trouveraient réponse dans le carnet de Constance ? Peut-être bien…

Eva fit défiler les pages entre ses doigts impatients. Cette fois, elle ne serait pas déçue par le vide de ces dernières, bien au contraire. Elles étaient pleines de mots, pleines de pensées jetées avec soin ou avec un certain empressement, au gré des occasions et des journées.

Sans prendre la peine de dégrafer sa robe ou même d'enlever ses bottines qui, pourtant, continuaient bel et bien de lui comprimer les pieds, Eva se jeta dans sa lecture avec une avidité qu'elle ne cherchait plus à contenir. Une chose était certaine : quelles que soient les histoires qui se trouvaient au cœur de ces quelques pages, elles contenaient tout ce que Constance lui avait visiblement caché au cours de ses derniers mois de vie.

Elles contenaient son secret.

30

22 avril 1865

Quelques semaines seulement que je suis ici, et il me semble pourtant que cela fait des siècles que j'ai quitté ma chère mère et surtout que j'ai dit au revoir à Eva, inconsolable de me voir l'abandonner, elle et toutes les petites habitudes que nous avions ensemble. Il m'a fallu du courage à ce moment donné, pour ne rien lui raconter. Frappée par un deuil récent, elle était plus fragile que jamais et seule cette certitude m'a empêchée de lui dévoiler quelques-uns de mes projets...
Ce soir, malgré ma fatigue, je me force à écrire quelques mots dans ce carnet qui m'a suivie dans mes bagages et dans lequel j'espère avoir le temps de noter tout ce qui est susceptible d'être important. J'en aurai besoin pour garder le fil, pour comprendre. Pour ne pas oublier, surtout.
Que pourrais-je bien raconter ? Par quoi commencer ? Pour le moment, rien ne me semble digne de figurer entre ces pages mais je ne dois pas me montrer trop négligente pour autant.
Le moins que l'on puisse dire, c'est que mon arrivée chez les Gardner est passée inaperçue, ou

presque. Le premier soir, je n'ai croisé âme qui vive bien que j'aie pris la peine d'aller me présenter à Mme Mitchell, à l'office. Je l'ai trouvée aussi froide qu'une nuit d'hiver mais ce sont ses yeux, plus que ses mots, qui m'ont glacée. Assurément, elle n'est pas femme à faire des concessions et je suis rassurée de ne pas dépendre directement d'elle.

Le lendemain, j'ai rencontré mes élèves dans la salle de classe. Elles étaient seules avec une nurse qui s'est éclipsée à peine avais-je mis les pieds dans la pièce.

Je ne pense pas que j'apprécierai beaucoup Victoria et Ophélie. Je n'ai ni le temps, ni l'envie de m'intéresser à elles mais je saurai les occuper comme il se doit. Ces enfants n'ont, de toute manière, aucune prédisposition particulière pour les études. Mais comment leur en vouloir ? On les destine à de grands maris, non pas à être de grandes érudites.

6 mai 1865

J'ai encore reçu deux lettres d'Eva cette semaine. J'y réponds comme je peux, mêlant vérité et fiction, sentiments réels et imagination. J'aimerais pouvoir tout lui raconter, lui expliquer, mais je ne peux pas. Elle est si innocente, si enfantine parfois, que je n'arrive toujours pas à trouver le courage nécessaire. Et puis, je peux l'avouer ici, j'ai peur de son regard et de son jugement.

Si elle savait, est-ce qu'elle me verrait autrement ? Est-ce qu'elle éprouverait la même amitié pour moi ?

Je ne peux me permettre de la perdre. En la maintenant dans l'ignorance, je conserve une part intacte de mon enfance. Autour d'Eva, le temps s'est arrêté, tout s'est figé et à mes yeux, cela est bien mieux comme ça.

3 juin 1865

J'ai passé mes trois dernières soirées au salon, en compagnie des Gardner et de leurs invités. Je ne parviens pas à comprendre pourquoi elle insiste pour que je descende et que je me mêle ainsi à eux. Ophélie et Victoria, quand elles viennent, ne restent jamais longtemps, si bien que ma présence devient très vite superflue.
Néanmoins, ces instants perdus au milieu de leurs frivolités me permettent d'observer sans en avoir l'air. J'espère ainsi mieux comprendre leurs caractères, leurs émotions et la nature exacte de leurs relations. J'espère également peu à peu me fondre dans le décor et me faire oublier. C'est alors que je pourrai agir. Pas avant.
Pour le moment, d'après ce que j'ai pu voir, le mari et la femme ne semblent guère enclins à la moindre manifestation d'affection mais peut-être est-ce par souci de discrétion. Le frère est plus agréable, du moins en apparence. En le voyant, je n'ai pas pu m'empêcher de penser qu'Eva l'aimerait. Sur l'instant, j'ai éprouvé l'envie de lui écrire pour lui en parler puis l'idée a fané dans mon esprit aussi rapidement qu'elle y avait éclos. Lui parler d'un homme

qu'elle ne rencontrera jamais n'aurait aucun sens, ni pour elle, ni pour moi.
J'ai néanmoins pris le temps d'écrire une première lettre à ma mère. Après tout ce qu'elle a fait pour moi et la compréhension dont elle a fait preuve, je me dois de lui envoyer régulièrement des nouvelles. À aucun moment, je n'oublie que je ne suis partie que parce qu'elle me l'a autorisé. C'est un constat qui ne blesse en rien mon orgueil car je sais que, sans elle, je ne suis rien. Et ce, depuis le premier jour.

12 juin 1865

Victoire ! Il a enfin daigné m'accorder un peu d'attention.
Hier, alors que je passais devant la porte grande ouverte de son bureau et ce, pour la troisième fois depuis le début de la matinée, il m'a appelée et invitée à venir le rejoindre. Une fois en face de lui, j'ai dû me contraindre à rester la plus naturelle possible de façon à ce qu'il ne devine pas le trouble qui m'habitait alors.
Je me suis avancée jusqu'à lui et nous avons parlé de ses filles bien qu'il ne semble pas extrêmement intéressé par le sujet. Très vite, il n'a plus su quoi dire.
Il était si près de moi, tellement près que j'aurais pu le toucher si je l'avais souhaité. Tout en hochant la tête avec politesse pour l'encourager à poursuivre, je n'ai pas pu m'empêcher de détailler chaque élément de son visage. Sa bouche, charnue, son nez

aquilin et, surtout, la profondeur étrange de son regard. J'y ai vu bien des choses et il m'a semblé bien différent de l'homme que j'avais entr'aperçu lors de ces fameuses soirées au salon. Au lieu de disparaître au milieu du décor, comme à l'accoutumée, il m'a soudain semblé qu'il prenait tout l'espace et j'en ai été comme suffoquée.
Je crains de l'avoir dévisagé trop longuement car je l'ai vu changer de physionomie. Ses regards se sont faits plus intenses, puis il m'a souri. J'en ai été toute chamboulée. Je ne pensais pas qu'un homme tel que lui pouvait sourire.
Le lendemain, chose étrange si j'en crois la mine étonnée de mes élèves, il est venu en salle de classe pour voir les progrès de ses chères filles. En réalité, il n'a eu d'yeux que pour moi, si bien que j'ai été prise d'un doute.
Et s'il savait déjà ce que j'attends de lui ? Ma mère se serait-elle trompée ?
Avant de partir, il m'a offert un cadeau coûteux que j'ai accepté tout en étant convaincue de faire une erreur. Tant pis. J'aime trop cette broche pour la lui rendre à présent.

23 juin 1865

L'anniversaire de la mère, en fin de semaine dernière, a été un véritable fiasco si bien que j'ai eu peur de perdre ma place. J'imagine que mon laxisme quant à l'éducation de mes élèves n'est plus un secret pour personne. Peut-être n'aurais-je pas dû les envoyer à l'étage alors qu'on les attendait

en bas mais j'avais à faire – et quelques bureaux à explorer. Je crains que mes excuses n'aient été acceptées que pour faire bonne figure et qu'elle commence à m'en vouloir.
Lui, m'a souri avec complaisance tout en ayant l'air de sous-entendre que ce n'était rien.
Un mot en entraînant un autre, je lui ai avoué que je commençais à avoir chaud avec mes bottines d'hiver et ce soir, une paire de chaussures légères m'attendaient sur mon lit. Je les ai observées pendant un temps sans oser les toucher puis je les ai mises et plus quittées depuis. Elles sont si agréables et si belles ! Le plaisir que j'ai à les porter compense un peu la culpabilité que j'ai éprouvée en les acceptant mais ma foi, je pense les mériter.

3 juillet 1865

Depuis qu'elle est ici, les choses se sont compliquées. Elle occupe beaucoup de place, beaucoup d'espace, bien qu'en elle, tout ne soit que douceur et élégance.
La première fois que nous nous sommes croisées, elle m'a toisée avec une indifférence méprisante qui m'a amusée plus qu'elle ne m'a peinée. Puis, elle a semblé complètement m'oublier.
Dans un premier temps, naïvement, j'ai pensé que cette jeune fille arrivée de Dieu sait où en avait après le frère. Il faut avouer qu'elle ne ménageait pas ses efforts pour retenir l'attention de ce dernier et qu'elle savait battre des cils avec

beaucoup de talent. Pourtant, j'ai vite deviné que sa véritable personnalité était bien loin du rôle qu'elle tenait visiblement à maintenir auprès de ses hôtes. Au fil des soirées, campée dans mon fauteuil à l'écart des scènes qui se jouaient sous mes yeux, j'ai saisi quelques regards en coin et quelques mines particulières qui m'ont permis de comprendre qu'elle était tout autre. Et qu'elle cherchait autre chose qu'à séduire en vue d'un beau mariage.

Car, contre toute attente, c'est aussi pour lui qu'elle est là. C'est lui qu'elle observe constamment de sous ses cils. C'est lui qu'elle attend, chaque soir. Les minauderies qu'elle sert au frère ne sont là que pour détourner l'attention. Et la lueur de haine qui perce parfois, quand elle pense que nul ne la voit, ne laisse pas de doutes quant aux sentiments qui l'habitent à son sujet.

Je n'ai toujours pas compris pourquoi mais j'espère bien le découvrir.

6 août 1865

Les journées se passent dans une mollesse affligeante et je m'ennuie terriblement. J'attends mes moments de solitude avec impatience car ils me permettent de réfléchir et de me concentrer de nouveau sur ma propre histoire et sur mes projets.

Après avoir terminé la classe et pris mon dîner avec mes élèves, je me retire toujours dans ma chambre. Il est alors encore très tôt mais je ne peux

me résoudre à me mêler au reste des domestiques. Je ne veux nouer de liens avec personne et surtout pas me perdre dans des occupations et des sentiments qui me détourneraient des raisons qui m'ont fait venir à Londres.
J'avoue, je ne sais plus quoi penser, ni que faire, et ma mère ne m'aide en rien dans cette affaire. Si je devais suivre ses conseils, sans doute fondés, je devrais quitter cette maison sans attendre et en abandonnant ce jeu dangereux dans lequel je me suis plongée de mon propre chef. Elle s'inquiète, ce que je ne peux lui reprocher. Les mères sont ainsi. Bien sûr, il faudrait que j'aie une conversation véritable avec lui mais je n'ose pas car les yeux qu'il pose à présent sur moi n'ont plus rien d'innocent. Je ne sais plus comment faire ni comment l'aborder. D'ailleurs, je commence presque à en avoir peur...
Cette nuit, quelqu'un a tenté d'ouvrir la porte de ma chambre. Une erreur ? Possible. Par crainte, je n'ai pas quitté mon lit ni osé proférer le moindre son et me suis félicitée d'avoir pour une fois tiré le verrou avant de rejoindre mon lit.
Ce matin, quand je suis sortie pour rejoindre ma salle de classe, il était là, au bout du couloir. Je l'ai salué. Il ne m'a rien répondu mais m'a regardée avec un sourire carnassier qui a fait monter une vague de mal-être en moi. Puis, tout s'est atténué.
Je ne peux repousser ce moment plus longtemps, il faut que je passe à l'action sous peine de le regretter très rapidement. J'attendais le bon moment, force est de constater que c'est à moi et non au hasard de le provoquer.

8 août 1865

Il faut croire que c'est toujours au moment même où l'on désespère que les choses finissent par se déverrouiller. Depuis mon arrivée, j'essayais, en vain, d'obtenir la confirmation de ce que j'étais venue chercher ici. Mes approches n'ayant rien donné, j'ai dû me résoudre à passer à l'action et à faire ce que je m'étais refusé jusque-là, soit : mettre le nez là où je n'étais pas censée le mettre.

Bien sûr, mon premier réflexe a été de me rendre dans son bureau à lui mais je me suis vite reprise. Bien que ma connaissance de la psychologie et des comportements masculins soit limitée, je n'en reste pas moins convaincue d'une chose : bénéficier d'un accès direct à ce lieu ne m'aurait, de toute manière, aidée en rien. S'il n'y a aucune raison pour qu'il garde la moindre trace de ses incartades et diverses histoires, sa femme, elle, est plus susceptible de ressasser ce genre d'offense.

Oui, rien n'est plus parlant que le courrier d'une femme blessée.

Profitant d'une sortie de ladite femme et d'un moment où Mme Mitchell me semblait peu susceptible de monter à l'étage, je me suis donc faufilée jusqu'au boudoir.

Ma hâte à y entrer sans me faire remarquer m'a poussée à faire preuve d'une certaine précipitation, si bien que ce n'est qu'une fois la porte refermée sur moi que j'ai réalisé ne pas être seule dans la pièce. Face à moi, les mains enfouies dans les entrailles du secrétaire en question, se trouvait… Mlle Lewis ! Je ne me souviens pas vraiment qui d'elle ou de moi a poussé un petit couinement de surprise mais j'ai vite compris que sa panique était aussi intense que la mienne. Visiblement, elle ne pensait pas être interrompue dans ses recherches. J'ai donc gardé le silence, attendant qu'elle parle et qu'elle donne le « la » d'une conversation qui promettait d'être très désagréable... Mais là encore, j'ai été surprise. Je la pensais ennemie ou, du moins, plutôt hostile à mon égard et j'ai découvert une alliée que je n'attendais absolument pas. Une question demeure cependant : serons-nous plus fortes à deux ou plus fragiles ?

9 août 1865

La présence de Martha me fait le plus grand bien. Elle est ici la personne qui se rapproche le plus d'Eva bien qu'elle ne puisse rivaliser avec cette dernière. Eva restera toujours Eva et nulle ne pourra la remplacer dans mon cœur. Mais cela m'est agréable de l'avoir à mes côtés.
La reconnaissance que j'éprouve à l'idée d'avoir un semblant d'alliée dans la maison se teinte parfois de noirceur car je crains de me montrer trop naïve avec une femme qui, malgré son très jeune âge, me dépasse en toutes choses.
Elle est si intelligente, si maligne ! Et ne trompe-t-elle pas son monde avec un naturel saisissant ?
Elle pourrait endosser tous les rôles, elle resterait crédible et capable de soutirer toutes les informations dont elle pourrait avoir besoin. Que suis-je face à elle ? Je pensais que nous étions véritable-

ment amies jusqu'au moment où j'ai réalisé qu'elle ne m'avait avoué toutes ces choses sur sa personne et son histoire que parce que nous nous sommes rencontrées au mauvais moment, au mauvais endroit et non pas parce qu'elle avait la moindre sympathie pour moi.

De mon côté, je crains de m'être un peu trop dévoilée. Cette inquiétude reste dans mon esprit sans que je comprenne vraiment en quoi avoir partagé mon secret pourrait m'être préjudiciable. Je m'en veux d'être si méfiante et ensuite, je réalise que mes craintes sont fondées : je ne suis pas chez moi, ici, mais bien dans un lieu inconnu où il est nécessaire de rester sur ses gardes.

14 août 1865

J'ai encore passé quelques délicieuses minutes à ses côtés sans rien oser lui dire. Je suis d'une grande faiblesse quand il se trouve près de moi.

Lui qui m'impressionnait tant, à mon arrivée, me semble désormais aussi insignifiant que ces moineaux qui viennent se poser tous les matins sur le rebord de ma fenêtre et aussi doux.

J'aime la manière dont il me regarde, la compréhension dans ses yeux et, surtout, l'intérêt vif qu'il semble me porter, parfois. Dans ces moment-là, je me sens intelligente, sereine... heureuse, même ! Jamais on ne m'a regardée ainsi. Jamais, je ne me suis sentie si proche d'être la femme que j'ai toujours voulu être. D'une certaine manière, son regard me renforce.

En ces instants de béatitude, j'en viens souvent à penser qu'il a compris. Qu'il sait. Et qu'il me suffira d'ouvrir la bouche pour qu'il comprenne où je souhaite en venir. Peut-être n'aurai-je rien à ajouter, rien à expliquer car entre nous, tout mot paraîtra vain.
Je sais, oui, j'en ai la certitude : tout se passera bien. Finalement, mère voyait les choses tout en noir et je crois bien que ses inquiétudes étaient totalement infondées. Je me ferai une joie de la taquiner à ce sujet dès que j'aurai le plaisir de la revoir mais j'aurai le triomphe modeste : je sais que ses mises en garde n'étaient qu'une marque de bienveillance à mon égard.

23 août 1865

J'ai enfin osé lui avouer. J'ai pris mon courage à deux mains et enfin, je lui ai dit. Enfin, ai-je vraiment eu le choix ?
Jamais, je n'aurais osé espérer qu'il accueille mes révélations avec calme et douceur mais rien ne m'avait préparée à ce qui s'est passé alors. J'en suis encore toute tremblante et pire que tout, j'ai terriblement peur. Pour de bon, cette fois.
J'étais confiante, pourtant. La veille, une nouvelle fois, j'avais réussi à attirer son attention, si bien qu'il avait promis de venir me rejoindre à la fin de la journée suivante. J'avais tout fait pour le flatter, bien évidemment, son orgueil semblant être le chemin le plus court jusqu'à sa sympathie – du moins, le pensais-je avant de réaliser ce qu'il atten-

dait réellement de moi. En le voyant entrer dans la salle de classe où, comme convenu, je l'attendais après avoir donné congé à ses filles, jamais je n'aurais pensé...
Les mots me manquent.
L'idée de raconter, de poser sur le papier ce qui s'est passé me semble impossible. Mon corps reste de marbre, comme pétrifié, et pourtant, à l'intérieur, je bous d'une rage mêlée à quelque chose qui ressemble étrangement à de la honte.
Comment a-t-il pu penser que...
Comment ai-je pu l'induire assez en erreur pour qu'il imagine que...
Qu'importe : ses gestes, eux, étaient sans équivoque et malgré mon désir de ne pas comprendre, je ne pus que reconnaître l'énormité de mon erreur. Il ne souhaitait pas se rapprocher de moi par amitié, par sympathie ou, tout simplement, parce qu'il me trouvait intéressante et digne d'intérêt, mais juste parce qu'il souhaitait faire de moi sa maîtresse.
J'aurais dû le prévoir, pourtant, au vu de la triste réputation qui était apparemment la sienne... Réputation contre laquelle ma mère elle-même m'avait prévenue, en son temps, et dont Martha avait également fait mention.
« Méfiez-vous, Constance, avait-elle pris la peine de m'annoncer, lorsque je lui avais avoué me rapprocher toujours plus du maître de maison. Il se pourrait qu'il n'attende pas les mêmes choses que vous et que votre trop grande amitié lui laisse à penser que... Je le sais de source sûre, cet homme est mauvais, quoi qu'il soit pour vous. »

Bien sûr, trop obnubilée par la vérité que je portais en moi et incapable de voir la réalité avec d'autres yeux que les miens, je n'avais pas pris ses remarques en compte et c'est avec stupeur que je l'ai vu fondre sur moi et plaquer sa bouche sur la mienne en m'empoignant vigoureusement.

Le repoussant tout aussi vivement, j'ai battu en retraite à l'autre bout de la pièce pendant que, sonné, il tentait visiblement de comprendre en quoi les choses avaient pu lui échapper.

Alors, il a fallu parler. Employer ces mots dont naïvement, cette fois encore, j'avais cru pouvoir me passer.

Ils ne furent pas fluides, intelligibles et pleins d'émotion comme je l'avais espéré mais, au contraire, furent riches en hésitations et en pudeur. Le message passa, cependant, si j'en crus la couleur de son visage qui passa subitement d'un blanc de craie à un rouge inquiétant.

Le reste ?

À quoi bon le dire ? L'écrire serait lui donner trop d'importance. Reste que mes poignets me font encore mal d'avoir été tordus et que mes cheveux me brûlent à la racine d'avoir été tirés trop vivement.

Il m'a conseillé, non, il m'ordonné de quitter sa demeure dès le lendemain matin, puis il est parti, certain de sa supériorité sur moi. Il n'a eu aucune pitié, aucun mot, rien qui puisse apaiser ma peine, bien au contraire.

Quelle imbécile suis-je !

Mais je ne manque ni de courage, ni de ténacité. Je ne partirai pas. J'obtiendrai ce que je suis venue

chercher. Coûte que coûte, je tiendrai bon pour qu'enfin, vérité soit faite !
À présent, je sais à qui j'ai réellement affaire et quel homme affreux il est. J'ai les armes pour le combattre, je saurai comment agir, comment le faire plier à ma volonté.
Il n'est pas un moineau, non. Il est un aigle, un oiseau cruel et dont les serres finiront par me déchirer. Il n'a pas pris le risque de prononcer le moindre mot à ce sujet. Il est bien trop intelligent pour cela. Je l'ai lu dans ses yeux, tout simplement. Que je sois sa fille ne change rien pour lui, bien au contraire : cela ne fait qu'alimenter davantage sa rage.

25 août 1865

Ma vie, ici, est plus compliquée que jamais et je suis dans un état qui frôle l'hystérie.
Martha m'a conseillé, faute d'amour, de lui demander de l'argent. Je tiens des comptes fictifs sur un carnet. Combien me faudrait-il pour acheter une petite maison pour ma mère et moi ? Combien pour lui permettre de finir sa vie tranquillement ?
Dans ce chaos, une aide inespérée est venue jusqu'à moi en la personne de Théo Carter. Martha m'en a dit du mal mais je ne peux pas la croire tant il m'a semblé pressé de me soutenir dans cette drôle de période. Il m'a avoué bien des choses compromettantes pour lui, comme pour sa sœur et la famille de cette dernière. Il me fait visiblement confiance et cherche à adoucir mon quotidien.

Il n'est pourtant jamais là lorsque j'ai besoin de lui et nul ne vient me soutenir lorsqu'il passe ses nerfs sur moi. Même Tom, qui semblait si sympathique, a passé son chemin lorsqu'il l'a vu me secouer par les épaules, l'autre fois.
J'en viens à les détester, tous autant qu'ils sont, et ai hâte de pouvoir partir.

31

D'autres qu'elle, atterrées par ce qu'elles viendraient d'apprendre, seraient restées pétrifiées de peur et n'auraient pu bouger d'un cheveu jusqu'à ce qu'on soit venu les chercher pour le travail. D'autres auraient pleuré, inconsolables de savoir par quels tourments était passée celle dont elles ne savaient finalement rien ou alors très peu. D'autres, faisant fi de l'heure tardive, se seraient empressées d'aller retrouver des oreilles amies près desquelles se confier et trouver conseil.

Incapable d'attendre ou de se montrer aussi raisonnable qu'on aurait voulu qu'elle soit, Eva, elle, choisit l'action.

Elle n'avait réfléchi à rien. Ni à sa tenue, ni à ses cheveux et encore moins à ce qu'il allait advenir d'elle après ce qu'elle s'apprêtait à faire. Rien, rien d'autre ne comptait que l'énormité de ce qu'elle venait d'apprendre.

Constance était la fille de Samuel Gardner. Constance était la belle-fille de Harriet ? La demi-sœur d'Ophélie et de Victoria ? Cela était… totalement terrifiant pour elle.

Comment cela pouvait-il être possible ? Elles avaient toujours vécu côte à côte, comme deux sœurs ! Un tel secret n'aurait pu tenir si longtemps…

Ses parents savaient-ils que son amie avait été adoptée par les Pitt ? Oui, si elle devait en croire le rôle que son propre père semblait avoir pris dans cette histoire terrible, terminée de manière si tragique.

— Je n'aurais jamais pensé que tu me ferais une chose pareille ! vociféra Eva tout en sortant de sa chambre telle une furie. Vraiment ! Je n'aurais jamais pensé…

Choisissant de se taire plutôt que d'ameuter toute la maisonnée à cause de ses plaintes incontrôlées – et d'autant plus inutiles que Constance ne pouvait plus les entendre –, elle dirigea immédiatement ses pas non pas vers l'entresol, là où elle aurait peut-être eu la chance de trouver Mme Roberts encore debout – la pauvre femme lui ayant raconté ses terribles insomnies –, mais bien vers le bureau de M. Gardner dans lequel, elle en était certaine, il était encore.

Son instinct ne l'avait pas trompée, ainsi que lui prouvèrent les bruits étouffés qui lui parvinrent de l'autre côté de la porte, derrière laquelle elle se tint un moment sans plus savoir quoi faire. Soudain, l'énormité de la situation lui revint avec une telle force au visage qu'elle fut tentée de faire marche arrière.

Qu'était-elle en train de faire ? Ne risquait-elle pas gros en se présentant là, à cette heure de la nuit ? N'allait-elle pas encore compliquer une situation qui ne l'était déjà que trop ? Ne serait-il pas plus raisonnable de réfléchir encore, à tête reposée, et d'en parler à quelqu'un ?

Oui, mais à qui ?

Les craintes de Constance encore en tête, Eva ne s'imaginait pas aller trouver repos et compassion auprès d'Amélia. Elle avait prouvé sa discrétion à bien des reprises et l'avait mise sur la piste mais fallait-il la mêler directement à cette histoire ? Eva n'aurait voulu lui porter préjudice pour rien au monde…

La jeune femme frissonna dans l'air de la nuit et jeta un regard vague sur les bougies qui finissaient de se consumer aux murs. D'ici quelques minutes, le couloir serait noir jusqu'au lendemain matin et l'obscurité recouvrirait tout…

Soudain paniquée plus que de raison, elle fit un pas en arrière, finalement décidée à battre en retraite, quand la porte s'ouvrit brusquement sur la silhouette élancée de Samuel Gardner.

— Mademoiselle Phoenix ! s'exclama-t-il immédiatement. Mais que diable faites-vous ici ? Ne me dites pas que vous écoutez aux portes !

— Et quand bien même, monsieur Gardner ? répliqua-t-elle sans se démonter. Lorsque l'on n'a rien à se reprocher, on ne craint pas les indiscrétions d'autrui.

Samuel Gardner haussa un sourcil.

— Votre défense est bien légère, mademoiselle Phoenix, mais je mettrai votre impertinence sur le compte de l'heure extrêmement tardive ! D'ailleurs, je ne saurais que trop vous conseiller de rejoindre votre chambre et de mon côté, j'éviterai de parler de votre petite escapade nocturne à ma femme. À moins que vous n'ayez quelque chose de particulier à me dire ?

Il fit un pas en avant et il fut alors si près d'elle qu'Eva, qui était restée plantée en plein milieu du passage, comme pétrifiée par les émotions contraires qui l'assaillaient simultanément, crut presque ressentir la chaleur de son corps. Elle sut alors, ou crut savoir, quels avaient été les sentiments d'horreur qui avaient traversé son amie au moment même où elle s'était trouvée dans une position similaire et ce fut cette idée, et un puissant désir de survie, qui la poussèrent à s'éloigner immédiatement du maître de maison.

— Eh bien ? demanda celui-ci. Vous semblez avoir peur de moi ! Puis-je savoir pourquoi ?

De rauque et peu assurée, la voix d'Eva se fit pleine d'emphase alors qu'elle clamait, à voix haute, au milieu d'un couloir obscur et face à un homme qui l'effrayait :

— Oui, justement ! J'ai quelque chose à vous dire, monsieur. Le 15 septembre 1865, Mlle Constance Pitt, alors gouvernante dans votre demeure, a trouvé la mort en chutant de sa fenêtre. Elle était votre fille et était venue à vous dans l'espoir de vous rencontrer et de mieux vous connaître. Aujourd'hui, j'affirme que ce drame n'est pas un accident mais bien un meurtre et je suis certaine que vous avez joué un rôle dans ce dernier !

Le temps sembla se figer. Le silence était si lourd, si présent, qu'il semblait hurler aux oreilles d'Eva qui sentait son courage s'atténuer à mesure que passaient les secondes. Son cœur battait la chamade et ses oreilles bourdonnaient tandis que ses jambes, fébriles, menaçaient de ne plus la porter.

Face à elle, Samuel Gardner était resté le même, si bien qu'elle douta presque d'avoir parlé. Bientôt, la voix de ce dernier résonna pourtant à son tour dans l'obscurité ambiante.

— Veuillez me suivre, si vous le voulez bien. Je vais vous introduire auprès de ma femme.

Puis il s'éloigna sans prendre la peine de vérifier si elle le suivait ou non.

Un temps interdite, Eva resta immobile dans le couloir, caressa l'idée de repartir dans sa chambre avant de lui emboîter finalement le pas. Elle était allée bien trop loin pour espérer retrouver le confort chaleureux de son lit et, malgré l'angoisse qui lui étreignait à présent le cœur, ne le souhaitait finalement pas.

Samuel la précéda dans la pièce et fut auprès de sa femme en deux pas. Assise sur son grand fauteuil, Harriet Gardner le laissa venir à elle, se pencher à son oreille et ne sembla guère perturbée par ce qu'il prit la peine de lui raconter. Eva, elle, ne prit même pas la peine de tendre l'oreille tant elle était subjuguée par celle qui se tenait devant elle.

La lumière douce des chandeliers qui l'encadraient mettait en valeur la blancheur laiteuse de sa peau et donnait encore plus d'éclat à un regard d'ordinaire déjà très brillant. Ses formes pleines – perceptibles sous son déshabillé noir, fermé sur le devant par une épaisse ceinture –, ses longs cheveux noirs détachés qui flottaient sur ses épaules et sa pose alanguie (à moins qu'il ne s'agisse juste de la posture d'une femme fatiguée par trop de mauvaises nouvelles ?) lui donnaient des airs d'une peinture inachevée. D'un beau portrait où le peintre n'aurait eu le temps d'apporter un peu de vie.

Des airs de peinture ou bien de statue de marbre, au fond.

Car à bien y réfléchir, seuls le léger soulèvement de sa poitrine et ses yeux, qui passaient de l'un à l'autre depuis leur arrivée dans le boudoir, témoignaient qu'elle était faite de chair et de sang et donc, encore en vie.

Jamais Harriet Gardner n'avait semblé aussi belle. Jamais elle n'avait paru aussi inquiétante. Et Eva sut alors que, quoi qu'elle fasse, quoi qu'elle dise, elle perdrait. Face à une telle femme, elle ne pourrait rien dire, rien faire qui ne puisse être contré, être contesté.

— Je vous laisse.

Et sans rien ajouter de plus, sans qu'Eva ne trouve le moindre mot pour le rattraper, Samuel Gardner quitta la pièce et les laissa seules.

Pendant de longues minutes, aucune d'entre elles ne dit un mot et Eva commençait à trouver le temps long quand Harriet lui demanda finalement de s'asseoir en face d'elle.

— Mademoiselle Phoenix, commença-t-elle alors, je vous avoue que je suis surprise ou, devrais-je plutôt dire, je suis horrifiée. Si j'en crois mon mari, vous l'auriez accusé de… Enfin, mademoiselle ! Je ne sais comment réagir tellement je suis outrée par vos insinuations.

— Et pourtant, madame, je suis en possession d'informations qui prouvent clairement que…

— Qui prouvent ? Qui prouvent quoi ?

— Eh bien, que…

— Que mon mari est un assassin ? Dans ce cas, j'aimerais bien savoir sur quoi vous fondez vos accusations ! Car aux dernières nouvelles, la mort de Mlle Pitt a été classée comme un accident et ce, non pas par mon mari, puisque vous semblez l'accuser de tous les maux, mais bien par les forces de police. Dois-je vous rappeler qu'une enquête a été faite ?

— Je le sais bien, madame. Néanmoins, j'ai finalement appris que…

— Tout cela s'est passé il y a des mois, la coupa une nouvelle fois Harriet. Des mois ! N'avez-vous pas été bien accueillie ici, mademoiselle Phoenix ? N'avez-vous pas été bien installée ? Votre chambre vous déplaît-elle ? Mes filles vous ont-elles déçue ?

— Vos filles ?

Eva ouvrit les yeux de stupéfaction. Que venaient faire Victoria et Ophélie dans la conversation ?

— Je n'ai rien contre vos filles, bien au contraire. Elles sont toutes deux charmantes, à leur manière.

— Eh bien alors ? Pourquoi agir ainsi ? Vous savez, je

suis cruellement déçue, mademoiselle Phoenix. Oh oui, cruellement déçue par votre comportement.

Prise en faute comme une enfant indocile – alors qu'elle était elle-même venue chercher réparation pour un fait autrement plus grave –, Eva se recroquevilla légèrement dans son fauteuil.

— Enfin, déçue… On ne peut réellement être déçu que des personnes en qui on avait placé quelque espoir et je peux vous l'avouer à présent : dès votre arrivée, j'ai émis quelques réserves sur vous. Seules les recommandations de mon frère en votre faveur m'ont donné envie de vous garder auprès de nous…

À ces mots, le cœur d'Eva manqua un battement.

Théo… Pourquoi n'était-il pas là, en ces heures si compliquées ? S'il avait été là, peut-être aurait-elle été un peu moins effrayée. Peut-être aurait-elle-même trouvé en lui un allié ? Ne savait-elle pas de source sûre qu'il était au courant des dérives de son beau-frère ? Il ne les cautionnait pas, si elle devait en croire les mots de Constance, et alors…

Eva se rembrunit. Qu'il les cautionne ou pas ne changeait rien à l'affaire : Samuel restait son beau-frère et Harriet, sa sœur. Constance et elle n'étaient que des inconnues pour lesquelles il n'était certainement pas prêt à briser le bel équilibre familial.

— Un temps, j'ai cru qu'il avait raison et moi, tort. Oui, je l'avoue, je me suis laissée aveuglée par vos qualités d'enseignante. Votre douceur, votre patience avec mes filles, vos compétences m'ont laissé à penser que vous pourriez nous être utile, mais votre vraie nature a finalement repris le dessus. Rien ne m'échappe, ici, vous savez ? Enfin, rien n'échappe à Mme Mitchell. Elle est mes yeux, mes oreilles et ce, depuis toujours. Déjà, chez mes parents, lorsque j'étais enfant, je lui demandais de tout me raconter. Connaître les allées et venues des invités, savoir le nom des domestiques et les histoires qui les liaient, m'a toujours paru indispensable. Je sais tout ce que j'ai à savoir. Je connais vos habitudes, mademoiselle Phoenix. Je *sais* aussi que vous aimiez à passer du temps avec la cuisinière. Je *sais* que vous aimiez poser mille et une questions à qui voulait bien croiser votre route. Je *sais* que vous êtes montée chez ma caméristе. Je *sais* que vous avez visité la chambre de Constance. Je *sais* que vous étiez très proche de Tom. Et je *sais* aussi que vous avez été bouleversée par son départ.

À deux doigts de s'étouffer de surprise, Eva réussit néanmoins à conserver une mine qui, elle l'espérait du moins, brillait par son calme et sa mesure. Face à elle, Harriet s'était quant à elle animée et, désormais, semblait en proie à une excitation dont Eva peinait à connaître vraiment la cause.

— Bouleversée ? Pas plus que les autres domestiques, j'en ai peur, et…

— Inutile de me bercer de belles paroles. Laura a tout raconté à Mme Mitchell.

— Laura ? Qu'a-t-elle été dire ?

Harriet eut un petit rire condescendant. Pour un peu, elle se serait levée pour lui tapoter la tête comme on flatte un petit chiot perdu pour qui l'on éprouve plus de pitié que de sympathie.

— Vous avez l'air surprise ! Il faut dire que vous n'étiez pas venue ici pour parler d'une telle chose. Je comprends que la tournure des événements vous semble étrange mais d'une certaine manière, vous n'avez fait qu'anticiper ce qui vous arrive à présent. Tout se sait, ici. Tout ! Selon Laura, vous étiez si dépitée, le jour de sa disparition, que des larmes de tristesse ont même pointé de sous vos paupières. Quel triste spectacle cela devait être, vraiment… Vous passiez tant de temps ensemble, cela a dû faire un grand vide dans votre emploi du temps.

— Vous vous trompez, madame, et ce, sur toute la ligne. Je n'ai jamais vu en Tom autre chose qu'un ami qui…

— À d'autres !

Harriet eut un petit signe de dépit.

— Vous avez fait preuve d'une grande légèreté et je ne peux cautionner une telle chose sous mon toit. Cela en plus du reste m'oblige à vous donner votre congé, mademoiselle. Et ce, dès aujourd'hui. Vous partirez dès que cela sera possible.

Le sol se serait dérobé sous les pieds d'Eva qu'elle n'aurait pas été aussi perdue. Son congé ? S'attendait-on vraiment à ce qu'elle parte sans qu'aucun sujet ne soit approfondi ? Sans qu'elle n'obtienne réponse à ses questions ?

— Mais je ne veux pas partir ! Je veux savoir ! Je veux que l'on me réponde, je…

— Si vos questions portent sur vos accusations, sachez que je ne souhaite pas m'abaisser à y répondre. Ni mon mari, ni moi-même, ni aucun membre de notre maison n'ont d'obligation envers vous, mademoiselle. Vous n'êtes qu'une inconnue. Une inconnue qui a vécu parmi nous pendant quelques mois, certes, mais une inconnue malgré tout. Une inconnue comme l'est restée votre amie. Sa mort est un drame malheureux mais avec le temps, il ne prendra pas plus de place dans notre esprit que la mort d'un animal de compagnie. Regrettable sur le moment puis vite oubliée. Vous avez mis le nez partout, remué la poussière ? Grand bien vous fasse ! Mais il est temps de cesser à présent ! Vous nous portez préjudice et je ne peux le tolérer. J'ai besoin de calme et de sérénité.

Les deux femmes s'affrontèrent du regard.

Devant l'air méprisant que conservait Harriet, Eva sentit son sang ne faire qu'un tour. Amélia avait raison : les Gardner étaient si centrés sur eux-mêmes qu'ils se pensaient au-dessus des lois et, bien évidemment, au-dessus des gens qu'ils employaient. Ce n'était même plus injuste : c'était tout simplement révoltant. Constance en avait fait les frais mais sa mort ne devait pas être impunie.

— Je crois que vous n'avez pas compris, madame, reprit-elle alors d'un ton calme et serein, comme emplie d'un tout nouveau courage. Je ne suis pas ici pour écouter votre réponse et ce, pour la simple et bonne raison qu'il n'y a rien à ajouter. J'ai appris tout ce que j'avais à apprendre et à présent, je veux seulement que justice soit faite.

Pour toute réponse, Mme Gardner secoua tout d'abord frénétiquement sa tête, comme en proie à des pensées extrêmement désagréables, puis prononça enfin quelques mots :

— Voyez-vous, mademoiselle, à l'instant présent, alors que je vous vois assise en face de moi, je ne suis plus pleine de doutes à votre sujet mais bel et bien emplie de certitudes. Je ne me demande même plus comment vous avez pu arriver à de telles conclusions et, surtout, ce qui a bien pu alimenter une telle rêverie en vous. Je crois que même Victoria, et nous savons toutes deux qu'elle ne manque pas d'imagination, n'aurait pas été capable de nous inventer un tel conte ! Non, en réalité, j'éprouve de gros doutes sur votre santé mentale et je suis d'autant plus heureuse à l'idée de vous voir très prochainement quitter cette demeure.

— J'ai pourtant des preuves, tenta de répondre Eva. Je suis bien loin d'être la démente que vous voudriez que je sois…

— Toujours cette histoire de preuves, ricana Harriet.

Eva retint sa respiration, hésitant quant à la suite à donner à cette conversation. Son caractère et surtout l'importance que cette affaire avait dans son cœur, la poussaient vers l'affrontement et pourtant, elle savait d'avance que les menaces ne mèneraient à rien.

— Madame Gardner, vous êtes une femme intelligente… Je veux dire…

Se sentant s'enfoncer toujours un peu plus dans les coussins trop moelleux de son fauteuil, Eva se redressa d'un petit coup de reins et poursuivit :

— Vous méritez de vivre une vie sereine, sans heurts, sans mensonges… Je sais que… Enfin, j'ai vu les lettres de menaces qui vous ont été envoyées et je sais que votre frère a aidé votre mari à se sortir de bien des mauvais pas. Vous, comme vos filles, subissez directement les retombées de ces agissements et je crois que Constance représentait un peu tout cela… Elle…

La jeune femme jeta un regard désespéré à son interlocutrice. L'échange qu'elle avait tant espéré, le dialogue sur lequel elle avait compté pour toucher le cœur de Harriet et la ramener à la raison, se changeait en un monologue dont elle aurait bien du mal à tenir le fil sur la durée.

— Peut-être est-il temps de cesser de cacher la vérité et de payer le prix de ses actes, si difficile cela puisse être. Votre mari est perdu mais vos filles peuvent encore être sauvées de sa mauvaise influence si vous prenez les bonnes décisions… Il est encore temps d'agir. De faire le bien. Constance ne reviendra pas mais il y a encore des femmes qui…

Harriet Gardner leva la main, la faisant taire d'un simple geste :

— Vous êtes d'une impudence rare, mademoiselle. Je ne veux ni ne peux vous écouter davantage…

À ces mots, telle une mauvaise fée sur le point de prononcer un sort, Mme Mitchell entra dans la pièce. Venait-elle de passer les dernières minutes l'oreille collée à la porte ? C'était fort probable car elle semblait avoir pleinement compris l'urgence de la situation. Attrapant vigoureusement Eva par le poignet et plantant, au passage, ses serres acérées dans la peau tendre de son bras, elle l'entraîna vers la sortie sans que la jeune femme ait son mot à dire.

— Qu'elle aille dans sa chambre, ordonna Harriet. Et qu'elle y reste jusqu'à ce que je décide du contraire.

Mme Mitchell la traîna-t-elle derrière elle jusqu'à sa chambre ? À moins que, trop agacée, elle ne la précéda pour entrer d'elle-même dans ce qui allait devenir sa cage ? Elles auraient bien pu voler ou ramper sur le sol, Eva ne s'en serait souvenue tant elle était dépassée par la situation.

Contrairement à ce qu'elle avait espéré en rejoignant les Gardner un peu plus tôt, elle n'avait rien obtenu. Ni regrets, ni aveux. *Lui* s'était bien gardé de participer à la conversation et, depuis, s'était sans doute éclipsé quelque part, fuyant toute tentative de contact. Quant à *Elle*, eh bien… Elle jouait si bien la comédie de l'ignorance qu'on eût vraiment dit qu'elle ne savait rien ou que, du moins, elle ne pouvait se résoudre à la véracité des informations qu'on lui fournissait de force.

Campée devant la fenêtre de sa chambre qu'elle avait contemplée quelques secondes sans vraiment la voir, Eva se tourna subitement vers Mme Mitchell, une question au bord des lèvres… Mais en lieu et place de l'austère intendante, elle n'eut que le temps de voir la porte se fermer. Le bruit d'une clé qu'on tournait dans une serrure lui fit douter de ses sens…

Non ! Ce n'était pas possible ! Elle ne pouvait pas avoir entendu…

D'un bond, elle fut à la porte et essaya d'en actionner le loquet : en vain. Mme Mitchell venait bel et bien de l'enfermer dans sa propre chambre.

La jeune femme retourna vers son lit sur lequel elle se laissa tomber. Appeler à l'aide ne servirait à rien. Mme Mitchell donnerait certainement l'ordre général de ne pas accéder à sa demande et, comme à l'accoutumée, tous l'écouteraient. Il ne lui restait plus qu'à espérer qu'Amélia lui vienne en aide et trouve une solution pour la faire sortir de sa geôle au plus vite.

32

Eva était enfermée dans sa chambre depuis une paire d'heures quand on frappa à sa porte. D'un pas désabusé, elle se dirigea en direction de cette dernière à la seule lumière de la lune. Ses yeux, désormais habitués à l'obscurité ambiante, n'en souffraient plus et elle pouvait se déplacer aussi librement qu'en plein jour. Elle ne s'en sentait pas moins terriblement humiliée par la situation.

— Eva ?

Cette voix…

— Eva ! Ouvrez-moi !

— Tom !

Oui, c'était bien lui ! Tom n'était pas mort, son corps abandonné on ne savait où dans les tréfonds de Londres ! Il était là, juste derrière sa porte. Comment ? Pourquoi ? Dieu seul le savait… Quant à Mme Mitchell, si elle ne le savait pas encore, ce n'était qu'une question de temps.

— Tom ! Vous n'avez rien à faire ici !

— Pourquoi ne pas m'ouvrir ? Je…

— Je ne peux pas !

— Comment cela ?

— Je suis enfermée !

Un juron étouffé parvint à ses oreilles, suivi d'un coup de poing sourd sur la porte.

— Veuillez m'excuser, mademoiselle. Mais je suis scandalisé par la situation. Comment ose-t-on vous faire une chose pareille ! Je…

— Je sais tout, Tom. Pour Constance. Je sais qu'elle était la fille de Monsieur et qu'elle est venue lui demander de reprendre sa place de père auprès d'elle. Qu'elle risquait de…

— Oh, Eva…

Désormais agenouillée, la jeune femme colla son front à la porte.

— Tom ? Qu'y a-t-il ?

— Constance…

— Eh bien ?

— Constance n'a jamais demandé à Monsieur de reprendre sa place de père auprès d'elle.

Il poussa un gros soupir.

— Elle ne voulait que son argent et croyez-moi, Eva, elle en a eu.

— C'est ce qu'on vous a dit ?

— Eh bien, oui.

— C'est faux, Tom. Je connais Constance et je sais que l'argent n'aurait jamais été sa priorité. Si elle en a demandé, dans un second temps, c'est parce qu'elle n'a pas pu obtenir l'attention qu'elle était venue chercher.

Pour toute réponse, Tom garda le silence un long moment.

— Vous êtes toujours là ? osa enfin souffler Eva.

— Oui, oui. Je… Je suis là, Eva.

— J'ai appris beaucoup de choses, ces derniers jours. Beaucoup de choses sur cette maison mais également sur vous, Tom. Je sais que vous et Mme Mitchell, vous… Vous vous chargiez d'éviter tout débordement de la part des jeunes femmes qui subissaient les vices de M. Gardner.

— Je n'ai pas poussé cette jeune fille du pont, Eva, si c'est à cela que vous faites référence. Pas plus que je n'ai à voir avec la chute de Constance. Je vous l'assure. Il faut me croire. Par le passé, j'ai été obligé de faire certaines choses, d'être insistant afin d'intimider et de faire taire certaines personnes, mais je n'en suis jamais venu aux mains. Jamais, je n'ai fait preuve de violence…

— Mais c'était déjà trop, Tom. Vous vous êtes rendu complice de bien des choses infâmes.

— Je le sais. Voilà pourquoi je suis parti. Croyez-moi ou non mais votre présence et votre peine m'ont enfin ouvert les yeux. L'histoire de votre amie a été la goutte de trop pour moi et j'ai décidé de commencer une nouvelle vie, ailleurs.

Un long silence s'abattit sur eux. La bouche tordue de douleur, la jeune femme monopolisait ses dernières forces pour ne pas pleurer. Si, d'aventure, une première larme venait à passer la barrière de ses paupières, elle savait qu'elle ne pourrait plus jamais s'arrêter.

— Je regrette d'être venue ici, murmura-t-elle finalement. Je regrette d'être venue jusqu'à Londres et de vous avoir rencontrés, tous autant que vous êtes. Vous m'avez abattue, vous m'avez tous menti et, pire que tout, vous avez tous sali la mémoire de Constance en la faisant passer pour ce qu'elle n'était pas. Désormais, j'ai l'impression de ne plus connaître mon amie. Tout… Tout m'a été volé.

— Non, Eva, je vous en prie…

— Je ne veux plus vous parler, Tom. Laissez-moi, je vous prie. Je présume que personne ne sait que vous êtes revenu ?

— Eh bien si. Sinon, comment aurais-je pu venir à vous ? Mme Roberts est venue me chercher…

Mme Roberts… Évidemment. Elle ne pouvait pas ignorer où était parti son petit favori…

— Elle espérait que, peut-être…

— Que quoi, Tom ?

— Que vous accepteriez de partir avec moi. Elle vous sait en mauvaise posture et elle sait aussi que vos possibilités sont restreintes. Si les Gardner vous obligent à partir, vous…

— J'irai chez ma tante. Puis je trouverai une autre place.

— Les Gardner ont de l'influence. S'ils le décident, vous ne trouverez plus de place à Londres.

— Eh bien, j'en trouverai ailleurs. J'irai jusqu'au fin fond de l'Irlande, s'il le faut !

— Vous n'y pensez pas…

— Si. Mais cela ne vous regarde en rien. D'ailleurs, même si j'avais pu sortir, je n'aurais pas fait le choix de vous suivre. Je ne vous fais plus vraiment confiance, Tom. Veuillez excuser ma franchise mais je préfère être honnête.

— Suivez-moi, Eva. Ne faites pas la mauvaise tête. Je veillerai sur vous, je… Je pourrai même vous épouser, s'il le faut.

— S'il le faut ?

Son exclamation de surprise se transforma en un rire amer.

— Et en plus, vous m'humiliez, Tom ! Où vous arrêterez-vous ?

— Parce que j'ose vous imaginer comme ma femme ?

— Non, parce que vous présentez cette possibilité comme un pis-aller.

— Et pourtant, cela serait bien mieux, pour vous, de bénéficier de la protection d'un homme qui…

— D'un homme qui m'aime ? Parce que vous ne m'aimez pas, Tom. Vous le savez et je le sais.

— Non, je ne vous aime pas et je vous respecte trop pour vous nourrir d'illusions. Je ne vais pas vous proposer d'aller vous décrocher la lune. Vous êtes une femme pragmatique et ne sauriez qu'en faire. Je ne vais pas vous promettre une vie heureuse et sans heurts car vous savez tout comme moi que cela n'est envisageable que dans les rêves. Et encore… les plus belles rêveries sont toujours entrecoupées de cauchemars, n'est-ce pas ? Non, ce que je vous propose ce soir, c'est mon soutien, ma présence, mon aide et ce, aussi longtemps que je serai en vie. Je vous connais assez pour savoir que nous nous entendrons très bien et plus encore. Nous avons déjà passé de bons moments ensemble, pouvez-vous dire le contraire ? Je sais que malgré la déception qui vous habite à présent, vous m'appréciez et peut-être qu'avec un peu de temps et, surtout, beaucoup de patience, vous apprendrez à m'aimer un peu. Et cela me permettrait de racheter un peu toutes les mauvaises choses que j'ai faites. Je vous l'ai dit, je n'ai rien à voir avec la mort de Constance, mais d'une certaine manière, je me sens coupable…

— Je vous remercie pour la proposition, Tom, mais je ne serai pas là pour vous permettre de dormir sur vos deux oreilles. Cependant, si vous voulez m'aider…

— Oui ?

— Demandez à Amélia de venir me voir, s'il vous plaît. J'ai besoin d'elle et je ne sais pas si elle connaît mon sort actuel.

— Très bien, Eva… Si c'est ce que vous voulez, je m'en charge. Mais ma proposition tient toujours. Je ne serai pas loin, prêt à vous retrouver si vous en faites la demande.

— Merci, mais je me débrouillerai seule.

— Qu'allez-vous faire… après tout cela ?

— Après ? Je ne sais pas. Je verrai.

— N'avez-vous pas peur ?

— Peur ? Bien sûr que si. Je ne sais pas où je vais mettre les pieds ni le sort que l'on me réserve mais je sortirai de cette maison comme j'y suis entrée : seule. Et maintenant, s'il vous plaît, quittez cette maison avant de vous faire remarquer. À moins que vous ne souhaitiez revenir au service des Gardner ?

— Jamais de la vie !

— Dans ce cas, adieu. Puissiez-vous trouver la paix autrement qu'en demandant de pauvres gouvernantes en mariage…

Il rit doucement mais, de la chambre où Eva était terrée, son rire, sans joie, ressemblait presque à un pleur.

— Faites attention à vous, Eva.

— J'essayerai.

— Au revoir.

— Au revoir, Tom.

Eva se décolla immédiatement de la porte, prenant le parti de ne pas écouter le bruit de ses pas décroître dans le couloir. Elle ne savait plus que penser car si elle n'aurait voulu de son aide pour rien au monde, elle n'en avait pas moins l'impression d'avoir laissé partir son dernier ami en ces lieux.

À présent qu'elle était seule, il lui était beaucoup plus difficile de s'imaginer commencer une nouvelle vie, ailleurs. Plus que tout : elle avait peur de la cruauté de Samuel Gardner et de la colère froide de sa femme. Il leur suffirait d'un mot, d'un claquement de doigts pour la laisser dans le plus grand dénuement. Elle n'avait pas encore touché ses gages et n'avait pas de quoi prendre un billet de train pour rejoindre sa mère. Si, d'aventure, on la mettait dehors sans un penny en poche, elle ne pourrait s'en remettre qu'à la Providence et alors… Elle aurait bien du mal à survivre dans la gueule affreuse de la bête féroce que pouvait être Londres. Finirait-elle dans l'un de ces hospices où les pauvres, parqués ensemble tels des animaux, travaillaient toute la journée pour un salaire de misère ?

Rien ni personne ne vinrent la déranger de ses tristes pensées pendant plusieurs heures.

En début de matinée, alors qu'elle s'attendait à voir arriver Mme Mitchell, une petite bonne qu'elle n'avait étrangement jamais vue vint lui apporter un repas auquel elle toucha à peine. Elle n'en vida pas moins la théière qui se trouvait sur le plateau. Avoir choisi de prendre son mal en patience ne rendit pas le son de la clé tournant dans la serrure moins difficile à entendre lorsque la petite servante tourna les talons.

À aucun moment, elle n'avait espéré pouvoir dormir, elle était trop tendue pour cela mais vers le milieu de journée, à l'heure où ses élèves devaient prendre leur repas sans elle, elle commença à éprouver les premiers signes d'une fatigue qui allait bientôt se faire extrême.

Parfois, elle prenait le risque d'aller s'étendre quelques minutes sur son lit, allant même jusqu'à fermer les yeux tout en s'interdisant de glisser dans le sommeil. Dormir, c'était abandonner les armes. Dormir, c'était se rendre encore plus vulnérable qu'elle était alors. Quand elle se sentait prête à sombrer et seulement à ces moments-là, elle se relevait, faisait quelques pas dans sa chambre et allait jusqu'à la fenêtre qu'elle ouvrait de temps en temps, juste pour le plaisir de sentir l'air frais sur son visage. Puis elle la refermait et se plantait de nouveau au centre de la pièce, face à la porte.

Bien sûr, elle s'était imaginée y tambouriner comme une furie et hurler son désir de sortir sans jamais y céder cependant. Elle devait se montrer sage et sereine car la moindre démonstration de colère lui porterait préjudice, elle en était désormais convaincue. Cette certitude, ajoutée à l'impatience de recevoir la visite, même clandestine, d'Amélia, la faisait tenir bon.

Vers la fin de journée, la maison sembla se réveiller et enfin sortir de sa torpeur. Elle tendit alors l'oreille, les sens encore échauffés, à l'écoute de tous les bruits qui voulaient bien venir jusqu'à elle. Les domestiques devaient désormais tous savoir dans quelle drôle de posture elle était… Qu'en pensaient-ils ? Y avait-il quelqu'un pour s'en plaindre ? Pour s'en inquiéter ? Mme Roberts allait-elle venir la voir ? Tom avait-il fait passer son message à Amélia ? Et pourquoi cette dernière n'était-elle pas encore venue ? Plus que quiconque, elle devait avoir compris que la situation était critique…

Lorsque 17 heures sonnèrent, elle se rendit compte qu'elle mourait de faim et se tourna finalement vers les toasts qui avaient été abandonnés sur son plateau du matin.

Lorsqu'il fut 18 heures, elle entreprit finalement de faire ses bagages. Désormais, elle le savait, il n'y avait guère de chances pour qu'elle reste plus longtemps dans cette maison et elle devait prendre les devants car on ne lui laisserait peut-être pas le temps de réunir ses effets…

La mort dans l'âme, elle ramassa une à une les affaires qu'elle avait sorties de cette même malle quelques mois plus tôt. À l'époque, elle était à la fois pleine de craintes mais également emplie d'une émotion qui s'apparentait à de l'espoir. Elle était en quête de réponses et de vérité, blessée par son passé, forcée d'avancer contre son gré mais, malgré tout, prête à trouver un nouveau sens à son existence. À présent, elle n'était plus rien de tout cela et seuls lui restaient un goût amer et un sentiment d'inachevé.

Soudain, depuis la première fois depuis la veille, elle pensa à sa mère et à la honte qu'elle allait éprouver si elle parvenait à revenir jusqu'à elle. Elle n'avait été en rien digne de la confiance que cette dernière avait mise en elle. Elle avait échoué. Non pas parce qu'elle avait démérité mais parce qu'elle n'en avait fait qu'à sa tête.

Alors qu'elle était sur le point de s'abandonner à des larmes de fatigue et de tristesse mêlées, la clé tourna de nouveau dans la serrure et la porte s'ouvrit sur Harriet Gardner.

33

Lui faisant signe de retourner s'asseoir sur le lit, cette dernière jeta tout d'abord un regard dubitatif sur la malle ouverte au centre de la pièce puis entreprit de rapprocher une chaise sur laquelle elle s'assit sans plus de cérémonie. Eva remarqua alors les cernes sous ses yeux et l'air perdu qui planait au fond d'un regard qui n'avait plus rien de vivant. Tout portait à croire que Harriet Gardner n'avait pas plus dormi qu'elle. Le silence qui suivit cette entrée fut tellement long qu'il lui sembla susceptible de durer une vie entière, si bien qu'elle sursauta presque lorsque la maîtresse de maison lui annonça qu'un billet de train avait été acheté pour elle.

— Vous partirez demain matin, à la première heure. Je suis donc venue vous dire au revoir, mademoiselle Phoenix. Après cela, nous ne nous reverrons plus.

Par la fenêtre, dont les volets étaient restés ouverts, l'on pouvait déjà voir la lumière décliner. L'idée de passer une nouvelle nuit, seule, dans cette chambre, lui sembla subitement intolérable. Elle grimaça imperceptiblement mais cela n'échappa pas à Harriet.

— J'espère que l'horaire vous conviendra.

Eva, qui ne s'était pas attendue à une telle inquiétude, ne put cette fois cacher son étonnement :

— Je suis confinée dans ma chambre depuis des heures, enfermée comme une enfant indocile ou même comme une criminelle… Et vous vous demandez si l'horaire de mon train me convient ? Vraiment ?

— Si vous le prenez comme cela, mademoiselle, je préfère vous laisser sans m'attarder plus que de raison ici…

Voyant que Mme Gardner faisait bel et bien mine de se lever, Eva fut gagnée par la panique. Elle n'était coincée entre ces murs que depuis quelques heures et pourtant, elle avait l'impression que toute une vie s'était déroulée depuis qu'elle avait renvoyé ses élèves après leurs leçons de la veille.

— Je vous en prie… Ne me laissez pas seule ! Ou alors permettez-moi d'aller en cuisine. Si vous souhaitez me voir partir demain, j'aimerais au moins dire au revoir aux autres.

— Certainement pas, mademoiselle Phoenix !

— Et pourquoi non ? Je ne vois pas en quoi cela pourrait vous gêner ?

— Vraiment ?

Harriet Gardner s'était à présent redressée et se tenait toute raide sur sa chaise.

— Vous avez manqué du respect le plus élémentaire. Vous ne méritez pas que l'on vous accorde le moindre caprice.

— Mais de quel caprice parlez-vous ? Je ne comprends pas… Je ne suis pas un de vos bibelots, madame Gardner ! Vous n'avez pas le droit de me tenir ici de force.

— Jusqu'à demain matin, vous êtes encore mon employée. De ce fait, j'ai tous les droits sur vos allées et venues.

— Et pourquoi pas le droit de vie ou de mort sur ma personne ? Est-ce une habitude pour vous, madame Gardner ?

— Ma foi, c'est une obsession ?

— Plus que cela, madame.

— Dans ce cas, j'imagine que j'ai bien fait de venir vous trouver. Avant que vous ne partiez, vous avez le droit de savoir la vérité. Plus que cela, même : cela est désormais un impératif. Je regrette d'avoir à en venir à une telle extrémité mais avec votre curiosité et votre insolence, je m'y vois contrainte. Êtes-vous prête à entendre ce que j'ai à vous dire ?

Des volets claquèrent à l'étage, preuve que la vie continuait autour et que la maison se préparait doucement à l'arrivée de la nuit. Les Gardner recevraient-ils, ce soir ? Ou bien prendraient-ils leur voiture pour se rendre dans l'un de ces lieux huppés de la capitale qu'ils affectionnaient tant ? À moins que Harriet Gardner ne décide finalement de la veiller comme du lait sur le feu ? Cette situation désagréable allait-elle se terminer un jour ou était-elle condamnée à être à la merci de cette femme ?

Faisant le choix d'abandonner pour un temps ses sombres réflexions, Eva répondit par l'affirmative et Harriet lui tendit alors le feuillet plié qu'elle avait dans la main depuis qu'elle avait franchi le seuil de la pièce. Eva le prit sans mot dire et l'ouvrit afin de découvrir son contenu. Seules trois phrases barraient la blancheur immaculée de la feuille.

Je suis fatiguée de tout cela et je préfère partir. Il n'y a rien ni personne pour moi, ici, et il est temps que je mette fin à tout cela. Je souffre trop et j'en ai plus qu'assez de souffrir.

— Vous reconnaissez l'écriture ?

— C'est celle de Constance.

— Parfaitement.

— Eh bien ?

— Eh bien, ne comprenez-vous pas ?

Eva relut une nouvelle fois les quelques mots de son amie, dont elle avait en effet reconnu la plume, puis rendit tout bonnement le message à sa propriétaire.

— Je ne vois pas en quoi cela peut m'intéresser.

— Pourtant, c'est assez clair ! Par respect pour sa famille et pour les personnes pour qui elle était chère, nous avons fait le choix de cacher les conclusions de la police et de donner une version beaucoup plus acceptable de ce triste événement. Vous qui cherchiez une réponse depuis votre arrivée… La voici : Constance n'est pas tombée par accident, elle s'est délibérément jetée dans le vide. Tout le monde le sait, ici, mais tous ont reçu l'ordre de se taire. Ce n'est pas plus compliqué que cela.

— Je ne peux pas y croire.

— C'est pourtant vrai. Ce mot a été retrouvé sur son bureau. Elle l'a écrit juste avant de sauter. Elle savait que la chute ne lui laisserait aucune chance de s'en sortir. Son geste était délibéré ainsi que nous l'a appris l'inspecteur.

Eva garda une nouvelle fois le silence, ne sachant que répondre. Les conclusions qu'était venue lui apporter la maîtresse de maison ne lui convenaient pas mais quelque chose en elle (une certitude ? une assurance ?) venait de se briser en elle.

— Vous m'avez contrainte à me montrer dure, mademoiselle Phoenix. Votre amie… Votre amie a fait un geste que toute personne morale se doit de condamner. Mon mari et moi-même avons pourtant décidé de faire preuve de mansuétude pour que votre amie puisse reposer en…

— Vous avez pensé à votre famille, à votre réputation, et non pas au repos de l'âme de Constance, ainsi que vous essayez de me faire croire. L'accident était plus acceptable.

— Plus acceptable pour tout le monde. Voulez-vous vraiment rétablir la vérité, mademoiselle ? Souhaitez-vous que j'écrive dès demain à la mère de votre amie pour que la honte vienne s'ajouter à la souffrance d'avoir perdu son unique enfant alors qu'elle est elle-même âgée et veuve depuis des années ?

— Non, bien sûr…

— Ah ! Vous voyez !

Triomphante, Mme Gardner s'était levée d'un bond :

— Toute vérité n'est pas bonne à savoir, ma chère. Il faut l'accepter et apprendre à vivre avec. C'est au moins une leçon que vous aurez apprise entre ces murs. Sur ces belles paroles, ajouta-t-elle après quelques secondes, je vous laisse. Adieu, mademoiselle Phoenix. Bon retour dans votre famille qui sera, j'en suis sûre, bien étonnée de vous revoir si tôt. Je crains que votre avenir ne soit guère plus reluisant que votre passé mais, au moins, aurai-je le plaisir de vous savoir loin de mes filles.

Puis elle claqua la porte sans prendre la peine de la verrouiller, cependant. Sous le choc, Eva ne pensa même pas à quitter une pièce qu'elle ne supportait plus mais dont elle ne se sentait soudainement plus capable de sortir.

Plus d'une heure plus tard, la même petite bonne vint lui apporter un copieux repas auquel elle ne toucha presque pas, encore une fois, les aliments semblant être déterminés à se coincer au fond de sa gorge, l'empêchant de déglutir. Eva avait bien essayé d'établir un contact avec Mlle Amélia, demandant une nouvelle fois si cette dernière pouvait venir la voir.

— Oh mais jamais je n'oserai demander une telle chose à Mlle Lewis, s'exclama la petite bonne, étonnée par sa demande. Je suis désolée. Mais je peux faire passer le message à Mme Mitchell qui pourrait en parler à Mme Gardner.

— Non, c'est inutile.

— Très bien, mademoiselle. Je…

— Avez-vous vu les petites ?

— Vous voulez dire… Vos élèves ?

— Oui ! Qui d'autre ?

Eva regretta son ton agressif car la jeune femme, jusque-là agréable, bien qu'extrêmement discrète, se braqua quelque peu.

— Je n'ai pas à vous répondre, mademoiselle. On m'a demandé de vous apporter votre repas, chose que j'ai faite. À présent, je vais vous laisser.

Et Eva fut de nouveau seule.

Immobile, sur ce lit dont elle ne parvenait décidément pas à se détacher, elle pensa à Victoria et à Ophélie, réalisant qu'on ne lui donnerait même pas l'occasion de leur dire au revoir. Leur dirait-on la vérité ou alors leur raconterait-on qu'elle était partie de son propre chef ? Abandonnées successivement par deux gouvernantes… Comment le prendraient-elles ? L'oublieraient-elles vite ou se souviendraient-elles longtemps d'elle ? Dans quelques années, entourées de leurs amies et de leurs prétendants, dans ce salon qu'elle-même connaissait si bien désormais, peut-être se moqueraient-elles d'elle en se souvenant de « l'étrange créature » qui était venue leur faire la classe pendant quelques mois.

Lasse, Eva revint à sa malle et entreprit de terminer ses bagages.

34

Elle ne dormit pas plus cette nuit-là que la nuit précédente et désormais, d'immenses cernes venaient teinter de bleu son teint de porcelaine. Jetant un coup d'œil dans le miroir, elle se dit qu'un tel visage effrayerait sa mère, si d'aventure elle la voyait dans un tel état, puis elle réalisa avec douleur que cela serait bientôt le cas. Et sans doute arriverait-elle avec une mine encore plus terrible. Avec la fatigue qui était déjà la sienne, le voyage serait certainement une épreuve qui se chargerait de la rendre plus éteinte encore…

La veille, peu avant qu'elle ne rejoigne ses draps sans espérer pouvoir y fermer les yeux, Mme Mitchell était venue dans sa chambre afin de lui communiquer l'horaire de son départ. Le cocher se chargerait de la déposer exactement à l'endroit où il était venue la chercher le jour de son arrivée.

— Ensuite, je vous prierai de bien vouloir cesser tout contact avec la maison Gardner. Ne vous avisez pas d'écrire à Madame, ne serait-ce que pour demander des nouvelles de vos élèves. Vous avez déjà fait assez de mal ici…

— Du mal ?

Eva aurait voulu hurler, exploser, enfin crier son incompréhension au visage de cette femme qui la regardait avec le plus profond mépris mais sa voix, fluette et sans intonation, sortit difficilement de sa gorge lorsqu'elle reprit :

— Je n'ai rien fait de mal, rien. Tout comme Constance. Le mal, c'est vous.

— Moi ?

— Vous, cette maison… Ceux qui vous emploient…

Alors, ce fut comme si Eva avait prononcé les pires insultes, comme si elle lui avait craché au visage, comme si elle l'avait frappée en plein cœur. Mme Mitchell, qui était à la porte, prête à sortir, se tourna brusquement vers elle et lui attrapa violemment le bras.

Lui jetant un regard ahuri, Eva entreprit alors de secouer vigoureusement sa main afin de se débarrasser des griffes qui meurtrissaient sa chair mais cela n'eut d'autre effet que de rendre Mme Mitchell plus féroce encore. Serrant le bras de plus belle, elle planta ses yeux sombres dans ceux de la jeune femme mais ce fut sa voix, rendue rauque par la colère, qui impressionna le plus Eva :

— Jamais, je vous le dis, jamais je ne vous permettrai de dire le moindre mal de Madame. Jamais ! Vous êtes si… Vous n'avez pas le droit ! Comment osez-vous même prononcer son nom ?

Sans desserrer son étreinte, Mme Mitchell tira vivement Eva à elle. Leurs visages se touchaient presque, si bien que la jeune femme pouvait sentir le souffle brûlant de son interlocutrice sur sa peau.

— Vous êtes comme votre amie, cette Constance…

Mme Mitchell avait craché ce prénom comme on crache une injure.

— Vous voulez salir, vous voulez détruire ce que vous ne pouvez pas posséder. Si vous vous figurez que vous allez pouvoir entacher la réputation de Madame et colporter vos sottises sitôt sortie de cette maison, vous vous trompez, reprit l'intendante d'une voix toujours aussi rauque. Je… je ne vous laisserai pas faire. Vous n'êtes rien, mademoiselle Phoenix, rien du tout. Vous venez de nulle part et vous retournerez à votre néant sans que personne ne se soucie de votre sort. Des gouvernantes comme vous, on en trouve dans tout Londres. Une autre vous remplacera et dans quelques semaines, tout le monde vous aura oubliée et cela sera une bonne chose. Oui, une bonne chose !

Sans la quitter du regard, elle accentua encore un peu la pression sur le bras d'Eva. Les jointures de ses doigts devinrent blanches et deux taches rouges vinrent colorer son teint blême.

— Votre amie a voulu voler Monsieur. Je l'ai surprise à plusieurs reprises, vous savez ? Elle lui tournait autour ! Elle voulait le prendre… D'autres ont essayé avant elle et Monsieur… Monsieur n'est qu'un homme. Il est faible. Je me chargeais de régler ses problèmes avant que tout cela se sache. Tom… Tom assurait le reste. Avec Mlle Pitt, ce fut un peu plus compliqué. Elle ne vivait pas avec les autres domestiques, pouvait aller où bon lui semblait, mais derrière ses airs de sainte-nitouche, c'était une dévergondée, comme toutes les autres !

— Mais… Qu'êtes-vous en train de me dire ?

— Ce que je vous dis, mademoiselle Phoenix ? Rien, si ce n'est que mon rôle est de veiller sur Madame et sa famille. Dans le passé, je n'ai pas hésité à prendre certaines décisions et s'il fallait recommencer, d'une manière ou d'une autre, eh bien… je n'hésiterais pas non plus. Est-ce clair ? Vous ne serez plus jamais la bienvenue ici. Plus jamais ! Ni ici, ni à Londres. Si j'apprends que vous êtes de retour, je… Mais j'espère ne plus jamais vous revoir. S'il vous reste un tant soit peu de raison, suivez mon conseil… Vous ne…

— Sortez !

D'un geste d'une violence extrême, Eva s'était détachée de la poigne de l'intendante et l'avait attrapée par le col de sa robe. Elle utilisa ses dernières forces pour mettre l'intendante dehors. Avant de refermer la porte sur elle et de repousser le verrou, elle vit une fine silhouette tourner furtivement au bout du couloir. Elle crut reconnaître Amélia mais la fureur de l'instant lui brouillant la vue, elle n'en eut pas la certitude. Mais il lui importait peu de savoir qui se trouvait dans le couloir au moment de son altercation avec l'intendante. Que ce fût Amélia ou la petite bonne qui revenait lui apporter quelque chose, cela ne comptait pas vraiment. Elle avait perdu espoir de s'entretenir une dernière fois avec la jeune femme, cette dernière préférant visiblement éviter d'être vue avec la *persona non grata* qu'elle était devenue en l'espace d'une journée. Eva ne pouvait que le comprendre.

Pour l'instant, comme en état de choc, elle n'avait d'yeux que pour son poignet meurtri. La marque écarlate des doigts de l'intendante était bien visible sur sa peau blanche et le sang pulsait violemment jusque dans ses doigts.

Le lendemain matin, alors qu'elle attendait sur le perron de la maison, plantée comme une statue sans vie, sa petite valise à ses pieds, elle sentit un regard sur elle, releva la tête vers la façade et frissonna en découvrant qui l'observait de la fenêtre du premier étage.

Ce n'était pas Mme Mitchell et évidemment pas Mme Gardner mais Amélia elle-même. Les deux jeunes femmes échangèrent un regard mais aucune des deux ne sourit. Enfin, Amélia se retira lentement derrière les rideaux et disparut pour de bon de son champ de vision.

***

Le voyage se déroula dans un calme quasi olympien qui lui permit de reposer ses yeux et de calmer un peu la brûlure terrible qu'elle ressentait au niveau des tempes. À l'exception d'une vieille femme assoupie dans le coin opposé de la voiture, Eva fut seule pour terminer son trajet.

Durant ses nombreuses heures passées sur la route, Eva avait eu le temps de se ressaisir et, surtout, de repasser le fil des dernières heures sans parvenir à y faire le clair, cependant. Chaque détail, chaque mot échangé, chaque attitude était encore frais dans sa mémoire mais cela ne l'empêchait pas d'être complètement désorientée.

Elle revoyait Samuel Gardner la mener jusqu'à sa femme alors qu'elle l'accusait de meurtre.

Elle revoyait Harriet lui montrer le message de Constance et lui affirmer que son amie avait mis fin à ses jours.

Elle revoyait surtout Mme Mitchell la menacer tout en sous-entendant… Mais en sous-entendant quoi, justement ? Qu'elle avait demandé à Tom de se débarrasser de Constance avant que celle-ci ne devienne trop gênante ? Il lui avait pourtant assuré ne pas avoir mal agi envers cette dernière…

Ses pensées se tournèrent alors vers celui qui ignorait tout des derniers événements. Théo… La honte lui étreignit l'âme et une fine pellicule de glace sembla enserrer son cœur meurtri lorsqu'elle réalisa qu'ils ne se reverraient jamais plus et que jamais plus, elle ne pourrait s'expliquer et lui faire comprendre la raison pour laquelle elle avait dû quitter Londres.

Et ce fut dans ce triste état d'esprit qu'elle arriva chez sa tante.

N'ayant ni dormi, ni mangé depuis longtemps, elle fit un malaise en descendant de la voiture. Sans cri, ni larmes, elle s'affala aux pieds de sa mère et de Kitty qui, trop effarées par la situation, n'eurent même pas la présence d'esprit de la rattraper avant qu'elle n'atteigne le sol.

Dans un état de semi-conscience, Eva entendit sa tante vociférer au sujet de l'inconscience des Gardner qui, après les avoir prévenus au dernier moment de son retour, l'avaient laissée partir dans un état aussi pitoyable, et il avait fallu retenir de force son oncle, ce dernier étant prêt à galoper sur-le-champ jusqu'à Londres pour exiger des explications dignes de ce nom.

Entre deux accès de faiblesse, Eva avait tenté d'expliquer les raisons de sa présence mais aucune explication cohérente n'avait franchi la barrière de ses lèvres.

Après un solide repas avalé sous trois paires d'yeux inquiets, Eva avait été couchée dans le lit de sa mère et avait sombré dans un sommeil lourd et douloureux à la fois.

35

Le réveil fut difficile. Depuis plusieurs heures déjà, Eva cherchait à remonter à la surface de ses rêves et luttait pour sortir d'un sommeil qui la retenait prisonnière depuis trop longtemps à son goût. Au prix d'un effort qui lui parut surhumain, elle parvint finalement à ouvrir les yeux pour de bon et à reprendre contact avec la réalité.

L'espace de quelques secondes, elle eut bien du mal à reconnaître la chambre où elle était allongée. La veille, elle avait été mise au lit dans un grand état d'abattement et le long sommeil dont elle sortait n'arrangeait rien à son trouble.

Si elle se rappelait vaguement une chute, un court voyage jusqu'à une maison puis un repas pris de manière rapide, elle eut bien du mal à se souvenir de la manière dont elle était arrivée dans ce lit, et seule la présence de sa mère, assoupie à son chevet, la rassura un peu. Un instant, elle s'était réellement crue de retour à Londres, dans sa chambre fermée à double tour, et une angoisse cauchemardesque l'avait clouée à son oreiller. Puis, les battements de son cœur s'étaient calmés et enfin, elle avait eu l'impression de réintégrer son corps et de retrouver toutes ses facultés.

Soudain agacée d'être au lit, la jeune femme commença alors à se tortiller dans ses draps, cherchant à entrevoir le monde extérieur par la fenêtre dont les rideaux étaient pourtant tirés.

Depuis quand était-elle là ? Quelle heure pouvait-il bien être, à présent ? Avait-elle dormi pendant des heures ou seulement quelques minutes ?

Entendant sa fille remuer dans son lit, Mme Phoenix s'éveilla elle aussi d'un coup. Une immense lueur de soulagement envahit son visage lorsqu'elle remarqua la vigueur d'Eva, cette dernière étant d'ores et déjà en train de rabattre les draps afin de se lever.

— Eva ! Ma chérie ! Arrêtez cela et restez au lit, je vous prie ! Vous devez encore vous reposer.

— Mais j'aimerais me lever, j'en ai assez de…

— D'accord, d'accord ! Mais plus tard ! Prenez le temps de vous réveiller tranquillement au lieu de gesticuler comme une furie. Si votre père était encore de ce monde, il vous forcerait à garder le lit encore quelques heures, soyez-en certaine !

D'un geste doux mais ferme – un geste qui avait un arrière-goût d'enfance pour Eva –, elle repoussa sa fille sur le matelas et remonta les couvertures sur elle.

— Là ! Restez calme et tout ira bientôt mieux. Vous nous avez fait une de ces frayeurs ! Vous en rendez-vous compte ? Nous ne nous attendions pas à vous revoir si tôt, bien sûr, et surtout, sans que vous n'ayez annoncé votre retour comme il se doit ! Votre tante était dans tous ses états quand nous avons reçu le télégramme… Moi-même, j'ai eu peur ! J'ai pensé qu'il vous était arrivé malheur !

D'une certaine manière, c'était le cas mais Eva fit le choix de se taire encore un peu sur les raisons réelles de son retour précipité.

— Mais dites-moi… Comment vous sentez-vous à présent ? Vous êtes toujours aussi pâle mais vous me semblez moins fatiguée. Voulez-vous manger quelque chose ?

Eva lui fit signe que non.

— Il faudra bien manger, pourtant. Si votre père était là, il…

— Oui mais il n'est plus là, mère.

— Et je suis bel et bien la mieux placée pour le savoir…

Eva observa sa mère se rembrunir légèrement. Peut-être n'aurait-elle pas dû répondre aussi durement mais décidément, elle n'était pas en état de supporter une nouvelle allusion à son père…

— Veuillez me pardonner, je…

— Laissez, Eva. Je comprends. Vous êtes fatiguée.

— Mais mieux qu'hier, je vous rassure.

— Hier ?

Mme Phoenix ouvrit grands les yeux et peina visiblement à réprimer un amusement qui finit par la gagner tout entière :

— Voilà presque deux jours que vous dormez, Eva ! Presque deux jours que vous êtes rentrée. J'ai réussi à vous faire boire à une reprise mais vous n'avez pas bougé ou presque !

Ce fut aux yeux d'Eva de s'arrondir de surprise.

— Vraiment ?

— Vraiment !

— Et personne n'a essayé de me contacter ? Personne n'est venu… ?

— Pourquoi vous aurait-on suivie ou écrit, Eva ?

— Pour rien, mère. Oubliez cela.

— Que s'est-il passé à Londres ? Le télégramme que nous avons reçu était… plutôt vague.

— Que disait-il ?

— Rien de particulier, sinon que vos employeurs avaient décidé de se passer de vos services à cause de certaines dissensions.

Une chape de plomb s'abattit à nouveau sur la jeune femme. Elle voyait, au regard de sa mère, que cette dernière attendait une réponse, des explications en somme, au moins quelques mots grâce auxquels elle aurait pu comprendre la situation mais Eva ne trouvait toujours pas le courage de s'expliquer.

— Nous en reparlerons, déclara alors Mme Phoenix qui, en sa qualité de mère, semblait décidément comprendre sans qu'il soit nécessaire de lui expliquer trop longuement.

Un peu plus tard, sa mère, qui avait préféré la laisser un peu seule, revint avec Kitty dans son sillage, une apparition qui eut le mérite de ramener Eva au présent. Depuis qu'elle était bel et bien réveillée, elle éprouvait de plus en plus de mal à affronter son nouveau décor, et son esprit, bien que lourd de tristesse et d'angoisse contenues, semblait condamné à voleter vers son passé proche. Rien ne l'intéressait plus, sinon de revenir en pensées sur ce qu'elle venait de vivre et sur les gens qu'elle avait quittés quelques jours plus tôt.

— Vous reprenez des couleurs, Eva, j'en suis particulièrement heureuse, commença Kitty. Vous étiez si mal à votre retour que nous avons craint une maladie… L'air de Londres est si mauvais ! Si mauvais ! Vous auriez pu nous revenir à l'article de la mort que cela ne m'aurait pas étonnée ! Mais Dieu merci, vous avez l'air d'être remise et serez vite sur pied. Maintenant, puis-je vous demander la raison d'un retour si soudain ? Votre mère et moi-même brûlons d'en savoir plus…

— Kitty ! Laissez-la encore un peu tranquille, je…

— Laissez, mère. Kitty a raison, il est peut-être temps que nous parlions un peu de tout cela… Je vous dois bien quelques explications…

Eva respira un grand coup, se redressa un peu, puis se lança finalement, non sans quelques hésitations :

— Vous me demandez une chose bien difficile, ma tante. Si j'essaie de vous expliquer, me feriez-vous la faveur de m'écouter jusqu'au bout sans m'interrompre ? J'ai peur de perdre le fil de mon histoire… D'ailleurs, je ne suis pas sûre de savoir par où commencer…

— Vous excitez notre curiosité mais c'est entendu. Je resterai silencieuse et vous pouvez également compter sur la discrétion de votre mère.

Cette dernière acquiesça d'un signe de tête puis croisa les mains sur sa jupe, signe qu'elle était tout à fait prête pour écouter le récit de sa fille. Dans la maison, comme à l'extérieur de celle-ci, il n'y avait pas de bruit et ce silence ambiant étonnait la citadine qu'était devenue Eva en seulement quelques mois. Elle aurait dû l'apprécier à sa juste valeur mais elle ne le pouvait pas, tant se replonger dans ses souvenirs lui était désagréable.

Légèrement tremblante, elle se lança dans sa longue histoire et commença son récit au moment même où elle avait quitté la maison de ses parents. Elle raconta sa mauvaise humeur, sa peine et les nombreuses angoisses qui l'avaient accompagnée durant son voyage puis fit un récit détaillé de son arrivée chez les Gardner et de la conversation qu'elle avait eue avec Charlotte. Elle évoqua ses élèves, le mal qu'elle avait eu à les intéresser à ses leçons et les brèves conversations qu'elle avait eues avec Mme Gardner au sujet de leur éducation. Si, par pudeur, elle passa sous silence les longues entrevues avec Théo Carter, elle mentionna malgré tout sa gentillesse et la bienveillance dont il avait fait preuve à son égard.

— Je suis rassurée de voir que vous aviez un ami car votre employeuse me semble avoir été bien exigeante et bien critique envers vous.

— Elle en avait parfaitement le droit, concéda la jeune femme. Vous savez évidemment que j'étais la seconde gouvernante en poste dans cette maison, la première ayant été notre chère Constance.

Eva s'arrêta une nouvelle fois. Elle cherchait ses mots, voulant traduire avec justesse les sentiments qui l'avaient habitée alors et ce, sans passer pour une personne fantasque et sans cervelle qu'elle n'était pas. Du moins, l'espérait-elle.

— Si je devais être honnête avec vous, je vous dirais que je suis partie avec l'espoir de trouver des réponses à mes questions.

— Des réponses à quoi ?

— À la raison de sa mort…

Kitty jeta un regard interloqué à sa sœur puis se tourna de nouveau vers Eva :

— Mais n'a-t-il pas été établi qu'il s'agissait d'un accident ?

— Si, parfaitement.

— Eh bien ? Pourquoi ne pas accepter cette information, Eva ? Ah ! Cela vous ressemble bien. Toujours contester, chercher… Votre curiosité vous pousse à faire de mauvaises choses.

— Dans ces tristes circonstances, ma curiosité m'a été plutôt utile…

— Que voulez-vous dire, Eva ?

À présent, Mme Phoenix regardait sa fille avec l'air de vouloir la punir et Eva dut réunir toutes les forces qu'elle avait encore en elle pour ne pas se recroqueviller sous ce regard maternel.

— Je ne suis plus une enfant, mère, et j'ai parfaitement le droit de…

— Personne ne vous dit le contraire, la coupa Mme Phoenix, mais dans ce cas précis, votre curiosité n'était dictée que par la douleur et non pas par goût de la vérité… Vous n'arriviez pas à accepter la mort de votre amie et je ne peux que vous comprendre. Voilà pourquoi vous vous êtes mis en tête de l'expliquer autrement.

— Je voulais seulement en savoir plus. Les informations dont nous disposions étaient minces.

— Mais ne saviez-vous pas l'essentiel ?

Eva jeta un regard noir à Kitty mais ne répliqua pas. C'était inutile.

— Si je n'en avais pas forcément pleinement conscience dans les premiers temps de mon séjour, j'étais malgré tout très perturbée par les circonstances de sa mort et, par curiosité, j'ai cherché à connaître le point de vue des domestiques sur cette fameuse chute. J'ai essayé… Oui, j'ai essayé de comprendre quelle femme avait été Constance au cours des mois qu'elle avait passés loin de nous. Je voulais savoir si elle était aimée, si elle s'était fait des amis, si elle avait aimé son travail.

— Et avez-vous obtenu des réponses ?

— Au départ ? Rien. Nul ne voulait parler d'elle puis, peu à peu, j'ai obtenu quelques renseignements auxquels j'avais presque renoncé. J'ai appris que Constance entretenait des relations conflictuelles avec M. Gardner, qu'elle se tenait à l'écart des autres domestiques, qu'on avait noté quelques changements dans sa garde-robe…

Mme Phoenix fronça les sourcils, à la fois étonnée et chagrinée.

— Cela ne ressemble absolument pas à la Constance que nous connaissons !

— N'est-ce pas ? Voilà pourquoi j'ai eu envie d'en savoir un peu plus. Heureusement, le destin m'a donné un coup de pouce inespéré…

Eva revint sur le premier carnet, sur les lettres trouvées dans le boudoir de Mme Gardner (elle fit le choix d'ignorer le regard plein de colère que sa mère lui lança en apprenant qu'elle avait fouillé dans le courrier d'une autre) et sur sa première conversation avec Amélia/Martha qui lui avait raconté son histoire ainsi que le drame qui avait touché sa famille.

— Je n'arrive pas à y croire ! s'exclama Kitty. Cette Mme Gardner n'accorde-t-elle pas plus d'attention que cela aux personnes qu'elle accueille chez elle ?

— Il faut croire que non. Mais vous savez, Martha avait été envoyée par une dame de sa connaissance. Elle n'arrivait pas de nulle part à proprement parler ! Et la famille a l'habitude de recevoir des invités à demeure. Par exemple, le frère, Théo Carter, passait son temps à aller et venir dans leur maison sans que personne ne sache jamais quand il allait partir ou revenir…

— La situation est différente puisqu'il s'agit de son frère !

— Voilà deux fois que vous faites allusion à cet homme, nota Mme Phoenix. Vous semblez particulièrement l'apprécier… Est-ce que je me trompe ?

Eva se sentit rougir mais ne détourna pas son regard de celui de sa mère pour autant :

— Que je l'apprécie ou non ne change malheureusement rien à ma situation présente. Je ne le reverrai jamais et… Et je n'ai même pas pu lui dire au revoir. D'ailleurs, je n'ai pas dit au revoir à mes élèves non plus, crut-elle bon d'ajouter afin d'atténuer un peu la marque de regret évidente qui perçait dans sa voix.

— Qu'a-t-on raconté à ces enfants, à votre avis ?

— Sans doute la même chose que pour Constance. Soit que j'étais partie sans crier gare…

— Mais revenons à cette Martha… Que souhaitait-elle faire, en réalité ?

— Elle attendait d'avoir réuni assez de preuves pour accuser publiquement M. Gardner pour toutes ses dérives et tout ce qu'il a fait subir à ses employées… Sans doute y avait-il aussi d'autres victimes, à l'extérieur. Dans tous les cas, pour Martha, ce qui était arrivé à Constance n'était qu'une raison de plus de poursuivre cette idée de vengeance. Si mon amie était restée en vie ou si j'étais restée plus longtemps sur place, elle aurait pu…

Kitty haussa un sourcil :

— Mais quel est le lien entre la chute de Constance et ce dépravé de M. Gardner ?

Puis, observant sa nièce avec horreur :

— Ne me dites pas que…

— Non, non ! l'arrêta Eva. N'allez pas imaginer de telles choses. Constance n'a pas… Constance n'a pas été… En réalité, Constance était venue dans cette maison pour retrouver son père.

Elle poursuivit son récit, résumant par quelques mots simples tout ce qu'elle avait appris en parcourant le carnet de son amie. Puis, les yeux de la jeune femme se posèrent enfin sur sa mère dont elle sonda le regard. Elle ne s'était jamais demandé si cette dernière avait été dans le secret de l'origine de son amie mais à présent, cela lui paraissait plus qu'évident : c'était une certitude.

— Mère ? Constance n'était pas la fille de ses parents, n'est-ce pas ? Elle a été adoptée lorsqu'elle était bébé.

— Oui, Eva, c'est tout à fait ça, répondit Emily Phoenix avec un gros soupir de résignation.

La jeune femme lui jeta un regard profond et la trouva subitement bien vieille. Avachie, fatiguée par les années et les drames, elle n'était désormais plus que l'ombre de la jeune femme vive qui habitait tous ses souvenirs d'enfance.

— Les Pitt désespéraient d'avoir un enfant..., continua cette dernière d'une toute petite voix. Edith en avait perdu trois coup sur coup et... À l'époque, ton père travaillait justement dans un établissement de la région...

— Un hôpital ?

— Non, pas réellement. Plutôt une maison de repos où les familles riches envoyaient leurs filles quand elles avaient, disons... un petit problème qui les obligeait à se retirer de la société pour quelques mois... Tu comprends ? À la campagne, loin de tout, loin de tous, elles pouvaient avoir leur enfant en toute discrétion puis rentraient chez elles.

— Et les enfants ?

— Certains mouraient, d'autres étaient placés chez des proches pendant un temps plus ou moins long, les autres enfants, d'ailleurs la grande majorité, étaient envoyés dans le reste du pays pour rejoindre des familles méritantes et en manque d'enfants, comme les Pitt. Votre père... Votre père connaissait les ennuis de nos voisins et lorsqu'il a vu cette petite fille blonde, il a immédiatement pensé à eux.

— Mais pourquoi n'avez-vous pas fait le lien entre le départ de Constance à Londres, chez les Gardner, et l'histoire de sa naissance ?

— Pourquoi ?

Emily Phoenix s'était redressée, étonnée d'être prise en faute.

— Mais je ne connaissais pas le nom du père ! Ni même celui de la mère ! Jamais je n'aurais pu... Si j'avais su que Constance allait se rendre chez celui qui avait précipité sa mère à la mort, je...

— Sa véritable mère est morte ?

— Peu après sa naissance, oui. Votre père m'a raconté qu'elle s'était tout bonnement laissée mourir de chagrin et de honte. Votre père en avait été particulièrement affecté car elle était très jeune.

Les mots de Mme Phoenix semblèrent résonner dans le silence qui s'était désormais fait terrible. Mille et une questions rebondissaient dans l'esprit échauffé d'Eva qui en oubliait presque de quitter ce lit qu'elle abhorrait tant quelques dizaines de minutes plus tôt.

À quelle époque Constance avait-elle connu sa véritable histoire ? Qui l'en avait informée ? Qu'était-elle vraiment allée chercher à Londres ? Et pourquoi avoir gardé le silence à ce sujet alors qu'elles auraient pu y réfléchir ensemble ?

— Pourrais-je écrire à Mme Pitt pour lui poser quelques questions ?

— Et remuer encore une fois ce passé douloureux ? Vous n'y pensez pas !

— Mais il y a encore des zones d'ombre ! Je veux savoir pourquoi Constance est morte ! Je veux savoir si on l'a poussée, si elle est tombée par erreur ou si elle… Si elle l'a souhaité. Le dernier jour, Mme Gardner est venue me voir et ses mots allaient dans ce sens. Sauf qu'ensuite, son intendante a sous-entendu que ce n'était pas une mort délibérée et que…

— Et est-ce que ça changerait quelque chose, Eva ?

— Oui. Pour moi, cela changerait tout.

— En êtes-vous persuadée ?

— Je le suis. Je ne la jugerai pas, quoi qu'elle ait pu penser ou faire. Connaître la vérité me fera du bien, cela me permettra de… D'être plus sereine, je crois.

— Permettez-moi d'en douter…

— Alors ? Ne puis-je pas écrire à Mme Pitt ?

— Non, pas tout de suite. Laissez-moi prendre contact avec elle dans un premier temps. En fonction de sa réponse, je verrai si elle est prête à avoir ce genre d'échange avec vous.

— Vous me jurez que vous ne savez rien vous-même ?

— Je ne sais rien, Eva. Si j'avais su ne serait-ce qu'une bribe de cette histoire, jamais je ne vous aurais envoyée sur les traces de votre amie.

Sa tante était restée silencieuse depuis de longues minutes et Eva en avait presque oublié sa présence. Elle n'en prit pas moins la parole d'un air sage qui ne lui était pas coutumier.

— Constance était peut-être passablement perturbée par la situation, commenta soudainement Kitty. On le serait à moins. Apprendre que ses parents n'étaient pas ses vrais parents, savoir que sa mère est décédée dans de tristes circonstances et se rendre compte que ce père, en lequel elle avait peut-être mis tous ses espoirs, ne voulait pas d'elle… De plus, elle allait se faire renvoyer… Je ne cautionne évidemment pas ce geste, si tant est que votre amie s'y soit résolue, mais je peux le comprendre. Elle a dû se sentir très seule. Très seule et incomprise.

— Elle n'aurait pas été seule si elle m'avait tout expliqué, répondit alors Eva, lapidaire. Mais on ne peut pas aider ceux qui ne demandent pas d'aide, justement... Maintenant que je sais tout cela, j'ai l'impression que ma tête va prendre feu. J'aimerais savoir ! J'aimerais agir ! J'aimerais...

— Patience, Eva. Patience. Pour le moment, le temps est au repos.

Après s'être levée et avoir pris son premier repas en famille depuis bien longtemps, Eva fit quelques pas à l'extérieur mais revint bien vite dans la chambre qu'on lui avait cédée à son arrivée, ne parvenant à trouver sa place nulle part ailleurs.

Bien que de retour dans un univers bienveillant, elle se trouvait bel et bien dans une impasse. Que pouvait-elle espérer de l'avenir, désormais ? Elle avait perdu sa place. Elle avait l'interdiction d'écrire à Mme Pitt alors qu'elle rêvait de nouveaux éclaircissements et plus que tout, elle aurait voulu écrire à Martha mais ne le pouvait pas : sa lettre serait forcément interceptée et mettrait sa destinataire dans l'embarras.

Ainsi que lui avait conseillé sa mère, il ne lui restait plus qu'à attendre...

Et elle n'attendit pas longtemps. Quelques jours plus tard, au retour d'une de ses promenades matinales, deux lettres fraîchement arrivées l'attendaient sur son petit bureau.

36

Le 3 février 1866,

Chère Eva,

Vous devez être fort surprise de recevoir une lettre de ma part, qui plus est à cette adresse qui est la vôtre depuis peu. J'ai néanmoins très rapidement eu connaissance de vos déboires grâce à une amie que vous vous êtes faite à Londres. Je fais référence à cette chère Martha, bien entendu. Je ne la remercierai jamais assez d'avoir pris la peine de m'écrire.

Vous ne pouvez imaginer la tristesse qui a été la mienne lorsque j'ai lu la courte missive qu'elle m'a envoyée la veille de votre départ. Aujourd'hui, je regrette d'avoir gardé le silence et de ne pas vous avoir contactée avant votre départ pour Londres. Je savais, pour avoir renseigné les Gardner à votre sujet, dans un moment de trouble où je ne savais plus vraiment qui j'étais, que vous alliez avoir l'opportunité de rejoindre leur maison, mais jamais je n'aurais pensé que vous accepteriez le poste ! C'était compter sans les aléas de votre propre exis-

tence et de la situation délicate dans laquelle vous vous trouviez alors avec votre mère.

Il me semble, à présent que votre séjour londonien est terminé, que je vous dois quelques explications mais par quoi pourrais-je commencer, si ce n'est pas le commencement ?

Mon mari et moi-même n'avons pas eu la chance d'avoir un enfant. Plus qu'un regret, ce fut pour nous une douleur terrible que votre père, cet homme généreux et attentif, s'est proposé de guérir. Comment aurions-nous pu refuser ? Lorsque cette enfant est arrivée, j'ai tout de suite compris que j'allais l'aimer comme ma fille et plus encore car elle était un cadeau inespéré, arrivé au moment où je ne l'attendais plus.

Vous le savez, nous avons été heureux. Constance a été la plus adorable, la plus douce, la plus intelligente et la merveilleuse fille dont j'aurais pu rêver. Je bénis le jour où elle est entrée dans ma vie aussi fort que je maudis la nuit où elle m'a été arrachée. Depuis, il n'y a pas un jour où je ne me sente coupable car, en ma qualité de mère, j'aurais dû la retenir et lui interdire de partir. Mais la lettre que lui avait écrite votre père, peu avant de mourir – sans doute était-il désireux de lui expliquer quelles étaient ses véritables origines –, lui a mis de mauvaises idées en tête. Le pauvre homme, je ne puis le blâmer pour cela à présent qu'il n'est plus mais je ne comprendrai jamais pourquoi il n'a pas daigné m'en parler avant de prendre une telle décision.

La suite ? Nous ne la devons qu'à un triste coup du sort. À peine Constance avait-elle pris connaissance du secret de sa naissance que nous décou-

vrions une annonce dans le journal londonien que feu mon mari avait l'habitude de recevoir, une habitude que je n'ai pu me résoudre à arrêter. Les Gardner recherchaient une gouvernante.

Ensuite, les choses se sont enchaînées très vite et j'ai vu ma fille me quitter sans vraiment m'en rendre compte.

Constance m'écrivait souvent pour me parler de ses rencontres, de ses déboires mais également de ses espoirs. Je l'ai mise en garde, ayant très rapidement compris, même d'après le peu qu'elle m'en disait, que ce Samuel Gardner n'était pas le genre d'homme que l'on peut espérer avoir comme père.

Puis j'ai perdu le fil, perdu le contrôle sur ma fille.

Apprendre son décès m'a plongée dans l'état d'affliction terrible que vous pouvez imaginer. À aucun instant, je n'ai cru à une chute accidentelle, pas plus que je n'ai pensé que cette joie de vivre, qui caractérisait Constance depuis toujours, n'ait pu la quitter pour de bon. Plus que tout, je sais qu'elle ne m'aurait jamais abandonnée. Si elle l'a fait, c'est parce qu'on l'y a contrainte...

Bientôt, la vérité éclatera et justice sera faite. Je lui en ai fait la promesse sur sa tombe et je tiendrai bon. Martha veille.

J'espère que cette lettre vous apportera quelques réponses et, surtout, que vous me pardonnerez, Eva, et que vous comprendrez pourquoi j'ai préféré vous tenir à l'écart de toutes ces histoires. J'ai suivi mon instinct mais également la volonté de Constance qui voulait vous préserver. Elle vous savait trop fragile, après la mort de votre père, pour pouvoir la suivre dans ces méandres qui l'attiraient mais dont elle se

méfiait tout autant. Nous avions tort mais à présent, il est trop tard pour prendre de meilleures décisions. Transmettez toutes mes amitiés à votre mère mais également à votre tante et à votre oncle.
Je vous envoie mes plus douces pensées et espère pouvoir vous donner des nouvelles très prochainement.

Edith Pitt

Le 5 février 1866,

Mademoiselle Phoenix,

Ma lettre risque de vous surprendre et pourtant, je ne puis repousser le besoin de l'écrire plus longtemps. J'espère que vous voudrez bien excuser mon audace car pour vous contacter et obtenir votre adresse, j'ai dû intriguer à l'office. Mme Roberts m'a été d'une aide précieuse dans mes recherches. Vous pouvez voir en elle une, bien qu'impuissante, véritable amie.
Vous ne pouvez pas imaginer le trouble qui m'habite à présent qu'il me faut trouver les mots pour vous contacter. Vous n'imaginez pas non plus le nombre de brouillons qui auront précédé l'écriture de la missive que vous tenez à présent entre vos mains. Non, décidément, aucune explication, aucun mot, aucune excuse ne m'a paru à la hauteur de ce que je voudrais vous exprimer.
Dans l'incapacité où je me trouve d'éviter les platitudes épistolaires qui n'amèneraient à rien, si ce

n'est à votre ennui le plus profond, il ne me reste plus qu'une solution : accepteriez-vous de revoir un vieil ami ?
Si, par malheur, vous ne souhaitiez pas avoir cette entrevue et si le seul nom de Carter éveille en vous de sombres pensées, je vous en prie, écrivez-moi par retour de courrier afin de m'en informer le plus brièvement possible. Je respecterai votre refus et ne prendrai plus jamais contact avec vous.
Le cas échéant, je prendrai la route et viendrai à votre rencontre dans trois jours.
En espérant avoir le plaisir de vous revoir très prochainement, veuillez recevoir, ma chère Eva, l'expression de ma plus sincère amitié.

Théo Carter

37

Elle le vit arriver de loin, marchant d'un bon pas le long du chemin, venant visiblement de la ville et traversant les champs à grandes enjambées. Elle l'aurait reconnu entre mille. C'était lui. C'était lui et il venait à elle. La réalité prenait subitement des airs de songe, un songe qu'elle n'aurait même pas osé faire.

Des semaines qu'ils ne s'étaient pas vus. Si peu de temps et, à la fois, une véritable éternité pour elle.

Elle se tint immobile, au bord de la petite colline sur laquelle elle l'attendait depuis près d'une heure, anxieuse et tendue en songeant à leur entrevue, aux révélations qu'il souhaitait visiblement lui faire mais également heureuse, et pleine de cette excitation enfantine qui ressemblait fort à celle que les enfants éprouvent la veille de Noël.

Le matin même, elle s'était réveillée très tôt et, quand elle s'était vue incapable de retrouver les bras de Morphée, s'était levée, avait ouvert les rideaux et s'était attablée à son bureau de fortune. Là, alors que la lumière du jour perçait difficilement l'épaisse couche de nuages qui s'était installée durant la nuit, elle avait écrit une lettre.

Cette lettre fut d'autant plus longue et douloureuse qu'elle savait que celle à laquelle elle était destinée ne lirait jamais les mots qu'il lui était si difficile de coucher sur le papier.

Une fois qu'elle eut terminé, elle ne cacheta pas l'enveloppe dans laquelle elle l'avait glissée. Une intuition, une certitude intime l'amenaient à croire que l'histoire ne se terminerait pas ainsi et que, peut-être, elle pourrait apporter quelques nouvelles à son amie. De là où elle était, Constance sentirait peut-être qu'elle n'était pas aussi seule qu'elle pensait l'avoir été et que des gens pensaient encore à elle et l'aimaient, malgré son absence.

— Vous ne devriez pas aller rencontrer un homme en pleine nature ! avait geint Kitty lorsqu'elle leur avait appris son arrangement avec Théo Carter. C'est irresponsable, indécent même ! Pourquoi ne veut-il pas venir ici ? Cela me semble beaucoup plus…

— Il viendra, tante Kitty. Il viendra. Je souhaite juste avoir une conversation en privé avec lui et ici, cela me sera impossible, avait ajouté Eva tout en jetant un coup d'œil à l'exiguïté des lieux.

— Et puis ce n'est pas un inconnu, ajouta Emily Phoenix tout en jetant un coup d'œil entendu à sa fille. Il n'y a pas de risques.

— Après ce que votre fille nous a raconté l'autre jour ? Les joues de Kitty, dont le teint était généralement coloré, devinrent plus rouges encore sous le coup de l'émotion et peut-être bien de la curiosité – Eva le devinait à sa fébrilité inaccoutumée.

— Que voulez-vous dire ?

Perdue au fond d'un immense fauteuil dans lequel elle paraissait plus petite et plus frêle encore, la mère d'Eva semblait ne pas comprendre où sa sœur voulait en venir, à moins qu'elle ne le fasse exprès juste pour le plaisir de voir cette dernière monter en tension.

— Eh bien ! Eva a quitté le domicile de sa sœur dans des conditions étranges ! Et s'il ne venait pas avec de bonnes intentions ?

— Avez-vous peur, Eva ?

Les deux femmes avaient braqué leurs regards sur Eva, si bien qu'elle ne savait plus vraiment que faire ou que dire pour qu'elles l'oublient et retournent vaquer à leurs occupations.

— Je n'ai jamais eu peur de lui et cela ne changera pas.

— Alors, allez-y sans attendre ! Mais revenez-nous vite, sinon nous nous inquiéterons.

Depuis, elle était là, attentive aux moindres détails, l'esprit ailleurs et à la fois pleinement consciente de ce qui l'entourait. Par un instinct qu'elle aurait eu bien du mal à expliquer, la jeune femme s'était éloignée de la route principale et avait gagné la colline de laquelle elle était certaine de voir Théo arriver. Au fond d'elle, elle savait pertinemment qu'il ne viendrait pas jusqu'à elle en voiture et qu'il choisirait de faire les derniers kilomètres à pied, armé de sa canne au pommeau argenté. Et elle avait eu raison.

Sans se rendre compte qu'elle s'était mise à marcher dans sa direction, Eva délaissa le carton à dessin et ses crayons, qu'elle n'avait emportés que pour se donner une contenance, et vint à sa rencontre.

Très vite, la poussière humide de la route macula le bas de sa robe et de petites mèches folles s'échappèrent de ses cheveux trop lâchement noués mais elle ne prit garde à rien, comme aimantée vers la silhouette de l'homme qui s'avançait vers elle. La pente douce sous ses pieds, le bleu gris du ciel d'hiver, l'assourdissant silence de la nature environnante, toujours en sommeil… Plus rien ne comptait.

Quand Théo arriva à sa hauteur, elle s'arrêta net et prit le temps d'examiner son visage. Elle le regarda intensément, longuement. Elle le regarda comme si c'était la toute première fois qu'ils se croisaient. Le jour où elle avait quitté Londres, elle avait bien cru qu'elle ne reverrait jamais la clarté limpide de ses yeux, que jamais plus elle ne verrait les quelques fils argentés dans ses cheveux châtain clair et que ce sourire, si tendrement ironique, n'était voué à vivre que dans ses souvenirs… Et pourtant, il était là.

Plus intimidé que moqueur à présent, Théo Carter, qu'elle avait toujours croisé dans l'intimité d'un intérieur londonien, semblait totalement décalé sous la lumière de la campagne. Il esquissa un geste vers elle, ne sachant visiblement pas quelle attitude adopter. Un instant, elle crut qu'il allait lui serrer la main comme à un homme, puis qu'il allait lui embrasser le front comme à un enfant puis finalement, son bras retomba sur le côté de son corps et il se contenta d'incliner très légèrement la tête.

Ils n'échangèrent aucune platitude de circonstance, l'un comme l'autre éprouvant l'envie pressante d'en venir à l'essentiel. Visiblement très désireux de se débarrasser de ce qu'il avait sur le cœur, Théo ne prit donc pas la peine de se perdre dans des politesses sans fin et se lança de ce fait sans introduction.

— Je suis venu implorer vos excuses, Eva.

Aucune déclaration n'aurait pu davantage la surprendre. Influencée par les craintes de sa tante, elle s'était attendue à une remarque acerbe, peut-être même à des reproches, voire à une curiosité peinée mais à des excuses, certainement pas.

Sa sœur ne lui avait-elle pas expliqué à quel point elle s'était montrée inconvenante et à quel point elle avait manqué de respect à la famille avec ses insinuations infâmes ? Mme Mitchell ne s'était-elle pas ouvertement félicitée de son départ ? Ou bien y avait-il eu des voix, autres que celle de Mme Roberts, qui avaient plaidé en sa faveur ?

— Je suis venu vous faire des excuses au nom de toute la famille Gardner mais également en mon nom à moi.

Décidément surprise, Eva garda un instant le silence, incapable, pour un moment, de prononcer le moindre mot. Mme Gardner avait-elle changé d'avis sur son compte ? Y avait-il eu quelques nouvelles de première importance qui étaient venues tout remettre en question ?

— Vous dire que je suis navré d'avoir été absent au moment de votre départ est un terrible euphémisme. J'aurais voulu être là… Pire ! J'aurais dû être là ! J'aurais dû…

— Cela n'aurait rien changé, le coupa Eva.

Soudain, elle se sentait terriblement lasse. Sentant sa fatigue et sa tristesse, il lui prit le bras d'un geste très doux et l'entraîna un peu plus loin. Étendant son manteau sur le tronc d'un arbre mort, il invita Eva à s'y asseoir. Elle accepta bien volontiers : une fois assise, elle pourrait peut-être recouvrer un peu de son calme et arriverait sans doute mieux à maîtriser le tremblement qui semblait avoir envahi tous ses membres.

Sans cérémonie, il s'assit à son côté. Près, bien trop près d'elle pour qu'elle puisse espérer se détendre…

— Je ne peux croire que vous ayez fait toute cette route dans le simple but de me faire vos excuses. Si sincères soient-elles, elles ne méritent pas un tel périple.

— Je vous l'ai pourtant dit : je suis le plus mauvais correspondant qui soit. Et puis… Je voulais m'assurer que tout allait bien de mon propre chef…

Il sembla hésiter puis évacua ses interrogations d'un geste vif de la main.

— J'avais envie de vous voir, Eva ! Voilà tout ! Notre dernière conversation m'avait laissé un goût amer et…

À ce souvenir, Eva rougit.

— Je suis désolée d'avoir insinué que…

Une fois encore, il fit un geste large de la main pour lui signifier que tout cela n'avait plus aucune importance pour lui.

— Je ne peux vous en vouloir. À aucun moment, je ne vous en ai voulu, Eva. Si vous devez être certaine d'une chose, c'est bien de cela. J'étais seulement déçu que vous ayez été obligée d'en venir à de telles conclusions. Je ne voulais pas que vous ayez une si piètre opinion de ma famille mais également de moi-même. Si vous aviez eu toutes les cartes en main, dès le départ, vous n'auriez pas eu à vivre tout cela.

— Dois-je donc comprendre que vous étiez au courant de tout ?

— Bien sûr. Je connais Samuel et sa réputation depuis longtemps. Depuis bien plus longtemps que ma sœur car nous fréquentions le même club bien avant qu'elle ne l'épouse et… Je savais quel type d'homme il était…

— Et vous avez laissé votre sœur l'épouser malgré tout ?

— Que peut faire un frère aîné quand sa petite sœur veut un homme plus que tout ? Nos parents étaient décédés peu de temps après ses treize ans, d'un accident terriblement brutal dont la violence l'a laissée triste et mélancolique. Elle était trop jeune, bien trop jeune pour les perdre dans de telles circonstances. Je me suis occupé d'elle. Oh… Je lui ai passé bien des caprices, juste pour le plaisir de la voir sourire. Il n'y avait rien de trop beau pour elle, rien de trop brillant, rien de trop doux. Avec les années, elle a fini par retrouver sa joie de vivre et alors, je n'ai plus eu qu'un but : qu'elle soit heureuse à jamais. Vous l'auriez vue, Eva… Elle avait tout pour elle à cette époque-là. Je veux dire avant son mariage. Beauté, jeunesse, fortune, succès. Elle était très appréciée dans les familles de notre connaissance et aucune soirée ne pouvait être réussie si elle n'en était pas la reine. En ces temps-là, elle avait bien des amies et bien des prétendants, aussi. Quand s'est-elle mis dans la tête d'épouser Samuel ? Je n'en ai aucune idée car jamais je n'aurais pu imaginer la moindre histoire entre eux. Si j'avais su… Je savais quel homme il était mais j'ai cru qu'il changerait. J'ai cru que l'amour pur de ma sœur l'aiderait à changer. J'ai été naïf. On peut me blâmer pour cela mais sur l'instant, je n'ai pensé qu'à lui faire plaisir. J'ai oublié le reste et les drames. Je n'ai retenu qu'une chose : ils semblaient heureux ensemble, ma sœur avait cette petite lueur dans le regard et cet air satisfait qui rendaient tous les arguments inutiles. Elle était totalement folle de lui. Vous comprenez ? J'ai laissé faire.

Non, Eva ne comprenait pas. Elle n'arrivait ni à imaginer Harriet en jeune femme éperdument amoureuse, ni à concevoir qu'un homme tel que Samuel Gardner, qu'elle ne pouvait voir autrement que comme un homme cruel et glacial, ait pu faire naître de tels sentiments. De plus, le couple qu'elle avait vu vivre durant ces derniers mois à Londres n'avait aucun rapport avec les personnes dont lui parlait Théo.

— Le choc n'en a été que plus grand pour elle une fois le voyage de noces terminé et ma sœur installée à Londres. Le temps des plaisirs était terminé et son existence avec Samuel n'avait plus rien de réjouissant pour elle. Elle me l'a avoué rapidement, avec tant de panique au fond du regard… Mais il était trop tard. Ils étaient mariés, elle était liée à lui… La situation était si compliquée qu'au fond de moi, je me suis mis à espérer que cette union ne donnerait pas d'enfants et à la fois, j'espérais que ma sœur pourrait connaître ce bonheur. Au moins cela lui aurait-il permis de connaître une autre sorte d'amour… Et puis Victoria est arrivée. Je continuais de surveiller Samuel de loin. Il me semblait que tout était rentré dans l'ordre puis, parfois, je recevais une lettre de Mme Mitchell qui me demandait mon aide…

— Mme Mitchell ?

— Oui. Cela vous étonne ? Vous savez, elle travaillait chez mes parents, avant d'être au service de ma sœur. Je la connais depuis toujours. Elle aimait tant Harriet qu'elle a décidé de la suivre après son mariage… Sans dire qu'elle est une seconde mère pour ma sœur, elle a été très présente et l'a soutenue avec une ferveur que peu auraient eue… Elle a été une aide précieuse et a continué à l'être en évitant bien des déconvenues à Harriet.

— Vous voulez dire qu'elle lui cachait toutes les histoires de son mari ? Toutes ces jeunes filles qui…

— Contre ce qui se passait à l'extérieur de la maison, Mme Mitchell ne pouvait évidemment rien. Mais dès que cela touchait la famille de plus près, elle s'occupait à étouffer les affaires et faisait en sorte que ma sœur continue à croire que son logement était un havre de paix. Harriet était-elle dupe ? Je ne sais pas.

— Qu'elle le soit ou pas, je trouve cela cruel de la tenir ainsi à l'écart de tout… Vous lui mentiez et vous avez continué à lui mentir.

— Au contraire, c'est faire preuve de mansuétude. Nous ne lui mentions pas, nous la protégions.

— C'est un point de vue…

— … qui se discute, je m'en doute. Mais je ne regrette pas d'avoir essayé de lui faciliter la vie.

— Donc vous saviez, pour Constance ?

— Au départ, non, évidemment.

Son visage se détendit soudain lorsqu'il évoqua sa rencontre avec Constance.

— Je l'ai tout de suite beaucoup aimée. Elle était déjà là depuis quelques semaines quand je suis arrivé et elle était tellement différente des femmes que j'avais l'habitude de croiser dans le salon de ma sœur ! Intelligente, sensée, cultivée et… mystérieuse. C'était agréable, très agréable.

Eva sut que sa réaction était ridicule au moment même où elle sentit monter en elle les affres de la jalousie. Qu'importe que Constance ait été son amie et même qu'elle ne soit plus de ce monde, entendre Théo parler d'elle avec un tel sourire et une telle douceur lui fit un pincement au cœur.

— Oui, s'entendit-elle pourtant répondre, Constance pouvait se montrer très agréable.

— Nous ne sommes pourtant devenus véritablement amis qu'à la fin de son séjour. Un soir, je l'ai trouvée en pleurs dans un couloir, entre la salle de classe et sa chambre. Je n'ai pas pu l'ignorer, je lui ai demandé de m'expliquer et… Elle l'a fait.

— Vous auriez dû lui déconseiller de poursuivre.

— Ma foi, tout avait déjà été dit. Samuel était au courant et Constance faisait déjà les frais de la fureur de Mme Mitchell. J'ai malgré tout essayé de lui faire entendre raison, de lui faire comprendre qu'elle n'obtiendrait jamais rien de Samuel et encore moins son amour, qu'il fallait qu'elle l'accepte et parte, mais elle n'a rien voulu entendre. Constance était…

— Têtue et déterminée.

— Têtue et déterminée, oui.

Ils échangèrent un sourire complice, bien que triste. Pour la première fois, Eva eut l'impression de parler de Constance avec quelqu'un qui l'avait vraiment connue.

— Et Amélia ?

— Oh, elle…

Théo Carter haussa les épaules avec ce qui ressemblait de près à de la nonchalance mais qui, Eva le devinait, n'en était peut-être pas vraiment.

— Sur ce point, j'ai été particulièrement mauvais. J'avoue ne pas avoir vu clair dans son jeu. D'ailleurs, comment aurais-je pu deviner qui elle était vraiment ?

Il l'interrogeait à présent du regard, semblant lui demander son absolution.

— Je n'aurais jamais su qui elle était vraiment si je ne l'avais pas surprise dans une situation délicate, concéda-t-elle. Avant cela, j'imaginais…

— Qu'elle voyait en moi un prétendant idéal ?

Eva rougit de nouveau mais ne répondit pas.

— J'avoue que la grande attention qu'elle portait à mon égard a commencé par me flatter. Certes, je suis encore dans la fleur de l'âge mais l'intérêt de cette jeune femme était agréable. Cependant, jamais, et vous devez là encore me croire, je ne l'ai encouragée à aller dans ce sens.

À cela, Eva ne put qu'acquiescer.

— Aussi, quand je l'ai vue entrer dans ma chambre le soir de mon retour à Londres, alors que je venais tout juste d'apprendre votre renvoi sans en comprendre les réelles raisons, j'ai commencé par la renvoyer durement. Il a fallu qu'elle fasse preuve de patience pour que j'accepte réellement de l'écouter et alors…

— Et alors vous avez appris toute l'histoire.

— Qui elle était, d'où elle venait…

— Et son idée quant à la mort de Constance ?

— Qu'elle a été poussée dans le vide ?

— Oui.

— Eh bien, c'est aussi pour cela que je suis venu vous voir en personne.

— Je croyais que vous vouliez savoir si j'allais bien…

— Je voulais aussi que vous appreniez la vérité de la part d'un ami.

— La vérité ? Vraiment ? Vous la connaissez ?

Si elle n'avait pas déjà été assise, Eva se serait laissé tomber de peur et de crainte mêlées.

— Voulez-vous la connaître à votre tour ? Êtes-vous prête ?

Ce qu'elle avait cherché à savoir depuis des mois était à présent à portée de main mais soudain, Eva hésitait. Ce que Théo avait à lui apprendre était-il susceptible de la faire entièrement changer d'avis sur son amie au moment même où elle avait enfin l'impression d'avoir compris les raisons intimes de son départ et de ses silences ?

— J'aimerais savoir ce qu'il s'est passé le soir de sa mort. J'aimerais en avoir les détails. Alors oui, je crois bien que je suis prête.

Il ferma les yeux un instant, comme s'il cherchait à faire le vide dans son esprit – à moins qu'il ne réfléchisse à la manière de débuter son récit –, puis se lança sans introduction.

— Ce soir-là, j'étais avec ma sœur, son mari et ses invités. La soirée était telle que vous pouvez le deviner. Un long dîner suivi de longues conversations au salon. Tout s'était déroulé à la perfection, du moins selon la perfection chère aux yeux de ma sœur puis, au moment du départ, les événements se sont accélérés et ont tourné au cauchemar.

— Est-ce que… L'avez-vous vue ? Vous souvenez-vous ?

— Comment oublier ? Tout le monde a été si bouleversé ce soir-là… Lorsque Constance a été découverte, tous les domestiques étaient en proie à la plus terrible des paniques et la maison complètement sens dessus dessous. Deux ladies ont fait un malaise dans le vestibule où tout le monde s'était réuni. J'ai vite quitté ces lieux pour aller voir au plus près l'endroit où notre amie a été retrouvée.

Il sembla hésiter, si bien qu'elle dut l'encourager à poursuivre.

— Elle était là, couchée sur le pavé. Comme vous le savez déjà, elle était tombée du second étage, directement sur le pavé. Ses yeux étaient fermés, son visage étrangement calme, du moins d'après ce que j'ai pu en voir sur l'instant. Car la nuit était très sombre et l'agitation si terrible que le temps n'était pas à l'observation. Très vite, j'ai été rappelé à l'intérieur et j'ai dû prendre ma sœur en charge. Elle était très choquée, au bord de l'hystérie, et j'étais moi-même dans un état second.

— Votre sœur était désespérée par la mort de Constance ?

— Désespérée, peut-être pas. Vivement touchée, oui. En tous cas, je l'ai rarement vue aussi perturbée.

Une brise légère venait de se lever et, au-dessus d'eux, la course des nuages s'était de ce fait intensifiée. Le temps tournait à l'orage et bientôt, le soleil qui était finalement apparu serait recouvert par une épaisse couche de nuages. Eva songea un instant à sa mère et à sa tante qui devaient certainement s'inquiéter à la maison et guetter son retour à la fenêtre mais elle n'avait aucune envie de rentrer. Elle avait encore tant à entendre…

— Pensez-vous que votre sœur était au courant de l'histoire de Constance ? demanda-t-elle alors pour que Théo reprenne son récit.

— Non. Elle ne l'était pas. En réalité, je crois qu'elle a fini par croire que Constance n'était qu'une intrigante cherchant à séduire son mari. Elle les a surpris ensemble dans le bureau de Samuel et en a tiré les conclusions qui s'imposaient. Comment lui en vouloir ? Elle s'attendait à ce genre de débordements et n'est pas allée voir plus loin.

— Et lui a préféré faire croire à une liaison plutôt que de révéler les vrais liens qui l'unissaient à Constance.

— Cela me semble évident. Rien d'étonnant alors à ce que les relations entre les Gardner et Constance se soient dégradées à ce point. Samuel ne pouvait pas se permettre de renvoyer Constance à cause du secret qu'elle menaçait de révéler au grand jour et ma sœur ne rêvait sans doute que de la voir quitter la maison au plus vite…

— Pensez-vous que votre sœur détestait Constance au point de la pousser ce soir-là ?

À peine les mots étaient-ils sortis de ses lèvres qu'elle les regretta. Elle ne souhaitait ni le peiner, ni paraître ingrate, mais ne pouvait décemment pas oublier la raison réelle de son départ de Londres et la colère folle qu'elle avait vue dans les yeux de son employeuse, une colère de femme qui était prête à tout. Mais bien loin d'être choqué par une telle interrogation, Théo soupira bruyamment en haussant les épaules. Il n'avait jamais eu l'air aussi fatigué et soucieux.

— Je préfère être honnête, Eva : tout en moi s'est toujours offusqué à l'idée que ma sœur ait pu se livrer à un tel acte. Vous le savez, je n'ai jamais fait grand mystère de ses défauts, mais il y a une différence entre être irritable, jalouse, et assassiner une femme de sang-froid.

— Et si c'était tout simplement son mari ? La mort de Constance arrangeait parfaitement ses affaires. Réduite au silence, elle ne pouvait plus lui nuire !

— Il n'a pas bougé du salon, Eva. J'étais là, du début à la fin du repas. Je n'ai pas quitté la compagnie. Et Harriet non plus.

— Mme Mitchell alors ? Elle est d'une loyauté sans faille et ferait tout pour sa maîtresse. Imaginez que Harriet, rongée par la jalousie, ait décidé d'envoyer son intendante menacer Constance. Elle lui demande de partir. Constance refuse. Les choses se passent mal et c'est l'accident !

Emportée par ses paroles, Eva s'était mise à trépigner sur place. Elle trouvait sa version tout à fait cohérente, crédible et, surtout, correspondant parfaitement à l'attitude que l'intendante avait eue la veille de son départ.

Ces menaces n'étaient pas des menaces en l'air, elle l'avait toujours su.

De son côté, Théo paraissait plus circonspect.

— Avant d'en venir au fait, Eva, il y a un détail que vous ne connaissez pas et dont j'aimerais vous parler.

— Vraiment ?

— En voyant qu'elle ne parviendrait pas à convaincre Samuel, Constance s'est mis en tête de retrouver la famille de sa mère.

— Elle connaissait leur nom ?

— Bien sûr. Votre père l'en avait également informée dans sa lettre.

— Et qu'en est-il ?

— Ils l'ont également rejetée. Constance en a été bouleversée.

38

— Les Barrington… C'est le nom de la famille de Constance, vous savez ? Non, bien sûr que non, vous ne le saviez pas, se reprit-il seul, soudain conscient du ridicule de sa question. Du moins, le nom du côté de sa mère, la jeune femme qui s'est laissé mourir… Les Barrington occupent un rang plus élevé que la famille de ma sœur. Les atteindre est compliqué mais Constance y est parvenue grâce à votre serviteur.

Toute contrariété dissipée par la surprise de la révélation, Eva devint soudainement moins maussade.

— Vous l'avez aidée à contacter sa famille ?

— Oui.

— Et cela ne l'a amenée à rien.

— À rien, si ce n'est à une déception supplémentaire.

Voyant Eva secouer la tête d'incompréhension, il continua :

— Les choses ne se sont pas tout à fait déroulées comme nous l'avions prévu. S'ils ont accepté de la recevoir, c'était pour la prévenir qu'ils ne lui apporteraient aucun soutien. Ils n'ont pas voulu la reconnaître comme un membre de leur famille. L'entrevue a été organisée dans le plus grand secret, sans témoins et ce, juste parce que j'ai lourdement insisté pour qu'elle ait lieu. Or, c'était justement ce qu'elle était venue chercher, vous voyez ? Mais de leur côté, reconnaître aux yeux du monde leur parenté, c'était trahir le secret qu'ils avaient monté de toutes pièces autour de la prétendue maladie puis du décès brutal de leur fille.

— Ils ont préféré soutenir l'homme qui avait fait le malheur de leur fille ? Des décennies après les faits, ils se serrent encore les coudes pour cacher leur ignoble secret aux yeux de tous ?

— Les choses sont bien plus compliquées que cela…

Théo lui prit doucement la main, tentant de tempérer la colère qui, semblait-il comprendre, commençait à marteler les tempes de la jeune femme.

— Ne le prenez pas mal, Eva, mais… Vous n'êtes pas de notre monde et même si vous êtes une femme intelligente, vous ne pouvez pas en comprendre véritablement le fonctionnement… Nos familles, les Barrington, les Gardner, les Carter et tous les autres… Nos familles préfèreront toujours sauver les apparences, voyez-vous ? Nous préférons cacher, sauvegarder notre réputation, quitte à manquer de moralité. L'important, c'est ce qu'il y a en façade. Si elle est belle, bien entretenue, qu'elle attire des regards admiratifs sur elle, après tout qu'importe si l'intérieur de la maison tombe en ruine ! Les secrets, les rancœurs, les jalousies et les trahisons, tout ça ne doit s'ébruiter en aucune façon.

— Mais la vérité, la vérité ! Elle compte !

— La vérité ? Mais non, elle ne compte pas ! Seule compte l'image que l'on renvoie aux autres. Même trente ans plus tard, les Barrington ont toujours honte de leur fille, honte de son comportement, honte de cet enfant qu'elle a mis au monde dans l'indifférence générale. Même trente ans plus tard, même après la mort tragique de leur enfant, leur fille unique, il leur serait absolument impossible de reconnaître les faits. Ils ont été très durs avec Constance. Elle a été repoussée, malmenée même. Si l'on ajoute à cela les déconvenues qu'elle a vécues sous le toit de ma sœur…

— Vous insinuez que Constance aurait mis fin à ses jours ?

Alors qu'il s'était un peu rapproché d'elle, Théo prit de nouveau ses distances. À n'en point douter, le sujet était douloureux pour lui. À moins qu'il n'ait tout simplement honte de lui ?

— Non, bien entendu. Il n'y a bien que ma sœur pour croire cela…

— Elle en est véritablement persuadée ?

— Bien sûr ! D'autant plus que Mme Mitchell lui avait rapporté un mot que Constance avait écrit dans un moment de détresse extrême.

— Oui, elle me l'a montré.

Théo poussa alors un soupir si profond qu'Eva sut qu'il avait encore beaucoup à lui dire. Comme pour la conforter dans cette idée, la voix de son compagnon s'éleva à nouveau :

— À présent, je crains d'avoir une nouvelle assez surprenante à vous apprendre. À moins que vous ne vous en doutiez déjà ? D'après ce que vous disiez il y a quelques minutes, je crois que…

— Amélia a-t-elle des soucis ?

— Absolument pas. À l'heure qu'il est, notre chère Amélia ou Martha, j'avoue m'y perdre, savoure sa victoire.

Eva porta la main à sa bouche, incertaine.

— Samuel Gardner est en prison ?

Face à elle, Théo Carter ne savait visiblement plus quoi répondre, hésitant entre la stupeur et le regret.

— Non, Eva. Évidemment que non.

— Comment cela, évidemment que non ? Malgré tout le respect que je vous dois, le mari de votre sœur mérite d'être puni !

— Mme Mitchell… C'est elle. Elle, qui est enfermée.

Puis de sa voix douce et calme, Théo lui expliqua tous les événements qui s'étaient enchaînés au cours des jours précédents. La façon dont son propre départ avait été interprété, tout le trouble et les questionnements qui en avaient résulté. Sentant que le vent tournait et qu'il finirait peut-être par être en sa défaveur, Amélia avait accru ses recherches et ses actions, rassemblant toute une série d'informations et de détails visant à prouver que cette maison était, selon ses termes, « malsaine et nocive ».

— Mais contrairement à ce qu'elle vous a peut-être dit, Eva, elle ne cherchait pas à se venger de Samuel. Oh non… Amélia est bien trop intelligente pour avoir eu cette folle espérance. En réalité, elle cherchait juste à atteindre la maison Gardner, d'une manière ou d'une autre. En fragiliser les fondations. C'était aussi pour cela qu'elle écrivait des lettres d'injures à ma sœur… Il ne lui a pas fallu longtemps pour comprendre que tout convergeait non pas vers ma sœur mais vers Mme Mitchell. Elle a écouté aux portes, trouvé des lettres… Selon elle, il est étonnant de voir les risques que cette dernière pouvait prendre…

— Elle était omniprésente, au-dessus de tout et de tous.

— Et elle prenait son rôle très à cœur. Ceci, Charlotte a pu le certifier.

— Charlotte ?

— Elle a entendu votre conversation, la veille de votre départ, et cela l'a poussée à parler, enfin.

Ainsi, c'était Charlotte qui écoutait aux portes et non pas Amélia, comme elle l'avait cru sur l'instant.

— Pour vous résumer les faits sans entrer dans les détails désagréables, la cameriste de ma sœur avait déjà eu, disons… quelques problèmes avec mon beau-frère sans jamais oser en parler de peur de perdre sa place. Mme Mitchell lui avait permis de rester à demeure si elle se taisait. Elle savait que la jeune femme était trop précieuse pour qu'on la perde ainsi. C'est une des raisons pour lesquelles elle profite d'une belle chambre à l'étage et de tant de liberté. Cela, elle l'a eu en échange de son silence. Cependant, elle n'a rien oublié. Après le drame qui a touché Constance, puis les problèmes dans lesquels vous vous trouviez, elle a réalisé qu'il était plus que temps de parler et elle est allée voir Mme Roberts pour se confier. D'après ce que j'en ai su, son témoignage était d'une grande tristesse.

Eva n'en croyait pas ses oreilles. Si mystérieuse fût-elle par moments, Charlotte lui avait toujours paru être une jeune femme vive et enjouée, du genre de celles qui n'ont jamais le moindre problème.

— Et quelques jours plus tard, Amélia s'en est allée trouver la police, secondée par la dame chez qui elle a grandi et a été éduquée. Mme Mitchell a été convoquée, interrogée, et elle a finalement avoué.

— Pour Constance ?

— Tout d'abord pour les anciennes employées. Puis pour Constance, oui. Mais selon elle, c'est un simple accident ayant résulté d'une dispute. Elle n'avait pas comme projet de la tuer. Juste de la faire taire…

— Je le savais. Je savais qu'il fallait se méfier de cette femme si… Vous rendez-vous compte ? Je n'ai jamais entendu quelqu'un parler aussi souvent d'honnêteté et de loyauté ! Quand on sait tout ce qu'elle a fait…

— Sans doute était-elle sincère dans sa démarche. Elle était certaine d'être dans ses droits, d'être juste.

— Ses actes étaient tout sauf justes.

— Je le sais. Et elle sera punie pour cela.

— Comment a réagi votre sœur ?

Théo grimaça à ce souvenir.

— Très mal, j'en ai peur. Mme Mitchell ne s'est pas laissé emmener sans se débattre, comme vous pouvez l'imaginer, et ma sœur a été particulièrement choquée par le spectacle. J'ai bien essayé de la préserver mais les policiers sont venus chez elle à plusieurs reprises pour l'interroger…

— Et Samuel ?

— Il a été interrogé lui aussi mais il a évidemment nié être à l'origine de tous ces tristes faits.

— Et vous ? l'interrogea soudainement Eva avec une agressivité qui ne laissait aucun doute sur ses sentiments à ce sujet. Vous savez tout, tout depuis le début, et vous êtes un homme ! On vous croira sur parole !

Mme Mitchell n'est pas la seule coupable. Vous pourriez faire en sorte qu'il…

— Et que deviendrait ma sœur ?

S'étant désormais levés, ils se tenaient face à face. Eva, qui fulminait, éprouvait l'envie terrible de le prendre par les épaules pour le secouer vivement et, à la fois, ressentait une faiblesse évidente en le voyant si près.

— Votre sœur a de l'argent, elle…

— Ma sœur n'a rien ! Ma sœur a juste un nom, celui de son mari ! Son argent n'est plus le sien depuis qu'elle s'est mariée. Vous êtes plus libre qu'elle, Eva. Le saviez-vous ? Une femme qui quitte son mari, même avec les meilleures raisons du monde, est une femme à la réputation perdue.

— Dans des moments aussi graves, vous pensez seulement à sa réputation ?

— Et à celle de mes nièces, oui !

— Quelle importance ? Elles sont si jeunes encore !

— Oui, mais un jour, elles seront plus grandes et en âge de trouver un mari. Je ne veux pas qu'un scandale ayant touché leur père entache leur avenir. On n'oublie jamais ce genre d'histoire, Eva, jamais ! J'ai gardé le silence bien trop longtemps, par lâcheté et paresse, et maintenant, je me dois de les protéger.

— Donc vous préférez vous taire et laisser des actes sordides impunis plutôt que de compliquer un peu la vie de votre famille… J'avoue ne pas comprendre.

— Je sais. Mais je vais essayer d'aider ces filles. Amélia a leurs noms, leurs adresses…

— Comment ? Avec de l'argent ? Cela ne fait pas tout, vous savez ?

— Certes. Mais si je peux aider de cette manière, je le ferai. Cela ne changera rien mais au moins, j'aurai l'impression d'avoir essayé.

Eva hocha la tête en regardant dans le vide. Malgré ses dires, elle arrivait à saisir les raisons qui habitaient Théo. Il considérait certainement que le mal était fait et qu'il n'y avait qu'à l'accepter et à essayer de sauver ce qui pouvait être sauvé, c'est-à-dire, en l'occurrence, bien peu de choses… Ses pensées s'apaisèrent quelques secondes avant qu'elle ne soit assaillie par un nouveau sursaut d'incompréhension.

— Mais comment pouvez-vous seulement accepter qu'elles continuent à vivre avec un homme pareil ! À votre place, j'aurais…

— J'ai passé un accord avec Samuel, la coupa-t-il d'une voix ferme.

— Un accord ?

— J'ai accepté de protéger son nom et il a accepté de renoncer à ma sœur et à ses filles.

— Vraiment ?

— Il va quitter Londres et partir dans le nord du pays pour gérer ses affaires. Le coton est en pleine expansion, là-bas, et il veut investir.

— La façade est sauve.

— Oui, la façade est sauve. Ma sœur et mes nièces restent à Londres, Samuel continue à profiter pleinement de l'argent de sa femme, de sa bonne réputation…

Un long silence vint ponctuer cette dernière réplique et Eva réalisa soudainement qu'elle n'avait aucune idée de l'heure qu'il était et presque plus de l'endroit où elle se trouvait. Lui restait un poids énorme sur la poitrine.

— Donc, c'est ainsi que les choses se terminent ? demanda-t-elle alors avec amertume. Votre sœur a enfin découvert qui était son mari, son intendante est derrière les barreaux, Amélia vengée de la seule manière dont elle pouvait l'être, et la chute de Constance enfin expliquée ?

Théo hocha la tête.

— À présent, je souhaiterais m'entretenir de vive voix avec Mme Pitt. J'aimerais lui expliquer ce qu'elle ne sait pas encore. Je lui dois bien cela. Vous avez vu mes talents épistolaires… Je n'ai pas osé lui écrire. M'accompagnerez-vous ?

Eva grimaça intérieurement. Recevoir la bénédiction de sa tante pour un tel voyage serait difficile. Sa mère, elle, comprendrait certainement mais n'en serait pas moins difficile à convaincre également… Se méprenant sur l'objet de ses délibérations internes, Théo soupira :

— Je comprends votre silence. Je vous regarde vous débattre sans vous aider. Je vous abandonne au pire moment, je vous envoie une lettre sibylline, je m'impose à vous alors que vous auriez mieux à faire, je monopolise la conversation avec mes longs discours et voilà qu'en plus de tout cela, j'ose vous demander de passer quelques heures supplémentaires avec moi pour parler d'un sujet aussi douloureux que difficile pour vous… Je suis vraiment un imbécile.

— Détrompez-vous, s'empressa de lui expliquer Eva. Au contraire !

— Au contraire ?

— Je suis heureuse de vous voir. Vraiment heureuse. En réalité, je n'ai pas cessé de penser à vous depuis le jour de mon départ, je…

Elle se tut, puis rougit. Ses mots étaient allés plus loin que sa pensée ou, plutôt, ses paroles avaient dépassé ce qu'elle s'était autorisée à dire.

— Je vous remercie sincèrement d'être venu à moi pour me raconter tout cela, reprit-elle d'un ton plus calme. Pour l'instant, je ne sais comment prendre les choses. Je suis à la fois triste, soulagée et quelque part, une certaine colère sommeille en moi.

— Envers qui ? Mme Mitchell ? Samuel ?

— Oui, bien sûr, mais… aussi envers Constance, avoua Eva, penaude.

— Parce qu'elle vous a menti ?

La jeune femme releva les yeux sur Théo, surprise qu'il l'ait immédiatement comprise.

— Parce qu'elle n'a pas cru bon de me faire partager son secret, parce qu'elle m'a tenue à l'écart, parce que même au plus gros de la tempête, elle n'a pas pensé une seule seconde à moi… Je croyais la connaître, je croyais que nous étions amies et maintenant, je doute d'avoir réellement compté pour elle.

— C'est justement là où vous faites erreur, mais avec le temps, vous verrez. Vous comprendrez qu'elle vous a mise à l'écart pour mieux vous protéger. Vous lui pardonnerez bien plus vite que ce que vous pensez. Les jours où cela vous semblera trop compliqué, vous n'aurez qu'à vous rappeler les moments agréables et tous les bons souvenirs que vous avez eus avec elle. Vous la connaissiez bien, Eva. Et elle vous connaissait bien aussi. Si bien, qu'en l'écoutant parler de vous, je vous aimais déjà sans même vous connaître et vous rencontrer n'a fait que confirmer ces sentiments.

— Je ne peux y croire, souffla-t-elle alors d'une toute petite voix.

— C'est pourtant vrai. Même si je ne l'ai vraiment compris qu'au panorama. Vous étiez si captivée par le spectacle… J'ai enfin vu celle que vous étiez vraiment et celle dont m'avait parlé Constance.

— Vous étiez avec Amélia…

— Peut-être, mais c'est vous que je regardais. N'aviez-vous pas compris ?

— Moi ? Mais non, bien sûr que non.

— J'étais toujours là pour vous aider si je le pouvais, je ne perdais pas une occasion de venir vous parler si, d'aventure, je vous croisais. J'essayais de me montrer sous le meilleur jour pour que vous puissiez voir en moi autre chose qu'un… Qu'un vieil homme riche, ajouta-t-il avec une moue peu convaincue.

Si elle avait été d'humeur, Eva aurait ri devant une telle grimace mais elle était trop émue par ce qu'elle vivait alors pour émettre ne serait-ce qu'un mot.

— J'aimerais que vous soyez ma femme, Eva. Je sais que nous sommes faits l'un pour l'autre. Mais je sais aussi que je suis bien audacieux pour oser espérer une telle chose. Après tout ce qu'il s'est passé chez ma sœur, tout ce que vous avez subi, sans parler de Constance, je comprendrais, ainsi que je vous l'ai écrit dans ma lettre, que vous ne souhaitiez plus jamais entendre parler de nous et encore moins de moi…

Leurs regards se croisèrent et il dut y lire un tout autre avis sur la question car elle se retrouva, sans même le réaliser, dans les bras de celui qu'elle avait intensément observé durant tout son séjour londonien. Ce fut là, contre la chaleur de ce corps qui se tenait face à elle, qu'elle réalisa que l'attrait ou même l'amitié qu'elle pensait ressentir pour lui était en réalité bien plus et que le regret terrible qu'elle avait à l'idée de ne plus le revoir, venait en réalité d'émotions bien plus douces et profondément enfouies dans les méandres d'un cœur rendu hésitant par trop de douleurs.

L'incongruité de la situation lui revint pourtant de plein fouet et elle s'écarta légèrement de lui.

— Vous ai-je choquée, Eva ? Dans ce cas, acceptez immédiatement mes excuses, je vous en prie ! Je n'ai pas voulu vous manquer de…

— Pourquoi, Théo ?

— Pourquoi ?

— Pourquoi moi ? Vous… Vous n'êtes pas sans savoir que je ne suis qu'une simple gouvernante, n'est-ce pas ?

Pour toute réponse, il éclata tout d'abord de rire puis, voyant qu'elle ne partageait pas son hilarité, se reprit :

— Vous pensiez que cela m'avait échappé ?

— Non, évidemment, mais… Je n'ai rien, rien de plus à vous proposer que ma personne…

— C'est justement votre personne qui m'intéresse…

— Mais nous n'avons aucun point commun ! Je suis une employée et vous, vous êtes le frère de celle qui me payait un salaire !

— Eh bien ? Cela n'a aucune importance pour moi. Absolument aucune. Et pour vous ?

— Non, bien sûr que non… Mais… Et votre sœur ? Elle sera furieuse !

Théo lui prit alors le visage entre ses mains. Leurs regards se fouillèrent longuement, chacun partant à la recherche d'une crainte inexprimée, d'un non-dit, d'une peur.

— Croyez-vous vraiment, insista-t-il, que l'avis de ma sœur à ce sujet puisse réellement compter à mes yeux ? Je n'ai plus vingt ans, Eva, vous le savez, je n'ai plus grand-chose à craindre de la vie et je crois que je vous ai attendue assez longtemps pour ne pas me préoccuper des avis et des jugements de ma famille ou des autres. Alors ? Voulez-vous être la femme d'un pauvre homme déclinant mais heureux propriétaire d'un domaine qui n'attend que vous... Me direz-vous oui ?

Pour toute réponse, elle se jeta à son cou.

***

Le jour déclinait doucement et au loin, on entendait un groupe d'enfants jouer gaiement. Les paysans rentraient des champs et la mère d'Eva devait certainement se faire un sang d'encre pour sa fille, ignorant que cette dernière était en train de vivre l'un des plus beaux et des plus doux moments de sa jeune existence.

De nouveau agréablement blottie dans les bras de celui qui allait devenir son mari, Eva restait silencieuse, toujours pensive face à l'enchaînement des événements qui avaient marqué sa vie. Les derniers mois avaient été riches en découvertes et en épreuves, c'était indéniable. Elle avait changé, elle le savait. Oui, tout avait changé autour d'elle mais également en elle. Mais au bout du chemin, elle avait trouvé en Théo l'allié qu'elle cherchait depuis longtemps. Grâce à lui, peut-être, se dessinerait à nouveau les contours d'une vie simple et rieuse. Une vie loin de Londres et de ses heurts.

Quant à Constance, eh bien...

Sans doute n'était-elle pas encore prête à refermer complètement ce chapitre, écartelée entre son bonheur présent et les souffrances passées de celle qu'elle avait considérée comme une sœur. Sans doute n'avait-elle pas fini de se poser mille et une questions à son sujet. Sans doute lui faudrait-il encore beaucoup de temps pour parvenir à accepter l'idée de sa mort et des injustices auxquelles elle était liée.

Quand tout cela serait terminé et que le temps serait venu de panser quelques plaies, alors elle pourrait se rappeler et chérir tous les souvenirs qu'elles avaient ensemble. Il y en avait tant… Tellement de rires, de moments partagés, de promesses et de grandes déclarations… Elle se devrait de les faire vivre afin que son amie continue d'exister encore un peu à travers eux.

Soudain émue, elle resserra un peu son étreinte et leva le visage vers Théo qui semblait lui aussi perdu dans ses pensées. Se sentait-il impuissant et peut-être même coupable d'avoir indirectement laissé de tels événements se dérouler sous le toit de sa sœur ? À moins qu'il ne pense tout simplement à eux et à toutes ces choses qu'il leur restait à vivre, dans un avenir proche ?

— Nous reconstruirons autre chose, ailleurs, souffla-t-il finalement. Cela ne sera pas simple et il nous faudra du temps pour oublier tout cela, mais nous y arriverons, n'est-ce pas, Eva ?

— Je veux y croire, répondit-elle avec un air solennel qui sonnait un peu faux dans le cadre champêtre.

— Rien ni personne ne pourra nous en empêcher.

— À part ma tante Kitty si nous ne nous empressons pas de revenir jusqu'à elle dans les meilleurs délais. Je crains qu'elle n'ait déjà convoqué le village entier pour partir à ma recherche.

Sur ces paroles, ils repartirent d'un même pas en direction de la maison.

Plus tard, bien plus tard ce jour-là, dans cette même maison endormie, au moment du doux flottement qui précède le sommeil, Eva se laisserait longtemps bercer par le doux tintement des gouttes de pluie sur le toit. Mme Mitchell, Constance, Ophélie ou même Martha, tout ne serait alors qu'un tout informe et flou dont elle ne distinguerait plus vraiment les contours. Tout comme la pluie venait laver le ciel, la nuit viendrait laver son esprit des dernières peurs et angoisses, et ce serait heureuse qu'elle se lèverait le lendemain pour commencer ce qui serait, à n'en pas douter, le début d'une longue et heureuse nouvelle vie.

